“三峡学者文库”编委名单

在意志的世界里：

陈铨思想和创作与德国资源的关系

刘　美◎著

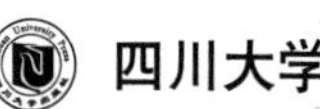

四川大学出版社

项目策划：徐　凯
责任编辑：徐　凯
责任校对：毛张琳
封面设计：墨创文化
责任印制：王　炜

图书在版编目（CIP）数据

在意志的世界里 ：陈铨思想和创作与德国资源的关系 / 刘美著. — 成都 ：四川大学出版社，2019.3
（三峡学者文库 / 郭作飞，王志清主编）
ISBN 978-7-5690-2836-2

Ⅰ. ①在… Ⅱ. ①刘… Ⅲ. ①陈铨（1903-1969）—文学研究 Ⅳ. ① I206.7

中国版本图书馆 CIP 数据核字（2019）第 056245 号

书名　在意志的世界里：陈铨思想和创作与德国资源的关系

著　　者　刘　美
出　　版　四川大学出版社
地　　址　成都市一环路南一段 24 号（610065）
发　　行　四川大学出版社
书　　号　ISBN 978-7-5690-2836-2
印前制作　四川胜翔数码印务设计有限公司
印　　刷　四川盛图彩色印刷有限公司
成品尺寸　148mm×210mm
印　　张　9.375
字　　数　200 千字
版　　次　2019 年 7 月第 1 版
印　　次　2019 年 7 月第 1 次印刷
定　　价　52.00 元

◆ 读者邮购本书，请与本社发行科联系。
电话：(028)85408408/(028)85401670/
(028)86408023　邮政编码：610065
◆ 本社图书如有印装质量问题，请寄回出版社调换。
◆ 网址：http://press.scu.edu.cn

四川大学出版社
微信公众号

“三峡学者文库”出版说明
（总序）

中国语言文学是重庆三峡学院历史最悠久的学科之一。经过长期的建设与发展，本学科已积累了较为深厚的研究基础，成为重庆市高校“十三五”重点学科，其中中国古典文献学为重庆市立项建设重点学科，汉语言文学本科专业为重庆市特色专业建设点，其中师范专业为重庆市首批“专业综合改革试点”专业。2014 年 7 月本学科正式获批新增硕士学位一级学科授权点，汉语言文字学、中国古典文献学、中国古代文学、中国现当代文学 4 个方向开始招收硕士研究生。本学科 2014 年申报了学科教学（语文）专业硕士学位，于 2015 年开始正式招生。

本学科有一支职称高、学历高，年龄、学缘结构合理，具有较强科研能力的学术队伍。其中有教授 11 人、副教授 18 人、博士 16 人（另有在读博士 2 人）；有重庆市名师 1 人，重庆市高校优秀中青年骨干教师 2 人，外聘兼职教授 19 人，硕士研究生导师 15 人（含兼职）。队伍成员大多毕业于“985”“211”高校，受到了严格的学术训练，有较为深厚的中国语言文学理论基础和研究素养，在各自的研究领域均取得了不少研究成果。部分教师先后与西南大学、东南大学、四川外国语大学等合作，开展联合招收硕士研究生培养工作，已招收培养硕士研究生 50 余人，积累了丰富的硕士研究生培养经验。

经过长期积累，本学科已在古代文学与古典文献研究、汉语本体及其应用研究、现当代文学与文艺理论研究等方面取得了较为丰硕的成果。何其芳研究、三峡方志文献研究、夔州诗研究等具有鲜明的地域特色，在国内外产生了较大影响。近年来本学科共主持国家社科基金项目 13 项，教育部委等部级项目 14 项，其他项目 100 余项；出版著作 47 部；发表论文 540 多篇，其中发表在重要刊物上的有 31 篇，发表在 CSSCI 及核心刊物上的有 178 篇；获重庆市社科优秀成果二等奖 2 项，三等奖 6 项，全国优秀古籍图书二等奖 1 项。

本学科现有重庆市人文社科重点研究基地 1 个，市级学会 1 个，校级科研创新团队 2 个；校级研究所 4 个，研究工作室 4 个；建有学科专业图书资料中心 1 个，藏有《四库全书》《敦煌文书》等大型纸质图书资料 30 余万册，电子图书 100 余万种，学科中外文现刊 30 多种。

本校开通有 CNKI 中国知网、维普中文期刊数据库、万方数据库等及 10 余种试用的电子资源和数据库，校园网络畅通，能方便查询检索资料。

本校已与德国波恩大学、法国国家科学研究中心、日本圣泉大学、美国丹佛社区大学、中国社会科学院、北京大学等建立了密切的联系，能为学生参加国际国内学术会议、培养国际学术视野提供便捷的交流平台。

为了进一步加强市级重点学科中国语言文学和硕士点的建设，展示和提升学科科研实力和科研水平，本学科现启动“三峡学者文库”的资助出版工作。该出版工作重点资助汉语言文字学、中国古典文献学、中国古代文学、中国现当代文学等方向以及三峡文化研究方向的特色成果，计划出版15部具有原创性、前沿性的学术专著，由四川大学出版社统一编辑，分批次出版。

“三峡学者文库”由市级重点学科下拨经费及学校配套经费资助，学校各级领导高度重视，文学院专门成立了“三峡学者文库”编委会，学科成员积极响应、热情参与。本丛书的出版得到了四川大学出版社的大力支持，徐凯编辑为丛书的出版付出了辛勤的劳动，在此一并致谢！

“三峡学者文库”编委会

2018年1月

引　言

1840 年鸦片战争的炮火打开了中国闭关锁国的大门，同时也拉开了中国知识分子向西方寻求救国救民道路的序幕。西学东渐在中国进入了第二阶段（第一阶段为明末清初，西学的传入以西方传教士和一些中国人对西方科学著作的翻译为主），并逐渐成为一种具有强大的潜在冲击力的外来思想资源输入方式，通过各种媒介带来西方的新知识新思想。作为一种重要的西学东渐媒介，中国留洋学生为西学的传入做出了不小的贡献。新文化运动的主将及其后的精英知识分子基本都具有留学背景，沐浴欧风美雨的他们成为中国新型的知识分子，向西方寻求强国之路成为他们共同的追求。在中西文化的对比中，这些知识分子发现中国落后于世界的一个重要原因是文化上的落后与国民思想上的劣根性，于是他们往往形成文学社团和流派，力图用文艺的方式来进行民族文化的重塑。20 世纪上半叶，西方各种文艺思潮如雨后春笋般涌入中国，在西方经历了历时性发展的文艺思潮在中国形成了共时性的传播，知识分子在不断地传播、接受、模仿的过程中进行着中国文化寻路的艰难历程。

在西学东渐的过程中，各个国家思想文化资源的不同和接受主体的差异往往决定了接受者的选择趣味与价值取向，如有“英美传统”“日本传统”“苏联传统”等区别。以前学者在述及欧洲传统时往往以英国影响作为代表，近年来随着研究的深入，欧洲传统逐渐被细化到英国、法国、德国等。确实，这几国虽同属欧洲，但其思想和文化传统却有很大的差异，分类研究实属必要。

其中，德国思想和文化在西学东渐中所起到的作用是一个值得关注的颇有趣味的问题。德国思想和文化在18、19世纪走向了辉煌，对世界思想和文化产生了重大影响，如叔本华、尼采的哲学思想，歌德、席勒的文学成就等。19世纪后期，中国逐渐将德国文化作为一种国别资源进行关注。有学者指出：“德国文化之传入中国，并被援为思想资源，确实是在中国面临极度危机的情况下，首先在政治层面得以表现的。”① 这主要体现在康有为对德国政体的推崇。而中国思想界对德国思想和文化的接受最早可以追溯到梁启超对德国哲学的引介。1902年，梁启超发表了《哲学大家德儒康德》，后又介绍了尼采。此后，德国哲学特别是尼采的哲学思想在中国知识分子中产生了不小的影响。如鲁迅在尼采超人理论的范围内对中国封建传统思想的批判和在《野草》中以超人的精神完成的自我超越，郭沫若在诗作中体现出的超人的破坏与创造精神，

① 叶隽：《另一种西学——中国现代留德学人及其对德国文化的接受》，北京：北京大学出版社，2005年版，第5页。

茅盾对尼采“重新估定一切价值”的欣赏，以及田汉深受尼采《悲剧的诞生》的影响的艺术观和人生观。20世纪40年代，“战国策”派更是带着鲜明的尼采哲学的烙印出现在中国文化史上。该派的代表人物多具有留学德国的背景，思想上深受德国文化的浸润，他们宣扬尼采的超人学说和英雄崇拜，崇尚“战”的文化；在文学上主张“恐怖·狂欢·虔恪”三道母题的写作和高扬“民族意识”的民族文学。其核心人物陈铨是一个狂热的德国文化的爱好者和资深的德国文学学者，他的思想和创作深受德国文化的影响。早在20世纪20年代，陈铨就对德国哲学家叔本华的悲观主义哲学产生了浓厚的兴趣，对意志世界的探寻成为他思考人生的起点。到德国留学后，陈铨从尼采哲学中找到了民族主义的理论基石，力图把它作为重塑国民性的利器。由于意识形态的原因，陈铨对尼采的权利意志和超人学说的化用被扣上了“法西斯分子”的帽子，被历史误读和遮蔽。考察陈铨的生平及其创作，特别是他和德国文化的关系，或许会祛除历史的迷魅，还原真实的陈铨。

陈铨（1903—1969），四川富顺人，又名大铨，号选卿，笔名涛每、唐密等。1921年考入清华学校，1928年赴美国入阿柏林大学（今译奥柏林大学）留学，1930年获硕士学位后转赴德国克尔大学，学习德国哲学和日耳曼文学，1933年获博士学位后归国。先后在武汉大学、清华大学、西南联合大学、重庆中央政治学校、重庆歌剧学校、同济大学、南京大学任教。陈铨从20世纪40年代于清华学校求学时期登上文坛开始，几十年来笔耕不辍，创作涉及小说、诗歌、戏剧等多种体裁。他学贯中西，具有比较文化的宏阔视野，其博士学位论文《德国文学中的中国纯文学》可以说是中国比较文学的开山之作。20世纪40年代，在民族危亡的时刻，陈铨以知识分子的爱国热忱，借鉴德意志民族的狂飙突进运动，力倡中国的“民族文学运动”，以期恢复民族意识，重建中国文化，并为此创作了大量的小说和戏剧。

陈铨的文学创作有长篇小说《革命的前一幕》《天问》《冲突》《死灰》《彷徨中的冷静》《狂飙》等，短篇小说集《蓝蚨蝶》《归鸿》，白话新诗集《哀梦影》，戏剧《黄鹤楼》《野玫瑰》《无情女》《金指环》《蓝蝴蝶》等；理论专著有《中德文学研究》《文学批评新动向》《叔本华生平及其学说》《从叔本华到尼采》《戏剧与人生》；他还主编了《清华文艺》《弘毅》《战国策》《大公报·战国副刊》《民族文学》等报纸杂志，并在《学衡》《清华文艺》《弘毅》《大公报》等刊物上发表了大量译诗。

综观陈铨的思想和创作，可以发现他对德国哲学的热衷以及四年的德国留学生涯给他的思想和创作烙下的深刻的德国印记。叔本华和尼采的哲学思想是陈铨哲学思想的基础，以歌德和席勒为代表的德国文学则是他进行文学创作的蓝本。陈铨既是中德文化交流的使者，又是德国哲学思想在文学创作上的践行者。本书拟在学界现有研究成果的基础上，以陈铨的小说和戏剧创作为主要研究对象，采用影响研究和文本细读的方法，探讨德国资源与陈铨思想和创作的关系，并在此基础上对陈铨的创作进行解读和评价，以期描绘出陈铨在中国现代文学史上清晰完整的文学形象，还原这位饱受争议的作家的本来面目。

目　录

上　编　德国的哲学与文学——陈铨思想的德国资源

第一章　陈铨哲学思想溯源：从叔本华到尼采……（ 3 ）
　第一节　传统与西学之间……………………（ 3 ）
　第二节　叔本华哲学及其影响………………（ 16 ）
　第三节　尼采哲学及其影响…………………（ 35 ）

第二章　陈铨的文学观：民族文学观………………（ 58 ）
　第一节　文学·时代·民族……………………（ 58 ）
　第二节　对传统的反思与德国狂飙突进运动的借鉴
　　　　………………………………………………（ 64 ）
　第三节　民族文学观的建构…………………（ 89 ）
　第四节　“战国策派”的文化思想……………（100）

下　编　个人主义·民族主义——陈铨的文学创作

第三章　陈铨的前期小说创作：个人主义的悲歌
　　　　………………………………………………（117）
　第一节　强烈的现实主义观照………………（117）

第二节　浓郁的悲观主义色彩——以《天问》为例 …………………………………………… (128)
第三节　“冲突”的人生哲学…………………………… (136)
第四章　陈铨的后期创作：民族主义的呐喊（上）
——抗战小说的民族主义建构…………… (146)
第五章　陈铨的后期创作：民族主义的呐喊（下）
——浪漫悲剧的戏剧书写………………… (165)
第一节　爱情与战争交织的双重结构…………… (165)
第二节　另类的抗战英雄——“民族意识”的代言人…………………………………………… (172)
第三节　悲剧艺术与浪漫精神…………………… (179)
第四节　《野玫瑰》风波………………………… (188)
第六章　陈铨的新诗创作…………………………… (212)
结　语……………………………………………… (234)
参考资料……………………………………………… (239)
附　录　陈铨创作年表…………………………… (251)

上　编　德国的哲学与文学

——陈铨思想的德国资源

第一章　陈铨哲学思想溯源：从叔本华到尼采

第一节　传统与西学之间

陈铨，名大铨，号选卿，1903年9月（光绪二十九年农历八月初五）出生于四川富顺县试院街同兴和老宅。富顺县隶属四川省自贡市，地处四川盆地南部、沱江下游，东邻内江市隆昌县，西靠自贡市沿滩区，南接泸州市，东北与隆昌临界，西北与自贡市大安区相连，西南与宜宾市接壤，距省会成都约250千米。富顺虽然地处内陆，但在古时的天府之国却有着非常重要的经济地位，四川有“金犍为，银富顺”的说法，此地因产盐而富庶。陈铨在长篇小说《天问》中对自己的家乡有精彩的描述：

> 富顺在四川的南部，沱江的下游，管辖了一百多个乡场，四川产盐最多的地方自流井，也在它的境内，所以在四川总算几个大县之一了。不但地面宽，出产也很丰富，盐是不用说的，其他米、麦、糖、

> 麻、炭、油、花生、白薯，所有吃的、烧的、用的，无一样不齐备，居民有钱的甚多，所以四川有句话“金犍为，银富顺”，……富顺县城固然不能算很大的城市，然而城内决不能说萧条，一四七赶西门，二五八赶后街，三六九赶东街，除逢十的日子，每天都有场期，乡里的人，一个个都担起米、豆、麦、布各种的东西来卖。①

富顺有“千年古县”“巴蜀才子之乡”的美誉，可谓历史悠久、人杰地灵。富顺县原为古代江阳县治域，北周天和二年（567）划出富世盐井及周围地区。此地出过“景泰十才子”之首的晏铎、“嘉靖八才子”之一的熊过，也出过“戊戌六君子”之一的刘光第。明朝洪武六年（1373），知县钟铉重整庙坛，兴建学校，砌石泮池，明成祖永乐年间始称“文庙”。此后文风日盛，教育事业发达，入学中举者逐年增多。有明一代，赴京会试，中进士者达139人，占四川省进士总数的1/13，因而获得了“才子甲西蜀”“富顺才子内江官”的美誉。

陈铨就出生在这样一个具有丰厚的历史文化底蕴的地方。其父陈智府，别名正心，榜名伯龙，生于清文宗咸丰八年（1858）五月初二，时住富顺县城下北路瓦宅铺炭厂沟，后随家迁居县城。清光绪六年（1880）庚辰科，陈智府参加了在叙州府（宜宾）经四川学政陈懋侯主持的考试，同时参加督学考试的还有后来“戊戌六君子”之一的

---

① 陈铨：《天问》，上海：新月书店，1928年版。

刘光第，二人均取得秀才资格。陈智府后在小南门附近行医，兼开中药铺“同兴和”，在城中小有名气。光绪二十六年（1900）援陕西例赈捐贡生。民国二十三年（1934），富顺县成立培修孔庙委员会，陈智府被众人推为该会委员长，负责监督指导维修事宜，事必躬亲，成绩突出，受到县人好评。1903 年清廷颁布“癸卯学制”时，富顺县已有官立中学二所，高等小学、初等小学等学校 161 所。但陈铨八岁前，接受的一直是私塾教育。

1916 年，陈智府把陈铨送进了“富顺试院”内的富顺县官立小学堂接受“新学”教育，同时亦要求他回家后要接受诗词等古典文学教育。陈铨在新旧“双重教育”下进步很快。由于幼时体弱多病，陈铨面容清瘦，常吃补药，甚至用人参、鹿茸这些大补之药来提气，然而效果并不好。直到后来进入清华学校，爱上体育运动，其体质才有所好转，到美国留学后，饮食结构发生改变，他的身体终于变得强壮起来。尽管幼时身体不好，但陈铨的悟性却很高，记忆力特别好，过目不忘。那些年四川军阀混战，各有胜负，胜利的一方占领县城后就会贴出“安民告示”，这些安民告示由军阀的幕僚所写，皆为文言文，且用典较多，既难懂又难读。陈铨的父亲总是叫年幼的陈铨到街上读那些告示，回来背给大家听，陈铨每次都能一字不漏地背下来。四年制的小学教育他只用了三年时间，而且还学会了写诗填词，成了亲友夸赞的神童，在七个兄弟中特别突出。陈铨聪慧好学，小学时成绩优异，1919 年恰逢四川省国立成都中学招生，学校教师极力动员陈铨应考，在征得父亲同意后，陈铨轻松考取了成都中学，和李硕勋、阳翰笙等成为同班同学。

1921年，陈铨以优异的成绩考取了清华留美预备学校。清华留美预备学校是清政府利用美国退还的“庚子赔款”创办的，虽仅是所预备学校，但从当时中国的实际情况来看，其已相当于一所高等学府。该校分四年中等科和四年高等科两个阶段，共为八年，学生完成学业后送往美国官费留学。在这期间，陈铨接触了现代西方思想和中国各个方面的著名人物。学校中的国学氛围也相当浓厚，在吴宓、王国维等人的影响下，陈铨加深了对中国传统文化的领悟。在清华留美预备学校学习的这个阶段为陈铨一生的主要思想的发展奠定了基础。当时的校长曹云祥似乎有意仿效北京大学校长蔡元培，也想把清华留美预备学校办成“思想独立、学术自由、文理兼长”的综合性高等学府，其一面大力发展理工科，一面又在文科费了不少功夫。在这里，陈铨遇到了对他的思想产生重大影响的老师——吴宓。

吴宓（1894—1978），字雨僧、玉衡，笔名余生，在美国留学时师从“新人文主义”代表人物白璧德，回国后被清华学校校长曹云祥聘请主持研究院工作。吴宓上任后聘请了梁启超、王国维、陈寅恪、赵元任等为研究院四大导师，使清华学校一下子成为中国国学研究中心。陈铨1921—1928年在该校学习。1925年吴宓担任清华学校国学研究院主任，此时陈铨属于清华旧制留美预备部的学生，二者开始了师生之缘。《吴宓日记》中有不少篇幅记录了两人的交往活动，从中可以看出两人亦师亦友的关系。

吴宓对陈铨的思想和学术道路产生了深远的影响。首先，吴宓对新文化运动的立场影响了陈铨。吴宓虽然赴美留学，学习了西方的文化知识，但他的文化立场却是保守而传统的，他持“中学为体，西学为用”的立场对五四新文化运动进行批评，站在了文化守成派的队伍中。1922年，吴宓发表了一篇长文《论新文化运动》，猛烈抨击新文化运动“持论则务为诡激，专图破坏”，并指责了新文化运动以“新旧”论是非的进化论标尺的荒谬性。这一立场遭到了来自新文学阵营的猛烈反击。陈铨虽然从事新文学创作，但他对五四新文化运动也从批判的立场上作了文化上的反思。他认为五四运动最大的弊病在于个人主义。其次，吴宓的比较文化立场对陈铨的学术道路产生了直接影响。吴宓 1918 年在哈佛大学学习，师从白璧德，所在的系就是比较文学系，因此其看问题多从比较文化的立场出发，这直接影响了陈铨的学术道路，其博士学位论文《德国文学中的中国纯文学》就是以中德文学的比较为研究对象。

陈铨在清华留美预备学校求学期间，正是该校迅速发展的时期，也是中国思想界东西文化大碰撞的时期。在这个人才济济的地方，既有穿长衫讲国学的宿儒，也有穿西装革履大谈西学的新潮人物。思想如此活跃、气氛如此自由的学校对陈铨的成长非常有利。学校社团组织林立，陈铨颇为活跃，参加了赵访熊等人组织的“群声学会”以及由北大、清华部分同学组成的“青年励志会”。还由同学介绍参加了王造时负责的“仁社”，同时加入的还有贺麟、张荫麟、林同济等人。从此陈铨与王造时成为终生挚友。1925年，贺麟任《清华周刊》总编辑，陈铨主持文艺副刊，张荫麟主持书报介绍副刊。对他们三人的深厚友情，贺麟有诗为证：“四海寻畏友，所得惟两人。一是东莞张，一是富顺陈。……陈心好似大明镜，万事万理无遁形。……陈言利似刃，斩金截铁解纠纷，判析毫芒惊鬼神。……自得两君后，神志渐清明。……勇气觉倍增。好友相扶持，欲罢也不能。”[①] 20世纪40年代，陈铨、贺麟、张荫麟、林同济共同创办刊物《战国策》，成为“战国策派”的主要代表。

1925年，陈铨成了“左右清华文坛的人物”[②]，是有名的校园文学青年作者。在《清华文艺》从9月创刊到12月共四期中，陈铨以“大铨”“记者”“涛每”“编辑”为名共发表文章38篇，体裁有小说、散文、诗歌、译文、批评与介绍、丛谈、编辑后记等。他在《弘毅》杂志上也发表了大量的短评和译诗。

在清华学校学习期间，陈铨以其聪明才智和勤思苦学获得了众人的赞扬，被誉为清华“四才子”之一（清华“四才子”即陈铨、张荫麟、钱锺书、李长之）。陈铨与张荫麟、贺麟是同窗，又被称作文学院“三才俊”。

---

① 贺麟：《我所认识的张荫麟》，载于《思想与时代》第20期，1943年3月。

② 黄延复：《二三十年代清华校园文化》，桂林：广西师范大学出版社，2003年版，第403页。

1928年，陈铨以优异的成绩考取了美国俄亥俄州的阿柏林大学（今译奥柏林大学，Oberlin College）。阿柏林大学成立于1833年，具有悠久的历史，在建校两年后，决定录取学生时不考虑种族因素。1837年，阿伯林大学成为美国第一所实行男女混合教育的高等学校。1928年7月16日，吴宓在清华大学附近的成府燕林春邀请赵万里、张荫麟作陪，替陈铨饯行。7月底，陈铨和一批同学乘远洋轮启程，码头上站满了送行的亲友，但陈铨只有一些同学前来送行，同行赴美留学的四川老乡只有杨允奎。当时留学美国的中国学生大都选择学习实用学科，到美国后，杨允奎进入俄亥俄州州立大学农学系学习，陈铨考虑再三，最后按照自己的兴趣选择学习文学。陈铨在完成于阿柏林大学的长篇小说《冲突》中描述了留学美国的感受："一个中国学生，到美国大学来读书，在本国人的眼光看起来，似乎是很誉荣的事情，因为他有求高深智识的机会；但是在留学者的本身，确乎是很痛苦的。生活的干燥沉闷，不用说了，顶难受的就是中国人自己不争气，把自己国家弄得乱七八糟，然而留学生偏偏又是中国人。"[①]对这群不争气的中国留学生，小说中有精彩的讽刺：

> 第二天星期六下午，芝加哥大学的一个教室里，坐满了七八十个中国学生。因为两方面奔走的结果，差不多全体都到，连从来不剪发的艺术家；整半年坐在小屋子里观察宇宙人生的哲学家；拉坏峨麟把旁边

① 陈铨：《冲突》，上海：上海厉志书局，1929年版，第52页。

> 屋子的人急得破口大骂的音乐家；跳舞把脚趾头跳肿了，痛了三天三夜的跳舞家；隔二十英里可以嗅得着他身上的香水的修饰家；吐黄痰扭鼻涕不用手巾的自由主义者；三年大学读了两个半积点的打破学校制度的急先锋；……还有……许多的著名人物，都争先恐后地到会。真是“群贤毕至，少长咸集”，“集中国留学生人才之大成，破芝城学生会历朝之记录”，“猗欤懿哉！”“叹观止矣！”①

陈铨显然不满意中国留学生这种不思进取的生活状态，可他却无能为力，只有自己发奋读书。他的大部分时间都是在图书馆和租住的房间里度过的。在美留学期间，陈铨对莎士比亚产生了浓厚的兴趣：“我正在美国阿柏林大学学习英国文学。从叶勒夫教授那里，我第一次对于莎士比亚发生极浓厚的兴趣。有一天星期六晚上，同学的几位中国学生来约我去看电影，我没有去，一个人独坐在家里，埋头读哈孟雷特。越读越高兴，什么事体都忘去了。我脑子里充满了哈孟雷特的人生问题，我眼目中只看见莎士比亚琳琅的字句。我想像不到在这么一本简单的戏剧中间，一位戏剧家居然能够把人生描写到这样地深刻，这样地动人。同时我更深深地感觉到书中的主人翁人格的丰富伟大，他能够观察别人所不能观察的问题，他能够感觉到别人所不能感觉的刺激。他的精神，就好像空气一般，无微不入，又好像观象台上面的风度表，空气稍震动，它的

---

① 陈铨：《冲突》，上海：上海厉志书局，1929 年版，第 122 页。

记录，立刻表现出高低。”①

陈铨在校学习勤奋，两年获得了英德文学的学士和硕士学位。但陈铨对德国思想和哲学具有浓厚的兴趣，于是在1930年7月毕业前向清华留美预留学校提出申请，将原定公费留美五年的计划改为留美两年，留德三年。经学校批准，暑假中，陈铨来到纽约哥伦比亚大学的一个暑期班进修，9月又到了位于德国北部石荷州海滨的基尔大学，主科选读德国文学，辅科为英文和哲学。基尔大学创办于1665年，历史悠久，学科门类齐全，是德国著名的公立大学之一。

陈铨在基尔大学的老师主要有Wolf Gang Liepe、Karl Wildhagen、Richard Kroner、Arthur Haseloff、Ferdinand Weinhandle、Julius Stenzel、Otto Mensing、Carl Welse、Carl Petersen、Eduard Schmidt、Georg Jacob、Hans Jensen等十余位教授。② 陈铨个人的选课信息尚不清楚，但可以通过这些老师的授课情况管窥一二。Kroner、Stenzel、Weinhandle三位教授属于德语专业，他们在1930年至1933年间开设了德语文学史课程，内容涵盖了上至史诗时代的古德语文学，下至狂飙突进运动、古典主义、浪漫主义时期的德语文学。这三位教授又属于哲学专业，所授课程也涵盖了自古希腊哲学至20世纪初的德国哲学。此外，陈铨在博士学位论文中致谢的

① 陈铨：《哈孟雷特与房租问题》，载于《论语》第98期，1936年10月16日。

② 张帆：《从档案看陈铨留德生涯》，载于《新文学史料》，2017年第3期。

Wildhagen 教授属于英语专业，Petersen 教授属于历史专业，Schmidt 和 Haseloff 两位教授属于考古、艺术专业，Jacob 和 Jensen 两位教授则分别是东方语言学和汉学学者。1930 年至 1933 年间，上述教授在基尔大学分别讲授了史诗《海伦娜》（*Elena*）以及乔叟、弥尔顿、莎士比亚等人的作品，19 世纪政治、经济社会史，德意志民族与民族意识史，19 世纪德国艺术等方面的课程，这些课程很有可能给陈铨带来了文、史、哲、艺术等方面的人文熏陶。[①]

在中国现代知识分子中，留学德国并受德国思想影响的人非常多，如陈寅恪、季羡林、冯至、王光祈、傅斯年、林语堂、贺麟等。

陈铨在德国既遇到了清华老友贺麟，又喜遇新知冯至、姚可崑，并且也结交了不少德国朋友。德国的生活经历给陈铨留下了难忘的回忆，他的女儿陈光琴女士记述了陈铨的德国情结：

> 我的父亲陈铨教授除了他最亲爱的祖国，可以肯定地说，最热爱的就是西欧中部那片森林占全国面积30%、山清水秀、人杰地灵、美丽的德国大地了。
>
> 当我还是个小姑娘的时候，就经常和父母一道与在我父亲任教的南京大学执教的几位德国女教师来来往往。我们之间的关系就像我们中国人之间的走亲访友一样地无拘无束。几位“Frau”（女士、太太）都

① 张帆：《从档案看陈铨留德生涯》，载于《新文学史料》，2017 年第 8 期。

嫁了中国丈夫，随了中国丈夫姓了中国姓。……大人们经常在一起欢聚，似有永远谈不完的愉快话题。他们的谈话内容涉及范围非常广泛，既有中德学术交流活动，也有他们所经历的中德人民之间友好情谊的许多动人情节。父亲像是在努力回报当年在德国所受到的令他难以忘怀的亲切款待。[①]

陈铨的德国经历也影响了他对子女的教育。陈铨的二儿子陈光还先生回忆道：

1953年暑假……父亲说这个暑假有四十五天，可以系统地学习德语，他找出了廖馥君先生编著的《简要德文文法》作为参考书（1950年吴淞万昌书局版），从南京外文书店买来两本苏联十年级德语教材作为课本。每天上午讲一些语法，读一篇课文，最后做练习。他的练习题有些特别，除了口头练习外，书面作业就是把英文句子翻译成德文，或者反过来把德文句子翻译成英文。其间他有时也会讲一些德国儿歌和诗歌。譬如有这样一首儿歌，“Ein，zwei，drei，du bist Gauwer ein”，还让我们背诵过Heine（海涅）的诗《洛累莱》，我现在只记得前面四句：“Ich wei? nicht was soll es bedeuten，Dass ich so traurig bin；Ein M? rchen aus alten Zeiten，Das kommt mir nicht aus dem Sinn.”（冯至先生的译文：我不知道为什么

① 陈光琴：《中德思想文化交流的快乐架桥工陈铨教授》，见《旅德追忆》，北京：商务印书馆，2000年版，第62～63页。

这样悲伤，一个古老的童话让我久久不能遗忘。）父亲告诉我们，这首诗德国人人会唱。果然好多年后大哥陈光群有一次和一群德国专家聚会时，即兴唱起这首歌，德国朋友非常高兴，全体跟着唱了起来。①

陈铨在基尔大学师从著名的黑格尔研究专家理查德·克罗纳尔（Richard Kroner）。20 世纪 30 年代，陈铨还将理查德的两部作品译介到中国，一本是《哲学与人生》，一本是《精神世界》。在老师的影响下，陈铨花了大量功夫研究黑格尔，并参加了德国的“青年黑格尔学会”。虽然陈铨并没有撰写有关黑格尔的专著，但是对黑格尔著作的中译却起到了推动和促进作用。1930 年 11 月 23 日，陈铨的译作《黑格尔哲学对于现代的意义》发表于《大公报·文学副刊》；中华人民共和国成立后，他应好友贺麟的邀约，翻译了黑格尔的《精神现象学》，可惜这本译稿早已遗失，只有一些片段存世；后来又帮好友王造时修改翻译黑格尔的《历史哲学》：“应王造时先生的委托替他修改黑格尔《历史哲学》一书的译文，这书是黑格尔哲学著作中十分重要的一本，王先生早年是根据英文译文转译出版的，由于不懂德语，也不太了解黑格尔哲学，原来的译文中名词术语错误极多，词不达意、错译漏译随处可见，说是‘修改’，实际差不多等于重译，工作量之大难度之高可以想见。”②

---

① 陈光还：《印象中的父亲》，载于《新文学史料》，2017 年第 8 期。
② 陈光还：《印象中的父亲》，载于《新文学史料》，2017 年第 8 期。

陈铨在理查德的指导下，系统研读了黑格尔、康德、叔本华、尼采等人的著作，梳理了德国近代思想发展的基本线索。陈铨认为康德是近代以来最伟大的哲学家和美学家，他的贡献在于打破了希腊哲学所强调的对外部世界的依赖，提升了人的尊严和价值：

> 康德分世界上的事物，成为两方面，一方面是“物的现象”，一方面是“物的本身”。人类所能够知道的，不过是物的现象，至于物的本身，是人类智力所不能知道的。希腊人相信世界上的事物都有一定的条理，这一些条理，包藏在物的本身。康德认为世界上的事物，本来无所谓条理，人类观察事物的现象，在心灵中组成一种条理，勉强加在事物的身上。因为事物的本身，我们没有法子知道，事物的现象不过是事物在人类的心灵上，呈现出来的状态，从这种状态上组成的条理，根本不是事物本身的条理，乃是人类心灵上的条理，所以希腊人认为自然的法则，实际上是人类心灵上的法则。[①]

当然，在德国留学期间，陈铨最喜欢的哲学家还是叔本华和尼采。在文学方面，陈铨喜欢诗人、剧作家、思想家歌德（1749—1832）和剧作家、诗人席勒（1759—1805）的作品。1933 年 8 月，陈铨到德国海岱山大学研究德国文学及哲学，以《德国文学中的中国纯文学》一文

---

① 陈铨：《文学批评的新动向》，载于《战国策》第 17 期，1941 年 7 月 20 日。

获得文学博士学位。这篇论文以比较文学的视野，深入研究了中国文学和德国文学的关系，考察了中国纯文学中小说、戏剧和诗歌对德国文学的影响，是中德文学比较研究的开山之作。

德国的留学经历为陈铨思想观念的最终确立奠定了坚实的基础。德国的狂飙突进运动给予了陈铨很大的启发，他意识到狂飙突进运动奠定了德国文化的根基，具有划时代的意义。德意志民族从狂飙突进运动中第一次认识了自己，摆脱了17世纪以来的理智主义、法国的新古典主义，推翻了数千年的传统思想，走向了强大。陈铨认为，中国的五四运动与德国狂飙突进运动一样是具有划时代意义的运动，但由于五四运动之后中国人还是没有认清自己，所以没有走上合理的正确的道路。五四运动强调个人主义，而陈铨借鉴德国经验，认为中国需要的是像德国一样的民族主义精神。

第二节　叔本华哲学及其影响

亚瑟·叔本华（1788—1860），德国哲学家，唯意志主义流派的创始人，生命意志论的主要代表。叔本华哲学是将贝克莱的主观唯心主义、柏拉图的客观唯心主义、康德的二元论以及印度哲学中的悲观厌世思想杂糅在一起，把世界看作人的意志，代表作有《作为意志和表象的世界》《论自然意志》《伦理学的两个根本问题》等。叔本华哲学有两个基本命题：第一个命题是“世界是我的表象”，第二个命题是“世界是我的意志”。意志是世界的内在内容和本质，表象只是它的表现和客观化。在人生哲学上，叔本华抱着悲观主义的态度，认为意志的欲求无穷无尽，不能得到永久的满足，因此，欲望按其性质来说就是痛苦。痛苦是生命意志本身的必然产物，人生就是欲望，欲望得不到满足便痛苦，欲望得到满足便无聊，人生就像钟摆，在痛苦和无聊间摇摆。解脱痛苦有两种方法：一是通过艺术的“观审”达到暂时放弃自己的生命意志的解脱，二是通过禁欲彻底否定生命意志以求得永久的解脱。

叔本华的哲学对世界哲学和艺术产生了深远的影响，他的唯意志论对尼采的权力意志论的产生有直接的影响，也是现代西方生命哲学和存在主义思潮的重要思想来源。哲学家萨特、伯格森、霍克海默，作家哈代、托尔斯泰、托马斯曼，艺术家萧伯纳、瓦格纳、马勒等都受到了叔本华哲学的影响。

20 世纪初中国知识界开始了对德国哲学的关注。梁启超在 1902 年发表了《哲学大家德儒康德》一文，后又介绍了尼采，可谓开德国哲学进入现代中国之先河。而中国知识分子与叔本华哲学的相遇，则始自王国维（1877—1927）的引介。

1898 年，王国维来到上海，担任《时务报》的校对和司书。当时，罗振玉（1866—1940）在上海主办东方学社，开设英文、日文、数学、物理等课程，主要培养翻译人才，还聘请了两位日本人为教师。王国维每天下午去学社学习，跟随两位老师学习日文和哲学，这种生活持续了两年。这两年中，王国维通过日文译本，阅读了大量西方哲学著作。东方学社的两位日本老师之一田冈佐代治是专门研究哲学的学者。有一次，王国维在田冈君的书中看到了其引用的康德、叔本华哲学，非常欣赏，就特意去找康德的书来读。他在《静庵文集》自序中说："余之研究哲学，始于辛壬（1901—1902）之间，癸卯（1903）之春，始读汗德（今译康德）之纯理批判（今译《纯粹理性批判》），苦其不可解，读几半而缀。嗣读叔本华之书而大好之，自癸卯之夏以至甲辰之冬，皆与叔本华之书为伴侣之时代也。"[①] 可见王国维对德国哲学的研究是从读康德的《纯粹理性批判》开始的。王国维十分重视康德哲学，对康德也敬佩之至，他在《汗德像赞》中把康德称为高挂天空的太阳和翱翔云霄的丹凤。王国维希望通过读康德的原著来研究康德，但是康德理论的抽象和深奥给他的阅读带来了极大的困难，特别是《纯粹理性批判》一书的"先验分析论"部分，康德主张自然科学的判断的可能，有赖于"实体性""因果性"等知性的十二个先天原则或范畴。王国维难以读懂，于是中途放弃，改读叔本华的书。叔本华的书思想精确，表述明白，风格流畅，容易读懂。对叔本华哲学的发现使王国维惊喜不已，因此很长一段时间内，他都以叔本华的书为伴，反复诵读，深得叔本华思想的精髓。他不仅反复精读叔本华《作为意志和表象的世界》一

① 王国维：《王国维文集》，北京：燕山出版社，1997 年版，第 456 页。

书，还阅读叔本华的《充足理由律的四重根》《自然界中的意志》《悲观论集》等著作。王国维对叔本华的书几乎到了痴迷的地步。1900 年，王国维毕业于东方学社。1901 年，他在武昌农校担任翻译，后赴日本留学，进入东京物理学校，第二年因病中断学业，返回上海，在罗振玉任校长的南洋公学虹口分校工作，并为罗振玉主办的《农学报》和《教育世界》写文章。其关于叔本华研究的论文，也基本上在这一年陆续面世。

1904 年，王国维在《教育杂志》上发表了著名的论文《红楼梦评论》，这是王国维的第一篇文学批评文章，也是中国第一篇运用叔本华哲学批评《红楼梦》的文章。正值壮年、在家难和国难的双重压力下而找不到出路的王国维接触了西方的哲学思想，并被德国唯意志论哲学家叔本华的悲观主义人生哲学折服。叔本华认为生命因意志而存在，现实中意志是得不到满足的，所以人生就是痛苦的，受此影响，王国维认为人只有知苦痛才能奋起，才能避免麻木。在经历了痛苦的思索后，王国维完成了《红楼梦评论》。他运用叔本华的悲观主义哲学诠释了《红楼梦》人物的悲剧命运，他的解读中隐含了自身对人生苦难的体验、对国运衰亡的忧患以及对人民麻木乐天的慨叹。《红楼梦评论》是王国维真正将文学和哲学结合起来，全面系统阐发叔本华唯意志论思想和悲观主义人生哲学的作品。王国维还在罗振玉主编的《教育世界》杂志上陆续发表了《叔本华与尼采》《叔本华之哲学及其教育学说》《书叔本华遗传说后》《附叔本华氏之遗传说》等文章。王国维是中国传介叔本华哲学的第一人，使叔本华的哲学对中国思想界产生了一定的影响。王国维考察中国哲学史，认为中国并无纯粹的哲学，只有道德哲学和政法哲学，这种文化传统根深蒂固地影响了中国人的文化认知方式和思维方式。王国维向西方学习，就是想引进他们纯思辨的纯粹哲学，因此他对叔本华哲学的介绍就掺入了自己的喜好。

在《叔本华与尼采》一文中，王国维对这两位19世纪德国哲学界的伟人进行了一番比较研究，他认为尼采的学说全部源于叔本华，尼采继承了叔本华的意志主义，克服了叔本华的悲观主义，建立了权力意志和超人哲学。这是他与叔本华生命意志哲学的最大分歧。王国维比较了他们在美学、伦理学、认识论、人生哲学方面的相似之处：他们的意志本体论是相似的，他们的博学和聪明是相似的，甚至他们对自由的热爱也是相似的。王国维把叔本华的学说比作同一棵树的根，盘根错节于地下，尼采的学说就是树干上的枝叶；叔本华的学说是山麓上的花岗岩，尼采的学说就是高于天际的太华三峰。这二者中，王国维显然更倾向于叔本华。

《叔本华之哲学及其教育学说》是王国维系统介绍叔本华的文章。在这篇文章中，王国维通过对西方哲学史上康德与叔本华思想之间的承继关系的考察，分析了叔本华哲学的特点，以及叔本华本体论、认识论、美学和伦理学之间的关系。康德以前的哲学家，除了少数的怀疑论者之外，大多持朴素实在论的观点。朴素实在论是自发的唯物主义信念，认为在认识之前确实存在着某种东西，认识是对这种东西的反映。康德承认有本体，却认为本体是不可认识的，经过时空和十二范畴整理过的感觉表象就是现象界，现象界既是被先验的认识形式整理过的，它便更加远离了“自在之物”。因此，人的认识只能停留于现象界，而“自在之物”是认识达不到的，这样康德就建立了他的先验唯心主义和不可知论哲学。叔本华在康德的十二种范畴中提取“因果性”一种，和时间、空间构成认识的形式，认为本体能够通过自我反省而认识到的就是意志。王国维指出康德与叔本华的不同，首先就表现在康德认为经验的世界有超绝的观念性与经验的实在性，而在叔本华看来，有经验的观念性才有超绝的实在性，所以叔本华的认识论既是观念论（即唯心论）又是实在论。有史以来，探讨形而上学和心理学的哲学家都偏重智力方面，认为智力是世界的本体。叔本华提出意志本体论，完全改变了形而上学和心理学的发展方向，王国维认为这是叔本华对世界哲学发展的贡献，他还详细介绍了叔本华的意志论：世界万物的本质是意志，生物级别越高，意志表现得越强烈，欲望也越不容易满足，因此表现为生活之欲的意志就是痛苦和罪恶。王国维在这篇文章里还介绍了叔本华在其形而上学基础上建立起来的美学思想：人的本质是一种无止境、盲目的欲求，这使人处于无尽的希望和恐怖之中。为了摆脱这种处境，叔本华提出“审美静观”，在审美的状态中，审美的对象无关于主体的利害，审美的对象是纯粹形式、是理念。叔本华的美学为人们提供了暂时解脱痛苦的办法，即要想永远解脱痛苦，只有否定生存意志。美学之所以能使人解脱痛苦，按叔本华的说法，是因为艺术能使人的存在本身从意志的奴役状态下获得自由和解放。叔本华的伦理学也是以唯意志主义为基础的，即根源于意志同一说，世界的本质是意志，每个人都是同一意志的表现，人同此心，所以应该把他人的痛苦视为自己的痛苦，以同情这种动机作为人类道德价值的基础。这就是叔本华的同情伦理学。这种伦理建构在一定程度上考虑了与他人的关系，并在与他人的关系中确立了道德的基础，在今天仍然具有充分的伦理学价值和意义。王国维把叔本华的这种悲观主义称为博爱主义和克己主义。

在这篇文章中，王国维还介绍了叔本华的教育思想。叔本华把直观视为一切真理的根本，他强调只有直观所得的经验才清晰准确，而概念越普遍，离真实越远。叔本华重直观而轻理性，在教育上则重经验而轻书籍，他认为书籍上的知识是抽象的，是死的，而经验的知识是具体的、有生气的。叔本华甚至认为真正的知识只存在于直观中，因为思索需借助于想象，像空中楼阁，不可靠。叔本华的直观主义思想对王国维影响很大，王国维后来的美学研究都带有明显的直观主义倾向。

王国维在1904年所写的《红楼梦评论》中明确强调这篇文章的立论全部来自叔本华的思想，是宣传叔本华美学思想的代表作。王国维通过对《红楼梦》的分析和赞扬，宣扬了叔本华的唯意志论。他运用叔本华的生存欲望与解脱说来分析与评论《红楼梦》，认为男女之间的欲望是各种欲望中最主要的一种，《红楼梦》是通过描写男女之欲进而提出解脱之道的。王国维借助于叔本华的生存欲望与解脱说，运用他的哲学、美学观念进行研究，标志着中国文学批评史上一种新的批评体系的确立。《红楼梦评论》的立足点是叔本华的人生哲学和美学思想。叔本华认为生活的本质是欲望，人生则像钟摆一样在痛苦与倦厌之间摆动，我们的生活性质如此，我们的知识又都与生活的欲望相关。饮食男女是人类的大欲，而男女之欲又强于饮食之欲，王国维认为两千年来，只有叔本华的《性爱的形上学》在哲学上解决了这个问题。自古以来人们对性爱的问题总是避而不谈，性爱确实又是人生的一大内容，哲学家历来穷于追问世界的本原、人生的价值和意义等问题，对于关系人类幸福的这一重要内容却忽略不计，是叔本华首先用性本能这个生命意志中最强大的原始冲动来解释人类的恋爱的。《红楼梦》这本书不仅提出了男女之爱产生于欲望的问题，而且提出了解决问题的方法，即解脱之道在于出世。王国维还特别指出《红楼梦》所写的众多人物为情所苦，有的因经不住这种痛苦的折磨而自杀，如金钏堕井，司棋触墙，尤三姐、潘又安自刎等，这些人都没有得到解脱，只有像贾宝玉弃家为僧，以及惜春、紫鹃因看破红尘而遁入空门，才是真正的解脱。由此王国维分析解脱有两种：一种是像贾宝玉一样觉察到自己的痛苦，一种是像惜春、紫鹃那样观察到他人的痛苦，感同身受，最后走上解脱之路。王国维指出，文学、美术的任务就在于描写人生的痛苦与解脱之道，使人们在艺术的世界中暂时忘却生活之欲的争斗，得到心灵的平和。中国的戏曲小说反映了中国人喜欢大团圆的喜剧心理，如《牡丹亭》《长生殿》《西厢记》等，只有《红楼梦》与一切喜剧相反，是彻头彻尾的悲剧。因此，王国维认为《红楼梦》全书的精神和美学价值就在于解脱，这也是它的伦理学价值所在。王国维对《红楼梦》一书的价值认定，重心落在伦理学上，因为真善美是统一的，美并没有绝对价值，没有善也就没有美，如果不从伦理学上肯定《红楼梦》的价值，则它的美学价值也会被消解。因此王国维肯定，解脱是人的意志行为，是伦理学的最高理想，他也着力论证了《红楼梦》整部作品都在表现解脱，符合文学的最高理想。

王国维是为了寻找人生问题的答案才开始研究哲学的，他在接受叔本华哲学后，不仅写文章专门评介叔本华学说，自己也借用叔本华的方式介入中国哲学范畴的研究，他的《论性》《释理》《原命》三篇文章就是用西方哲学来处理中国哲学史上长期争论的“性”“理”“命”等范畴的代表。虽然王国维后来在自序中称因为对叔本华的一些观点渐渐产生怀疑，加之其他一些原因，他的嗜好由哲学转向了文学，对叔本华哲学也渐渐疏远，但通过对《红楼梦评论》的分析，我们还是可以发现叔本华思想对王国维的影响。王国维接受西方哲学的熏陶，具有较高的哲学思辨能力，他学习西方学者长于抽象、精于分类、善用综合分析的长处，在学术上取得了超越他的前代和同代学者的成就，他虽然不是一个哲学家，但是他把哲学当作一种思维方式运用于学术研究，并取得了举世瞩目的成就，这与他早年积极介绍、传播叔本华哲学并从中获益是分不开的。

20世纪20年代，正在清华求学的陈铨读到了王国维的《红楼梦评论》，从而开始接触叔本华哲学。1940年，他在《叔本华生平及其学说》的序言中详细谈到了自己对叔本华的接受过程。从在清华留美预备学校读到王国维运用叔本华的悲观主义理论写的《红楼梦评论》因而对叔本华的哲学产生兴趣开始，到在自己的长篇小说《天问》中体现出叔本华的悲观主义哲学观念，再到“到美国后，习西洋哲学史，开始阅读叔本华的书籍”，被叔本华思想清楚、说理透彻、简洁漂亮的文章折服，以及“后来到德国，进克尔大学从克洛那教授习德国哲学，听他尼采的演讲，中间讲到尼采和叔本华的关系”，使自己“对于叔本华哲学的了解，更进一步”。[①] 这种接受过程是陈铨对叔本华哲学从服膺到反思的思想深化历程。

1924年陈铨在《清华周刊》发表了两篇文章：《〈饮水词〉与〈红楼梦〉之关系及其文艺》（《清华周刊》，书报介绍副刊第十一期，1924年5月）与《元曲中三个代表作者》（《清华周刊》，书报介绍副刊第十二期，1924年6月6日）。这两篇文章在内容和思想上都受到了王国维著作的启发，表明在王国维受聘于清华国学院（1925）之前，陈铨就已经读到其著作。《元曲中三个代表作者》引述了王国维《宋元戏曲史》中论元曲艺术一节的观点。

---

① 陈铨：《叔本华生平及其学说》，上海：独立出版社，1941年版，序言，第1页。

《〈饮水词〉与〈红楼梦〉之关系及其文艺》则指出“中国历来小说家都喜欢用一点历史上或个人遭际上的真事情，加上小说材料作成小说”，《红楼梦》“本事”有各种说法，但终归艺术想象“占重要部分”，“至于《红楼梦》之来源与命意，拿小说的眼光看来”，对“本事”的索求“实在没有多大关系”。[①] 这些基本观点显然得益于《红楼梦评论》。

而陈铨对《红楼梦评论》的具有开拓意义的评价则是发表于《清华文艺》的《读王国维先生〈红楼梦评论〉之后》一文。文章主要包括三方面内容：一是《红楼梦评论》的主要内容和观点的归纳，二是《红楼梦评论》的意义和价值，三是对《红楼梦评论》的质疑与作者自己对《红楼梦》的见解。陈铨认为：“《红楼梦》一书为中国小说界空前未有之著作，历来研究批评者非常之多，或从文艺方面，或从影事方面，或从考据方面；然皆流于穿凿，蔽于一端，见其偏而不能见其全，务于小而失其大；因为研究者批评立足点不高，故不能赏识原书真正伟大之价值。”[②] 而《红楼梦评论》却独创系统，开辟新说。首先，在陈铨看来，王国维的贡献一是其开创性的研究方法和批评体系。《红楼梦评论》以哲学和美学构建了自成系统的批评框架，然后把理论思辨寓于文本解读，分别阐释了

① 陈铨：《〈饮水词〉与〈红楼梦〉之关系及其文艺》，载于《清华周刊》书报介绍副刊第 11 期，1924 年 5 月。

② 陈铨：《读王国维先生〈红楼梦评论〉之后》，载于《清华文艺》（北京）第 1 卷 2 号，1925 年 10 月。

《红楼梦》的“解脱精神”、艺术价值和哲理意蕴；二是开辟了《红楼梦》“考证之新途径”，即“作者之姓名与其著书之年月，固当为唯一考证之题目”。[①] 陈铨认为王国维的过人之处就是他观察立足点高，所以能够看见常人所看不见的地方。他对宇宙、人生、美术有精到的见解，所以能阐明别人所不能阐明的哲理。读完这一篇评论之后，我们可以了解宇宙人生之真相、美术之原理及其功用、《红楼梦》之解脱精神、《红楼梦》在美学伦理学上的价值、《红楼梦》考证之途径。有鉴于此，陈铨大胆断言：“王国维先生以前所著之《红楼梦评论》一文，其见地之高，为自来评《红楼梦》者所未曾有。”[②]

其次，陈铨敏锐地洞见了王国维方法论上的缺陷，并对王著中弥散的悲观人生哲学表达了自己的看法。陈铨认为王国维全盘接受叔本华思想，以此作为预设的理论和唯一的参照解读《红楼梦》，不免有引喻失义、附会穿凿之失：“王先生评《红楼梦》之根本观察点，盖发源于叔本华之哲学思想。然而《红楼梦》作者与叔本华二人之所见是否能相合至如此程度，吾人不能无疑？予终觉根据一家之言以看他家，终不免有戴起颜色眼镜看物之危险，因所引证无论如何精密，总脱不过作者之成见，而其它不合其成见者，容易忽视过去。譬如以绳穿珠，珠孔有大小，而

---

① 陈铨：《读王国维先生〈红楼梦评论〉之后》，载于《清华文艺》（北京）第1卷2号，1925年10月。

② 陈铨：《读王国维先生〈红楼梦评论〉之后》，载于《清华文艺》（北京）第1卷2号，1925年10月。

绳则无粗细，故所穿者均与此绳相合之珠，居然可成一串，然而遗留者为不少也。”[①] 陈铨进一步指出：“此实东西学术接触时作学者所应万分留意者也。”王国维从叔本华意志哲学起论，以“以生活之欲”带来人生永恒的痛苦与“示人解脱之道”一一比附《红楼梦》中的人与事，最终得出了“推其极使世界无有”“拒绝生活之欲”的悲观人生论。显然，作为一个乐观向上、积极进取的青年学生，陈铨难以接受王著中彻底的悲观主义和消极的人生哲学。所以，他认为人生“有生活就有苦痛，不过看主观为转移”，“要免苦痛，不再拒绝生活之欲，而在认识真正之情”，因为“生存人世”，就必有“无由解脱”之“情”网：父母之情、男女爱情，乃至人与人之间的“同情”。[②] 正是“情”之所系，“宇宙人生”才“不至于痛苦”，是故情“不必解脱”，反而恰是“有史以来无数圣哲之所力行教导，无数宗教家之所感化鼓吹，无数诗人韵士之咏歌想望”[③] 的理想。

最后，陈铨从自我阅读体会出发，抒写了自己对《红楼梦》的见解。在他看来，与其以叔本华之学说看《红楼梦》，不如就《红楼梦》看《红楼梦》。他认为《红楼梦》首先是抒怀的言情之伟著，其“悲哀动人缠绵宛转，无不

---

① 陈铨：《读王国维先生〈红楼梦评论〉之后》，载于《清华文艺》（北京）第1卷2号，1925年10月。

② 陈铨：《读王国维先生〈红楼梦评论〉之后》，载于《清华文艺》（北京）第1卷2号，1925年10月。

③ 陈铨：《读王国维先生〈红楼梦评论〉之后》，载于《清华文艺》（北京）第1卷2号，1925年10月。

为一情字”。所以《红楼梦》对人的启示，是一情场失意之人在一种不得不然的环境中，使其情不得达，演成一段悲剧。至其后贾宝玉出家也不过写悲剧已成，挽无可挽，无可如何，只能走此一条路去，而作者满腹凄怆，都包含于此，“使吾人愈怜其情之未达，愈觉其事之可哀，觉其为悲剧中之悲剧，《红楼梦》作者，真伤心人也。故宝玉之出家，非解脱也，情场失意，无可如何，故忍痛含泪，抛弃一切，以酬知己也”[①]。《红楼梦》不是教解脱之法，而是作者看尽人世的变迁，蘸笔和泪，写此一段悲剧中的悲剧，抒发胸中难受的情怀。《红楼梦》并不是提出方法，以图宇宙人生解脱之大著作，而是千古以来写悲情顶深刻动人之大著作。《红楼梦》之命意如是，至为深切著名，以此而论《红楼梦》，而《红楼梦》亦足千古。小说反复昭示因情而致的“苦痛局面”，盖因“痛乎情之受种种无可如何之束缚误解而不得自由发展”，是以借小说来宣泄郁结之情，表达“希望此情有不受束缚之一日”之意，故“《红楼梦》之精神，不在解脱，而在言情”，其价值“不在造成‘无的世界’，而在造成‘情的世界’”。[②] 陈铨立足文本，知人论世，从创作心理分析《红楼梦》的悲剧精神和情感特征，贴近小说本身和作者本意，所论甚为精彩。

---

① 陈铨：《读王国维先生〈红楼梦评论〉之后》，载于《清华文艺》（北京）第1卷2号，1925年10月。

② 陈铨：《读王国维先生〈红楼梦评论〉之后》，载于《清华文艺》（北京）第1卷2号，1925年10月。

意志、悲观主义是叔本华哲学的关键词，也成为陈铨思考人生的起点。陈铨早期最重要的长篇小说《天问》便是用叔本华的意志理论和悲观主义哲学思考人生的文学化反映，小说主人公林云章为追求意志而不择手段最后自杀身亡的传奇一生完全就是叔本华悲观主义哲学的形象化演绎。陈铨试图通过文学创作思考如下问题：如果对意志（欲望）的无限追求导致人生的痛苦，而自杀并不能真正解脱，那么什么才是人生的出路？人生到底是什么？

青年时期的陈铨基于叔本华悲观主义的哲学思考并没有解决这些人生的终极问题，个人主义没有出路是一定的，但出路到底是什么却是一个悬而未决的问题。在其长篇小说《革命的前一幕》（1927 年）中，我们可以看到陈铨受当时（20 世纪 20 年代末）潮流的影响，为战胜个人主义的青年找到了一条出路：参加国民革命。但在这里，选择革命多是一种不得已而为之的行为，是恋爱失败的出路，而不是人生的哲学出路。后来，陈铨到德国留学开始认识尼采哲学，才渐渐为个人主义找到了真正的出路——民族主义。

20 世纪 40 年代的陈铨已经是“战国策派”的干将，他的哲学思想已经经历了从叔本华到尼采的超越，但这一时期他仍写下了不少关于叔本华哲学的著作，如《叔本华生平及其学说》《从叔本华到尼采》《叔本华的贡献》《叔本华与〈红楼梦〉》《叔本华的哲学》等。这个时期陈铨对叔本华哲学的研究是本着一种引介和将其与尼采的学说进行对比的态度，早期对叔本华意志论和悲观主义哲学的执迷早已消失，对叔本华的学说更多的是一种学理层面的观照与思辨。

陈铨的《叔本华生平及其学说》一书写于 20 世纪 40 年代初期，这一时期的陈铨在思想上已经从叔本华哲学转向了对尼采哲学的信奉，因此对叔本华的学术观照就相对客观和冷静。在这本书中，陈铨根据几部有名的德文、英文叔本华传记的内容，整理成了一部针对中国普通读者的有关叔本华生平的读本，对叔本华的幼年、求学、成长、晚年等生命历程中的大事进行了比较详细的介绍，还特别谈到了歌德对叔本华的影响，并认为叔本华是一个“寂寞的天才”。在这本类似叔本华传记的小册子中，陈铨虽然宣称自己是站在比较客观的立场来介绍的，但事实上此时期的他对叔本华思想的观照已经站在了尼采思想的立场上，所以他一再称叔本华是寂寞的天才。而“天才”一词，在陈铨的认知中等同于尼采所指的“超人”。

陈铨在书中提出并探讨了“叔本华与现代社会”这个问题。他就叔本华在人格、文章、思想上对现代社会的贡献进行了考究推论，认为叔本华人格中具有“求真的渴想、奋斗的精神、独立的气概”，他这种“光明磊落的人格，在现在功利主义风行一时的世界，实在是太少见了”①；而叔本华的哲学文章的风格也是“深入浅出”，“是世界上千万的学者所没有的，尤其现代中国的学术界，不是写一些晦涩古奥的文章来让别人不懂而自以为深沉，

① 陈铨：《叔本华生平及其学说》，上海：独立出版社，1941 年版，第 2 页。

就是用邪野无味的俗话让别人不能忍受而自以为通俗；叔本华的书籍，对于我们，真是对症的良药”[①]。叔本华思想之所以对现代社会意义重大，是因为其思想中的意志哲学、理智论、悲观主义、伦理教训、艺术论对人类哲学做出了巨大的贡献，产生了深远的影响。详细剖析了叔本华的贡献之后，陈铨认为时代固然在变迁，但真理是永不磨灭的，叔本华的意义就在于“八十年前的先知先觉，现在还是我们的导师”[②]。可以看出，20 世纪 40 年代的陈铨仍不遗余力地推介叔本华哲学，这是他基于叔本华的哲学和中国社会的现实关联的思考。无论是叔本华的行文风格，还是其磊落的人格和求真、奋斗、独立的精神气魄，都是值得当时的中国知识分子借鉴的。

20 世纪 40 年代的陈铨固然从叔本华对现代社会的贡献中看到了叔本华哲学的“是”，但同时也从尼采哲学的角度看到了叔本华哲学的“非”。在写于 1940 年的《叔本华与〈红楼梦〉》这篇文章中，陈铨将叔本华哲学和中国优秀古典小说进行比较，站在比较文学的立场分析了叔本华思想和曹雪芹在《红楼梦》中所体现的思想的两点相通之处：悲观主义和解脱思想。首先从思想方面看，叔本华同曹雪芹有一个同一的源泉，那就是佛家解脱的思想。“《红楼梦》以一僧一道起，以一僧一道终。作者写宝玉陷于情网，几经奋斗，才达到解脱之城，其中屡次谈禅，一

① 陈铨：《叔本华生平及其学说》，上海：独立出版社，1941 年版，第 3 页。
② 陈铨：《叔本华生平及其学说》，上海：独立出版社，1941 年版，第 12 页。

到不得意时，即云出家作和尚。佛家的思想，对于曹雪芹的影响是很清楚的。至于叔本华在一八一三年的冬天，二十五岁的时候，在魏玛会见迈尔，迈尔介绍他印度思想的著作里面，佛家色彩是极浓厚的，实际上叔本华是西洋第一位哲学家，把佛家的思想，融化在他的系统里。”[①] 其次，陈铨认为求解脱是叔本华哲学的中心，也是曹雪芹《红楼梦》的中心。在叔本华的悲观主义哲学中，人类的活动处处受意志的支配，意志就是欲望，人类的欲望是无穷的，欲望达不到，人生便痛苦；欲望达到了，人又产生新的欲望，因此人生就是痛苦的循环。在这样一种痛苦的意志世界里，人类有什么方法可以摆脱意志解放自己呢？叔本华认为有两种解脱方式：一种是永远的解脱，一种是暂时的解脱。永远的解脱在于彻底明了意志与人生的关系，使心如槁木死灰，不受意志的束缚，达到光明空洞的境界，这种境界就是佛家的涅槃，就是叔本华所赞成的遁世主义。暂时的解脱则在于艺术的欣赏与创造。《红楼梦》中求解脱的第一步是“辨别真实和虚假”，陈铨认为曹雪芹要读者“澈底明了人生的虚幻，知道世界的本来面目，才可以摆脱意志，得到内心的自由”[②]。求解脱的第二步是“消除人我界限”，而“消除人我界限的方法，根本要消除自我”。求解脱的第三步是“打破儒家传统的观念”。

---

① 陈铨：《叔本华与〈红楼梦〉》，载于《今日评论》第 4 卷第 2 期，1940 年 7 月。

② 陈铨：《叔本华与〈红楼梦〉》，载于《今日评论》第 4 卷第 2 期，1940 年 7 月。

总之，《红楼梦》的思想“是在求解脱，对于生存的意志，要加以永远的消除”[①]，这一点和叔本华的悲观主义哲学是相通的，二者都是通过对意志的否定来达到人生的解脱。

其实，陈铨用叔本华的悲观主义哲学来阐释《红楼梦》的艺术哲学，并没有跳出王国维在《红楼梦评论》中的立论，但是陈铨在文章中提出了王国维在《红楼梦评论》中没有提出的一个问题，那就是“《红楼梦》的思想是出世的”“《红楼梦》对人生是否定的”，这种对此岸人生的否定是一种消极的遁世主义，陈铨对此是持批判态度的，并认为叔本华和曹雪芹的这种悲观主义和解脱思想在事实上存在许多困难，他们宣传解脱，自己并没有解脱。在这一点上，陈铨可以说是超越了王国维。王国维仅仅是用叔本华的悲观主义哲学去确证《红楼梦》哲学上的伟大，而陈铨却在两者共同的对意志人生的否定中解读出了这种哲学不适合中华民族刚性人格的重塑，不利于社会的发展和人类的进步。这标志着陈铨的哲学思想完全走向了对叔本华悲观主义哲学的叛逆。

“到底悲观主义对人生有什么价值，解脱的理想对人生是否可能”[②]这种思考，其实是延续了陈铨早期对悲观主义哲学的思考和质疑。此时期的陈铨走出了迷惑，找到

---

① 陈铨：《叔本华与〈红楼梦〉》，载于《今日评论》第4卷第2期，1940年7月。

② 陈铨：《叔本华与〈红楼梦〉》，载于《今日评论》第4卷第2期，1940年7月。

了这个问题的答案，那就是用尼采的思想来解决这个问题，变消极的遁世主义为积极的人生态度，变否定意志为肯定意志。在《叔本华与〈红楼梦〉》一文的结尾，陈铨说："尼采是最初笃信叔本华哲学的人，后来从叔本华的悲观主义，一变而为他自己的乐观主义，从叔本华的生存意志，一变而为他自己的权力意志，从叔本华悲惨的人生，一变而为他自己精彩的人生，这一个转变的过程，是世界思想史上最饶有兴味的一段历史。也许《红楼梦》最后的评价，不在讨论《叔本华与〈红楼梦〉》，而在研究《尼采与〈红楼梦〉》了。"① 从推崇叔本华哲学到认可尼采思想，陈铨的哲学信仰发生了巨大的转变。要弄懂陈铨的思想，特别是作为"战国策派"文人的陈铨的思想，就要研究他对尼采思想的接受。

第三节　尼采哲学及其影响

尼采（1844—1900），德国唯意志论哲学家，反对传统，主张权力意志和超人学说，代表作有《悲剧的诞生》《查拉斯图特拉如是说》《偶像的黄昏》等。尼采认为权力意志是世界的本质，他强调生命的意义决不仅仅是满足生存需要，而是不断超越向上，自由创造，从而取得超越宗

① 陈铨：《叔本华与〈红楼梦〉》，载于《今日评论》第 4 卷第 2 期，1940 年 7 月。

教的地位，权力意志就表现为这种超越性和创造性。尼采宣称上帝已经死了，权力意志才是衡量一切价值的标准。超人就是最勇敢的破坏者，具有伟大的创造性，是人的超越状态，它充分发挥了生命本能的权力意志。尼采的著作和思想对后世的影响无疑是巨大的，他的思想具有一种无比强大的冲击力，它颠覆了西方的基督教道德思想和传统价值，揭示了在上帝死后人类所必须面临的精神危机以及人类发展的走向。

20 世纪初，尼采的思想和著作也开始在中国传播。1902 年，梁启超首次将尼采的名字介绍到中国。[①] 1904 年，王国维发表《叔本华与尼采》，第一次介绍尼采的学说。他强调，尼采的学说就是要“破坏旧文化创造新文化”，“图一切价值之颠覆”。他赞扬尼采“以极强烈之意志而辅以极伟大之知力”。[②] 王国维的介绍强调的是尼采哲学中冲破旧传统、创造新价值的积极精神。1907 年，鲁迅撰写了《文化偏至论》，对尼采的学说加以介绍和赞扬。鲁迅追溯了 19 世纪以来个性主义发展的源流，最后归结到尼采，认为尼采是“张大个人之人格”“尊个性而张精神”的最杰出人物。他说：“若夫尼怯，斯个人主义

① 梁启超于 1902 年 10 月 16 日在《新民丛报》上发表文章《进化论革命者颉德之学说》，说：“今之德国有最占势力之两大思想，一曰麦喀士（即马克思）之社会主义，一曰尼至埃（即尼采）之个人主义。麦喀士谓今日社会之弊在多数之弱者为少数之强者所压制，尼至埃谓今日社会之弊在少数之优者为多数之劣者所牵制。”这是我国知识界第一次提及马克思，也是第一次提到尼采。

② 王国维：《叔本华与尼采》，见《王国维文集》，北京：燕山出版社，1997 年版。

之至雄杰者矣。"[①] 鲁迅还十分推崇尼采的"打倒偶像""重估一切价值"的批判精神。他说，尼采等"以反动破坏充其精神，以获新生为其希望，专向旧有之文明，而加以掊击扫荡焉。全欧人士为之栗然震惊者有之，芒然若失者有之，其力之烈，盖深入于人之灵府矣"[②]。鲁迅受尼采的影响很深。据统计，《鲁迅全集》中提到尼采有 22 次之多。在 1925 年发表的《再论雷峰塔的倒掉》一文中，鲁迅把尼采等称为"轨道破坏者"，赞扬他们"不单是破坏，而且是扫除，是大呼猛进，将碍脚的旧轨道不论整条或碎片，一扫而空"，"无破坏即无新建设"。[③] 在五四前后，鲁迅把尼采学说当作一种反封建的武器，以尼采的"超人"精神鼓励人们摧毁封建旧传统。1915 年，陈独秀在《新青年》发刊词《敬告青年》的第一条中就引用了尼采关于贵族道德（即强者的道德）与奴隶道德（即弱者的道德）的观点，作为反对封建礼教的武器。他写道："德国大哲尼采别道德为二类：有独立心而勇敢者曰贵族道德，谦逊而服从者曰奴隶道德。"他指出，儒家的"忠孝节义，奴隶之道德也"。因为儒家的道德，"以其是非荣辱，听命他人，不以自身为本位，个人独立平等之人格消灭无存"[④]。1918 年，陈独秀在《人生真义》中再次强调

① 鲁迅：《文化偏至论》，见《鲁迅全集》第 1 卷，北京：人民文学出版社，1981 年。

② 鲁迅：《文化偏至论》，见《鲁迅全集》第 1 卷，北京：人民文学出版社，1981 年。

③ 鲁迅：《再论雷峰塔的倒掉》，载于《语丝》第 15 期，1925 年 3 月 23 日。

④ 陈独秀：《敬告青年》，载于《新青年》第 1 卷 1 号，1915 年 9 月 15 日。

尼采“尊个人的意志，发挥个人天才，成功一个大艺术家，大事业家，叫做寻常人以上的超人，才算是人生的目的，什么仁义道德都是骗人的说话”[①]。陈独秀推崇尼采，是因为他认为尼采是批判万恶社会的哲人，尼采把人类提高到超人的地步。可见，五四运动以前，尼采已作为一个旧秩序的破坏者被介绍到中国，他的思想为五四反封建的民主运动作了积极准备。五四运动以后，尼采的思想在文艺界更加广泛地传播开来，成为进步的文学家向封建传统宣战的武器。1919 年 5 月，傅斯年在《新潮》杂志上写道：“我们须提着灯笼沿街寻超人，拿着棍子沿街打魔鬼。”他称尼采是一个“极端破坏偶像家”。[②] 同年 9 月，田汉在《少年中国》上详细介绍了尼采的早期著作《悲剧的诞生》，指出人生越苦恼，越要有强固的意志去战斗。紧接着沈雁冰在《解放与改造》杂志上发表了尼采《查拉图斯特拉如是说》中最富批判性的两章“新偶像”和“市场之蝇”的译文，并在序言中盛赞这本书是文学作品中少有的。也是在这一年，郭沫若在其《匪徒颂》中把尼采称为“倡导超人哲学的疯癫”，“欺神灭像”的“学说革命的匪徒”[③]，为他三呼万岁。1920 年初，茅盾又写了评介尼采思想的长篇专论《尼采的学说》，在《学生杂志》第 7 卷分 4 期连载。他认为，尼采“最大也是最好的见识”就是“把哲学上的一切学说，社会上的一切信条，一切人生

---

① 陈独秀：《人生真义》，载于《新青年》第 4 卷 2 号，1918 年 2 月 15 日。

② 傅斯年：《随感录》，载于《新潮》第 1 卷第 5 期，1919 年。

③ 郭沫若：《匪徒颂》，载于《时事新报・学灯》（上海），1920 年 1 月 23 日。

观、道德观重新称量过，重新把它们的价值估定”，这一点可以借来做摧毁历史传统的畸形桎梏的旧道德的利器。他指出，尼采说“人类生活中最强的意志是向权力，不是求生”，这“实在有些意思”。因为“唯其人类有这向权力的意志，所以不愿作奴隶而苟活，要不怕强权去奋斗。要求解放，要求自决都是从这里出发”。[①] 茅盾是从被压迫人民反强权、求解放的角度来理解尼采的“权力意志”的。茅盾对尼采主张强者压迫弱者的观点也提出了批驳。他说人类固是求进步，但进步不一定从强吞弱得来。倘若细论尼采的观点，“便见得尼采是崇拜强权，惨酷无人道”。因此，“我们读尼采的著作应该处处留心，常用批评的眼光去看他”。[②] 茅盾的专论达到了当时中国研究尼采的最高水平。

1920 年 8 月，《民铎》杂志出版了尼采专号，刊载了李石岑的《尼采思想之批判》等文章，全面介绍尼采，驳斥了关于尼采是第一次世界大战的罪魁的说法。李石岑指出，尼采思想的特色是破坏旧价值，创造新价值，这些思想是适合于改造中国懦弱的国民精神的。1923 年，郭沫若翻译了尼采的《查拉图斯特拉如是说》的第一部和第二部的四节，在《创造周刊》分 39 期连载。他把尼采的思想特点归结为“反对藩篱个性的既成道德”，“以个人为本位而力求积极发展”。1925 年以后，由于革命形势的蓬勃

① 茅盾：《尼采的学说》，载于《学生杂志》第 7 卷，1920 年。
② 茅盾：《尼采的学说》，载于《学生杂志》第 7 卷，1920 年。

发展，很多知识分子纷纷投身于反帝反封建的革命洪流，尼采的影响逐渐减弱。尽管如此，1925—1926 年以高长虹、向培良为核心的狂飙社，仍以“尼采声”为其进军的号角，强调扫荡一切旧传统的束缚，为争取做一个强者而打倒一切障碍。1930 年，郁达夫翻译了尼采的七封情书，题名为《超人的一面》，赞赏了尼采“洁身自好”“孤独倔强”的精神。1930 年冬，楚图南被作为“共党要犯”缉捕，关押在吉林监狱。在狱中，他翻译了尼采的《看哪，这人》和《查拉斯图特拉如是说》（在抗战初期由文通书局出版）。尼采在 20 世纪初至 30 年代的中国思想界尤其是文艺界确实产生了不可磨灭的影响。这一方面是由于尼采哲学在全世界的广泛流行，另一方面是尼采哲学中的一些积极思想正适合中国五四时期反对封建主义的需要。首先，尼采“打倒偶像”“重估一切价值”的反对旧传统的精神，同中国五四新文化运动彻底反封建的历史要求相吻合。其次，尼采提出的应遵从勇敢、坚强、创造的强者的道德，反对懦弱而顺从的奴隶道德，同五四时期启蒙思想家力图唤起人民的自觉、自强，改造半封建半殖民地社会造成的颓靡、妥协、因袭的国民精神，以挽救民族危亡的要求一致。尼采反叛传统的精神与五四精神恰好契合，因而尼采哲学引起了中国知识分子的广泛关注。

青年陈铨在清华这个中国思想前沿的阵地，必然也如同时代的青年一样感受着尼采思想。但陈铨与尼采思想的相遇以及最终成为尼采哲学的中国信徒，却与他留学德国后所处的德国环境以及中国的政治形势密切相关。

陈铨到德国留学，师从著名的黑格尔研究专家克罗纳尔教授学习哲学。受老师的影响，陈铨对尼采的非理性主义和强烈的反传统精神产生了浓厚的兴趣。陈铨留学德国的四年，即1930—1934年，正值德国纳粹党势力崛起。纳粹党利用尼采学说中的超人哲学和权力意志为自己的排犹政策和法西斯独裁张目，希特勒宣扬德意志民族是世界上最优秀的民族，可以统治全世界，宣扬武力战胜一切。可以说，当时的整个德国都弥漫在一种狂热的种族主义情绪中。

处在这种环境的陈铨感受到了一种深重的民族危机。中国在经历了辛亥革命和五四新文化运动之后，虽然推翻了两千多年的封建帝制，但国家和民族并没有走向富强民主的道路，依然是内忧外患。军阀割据、民不聊生是国内的现实，近邻日本则对中国虎视眈眈，制造了骇人听闻的"九一八事件"，在占领了东北三省后，还想占领全中国。身处异国、心系中华的陈铨感到了深深的忧虑：中华民族面临亡国灭种的危机，国家和民族崛起的出路在哪里？陈铨看到了德意志民族因其"民族意识"的勃发而崛起，看到了在"意志的世界里"叔本华和尼采的不同之处：叔本华所说的意志是一种盲目的求生欲望，毫无目的，而且是厌世的；尼采的权力意志则是对生命的一种有力的肯定，目标明确，是积极乐观的。

可以看到，陈铨的德国留学期正是纳粹文化高涨的时期，纳粹当时利用尼采哲学所宣扬的民族主义与中华民族的羸弱之躯需要注入"民族主义"的强心剂相契合，陈铨在尼采哲学中看到了挽救中华民族的希望，尼采的中国信徒就这样产生了。

1934年，归国之后的陈铨面对满目疮痍的中国并没有悲观，而是更加坚信尼采哲学对民族崛起的重要性。20世纪40年代初期，陈铨与林同济、雷海宗、贺麟等组成“战国策派”，力倡“国家至上，民族至上”的民族主义。他专门撰写了一系列关于尼采哲学的论文，如《从叔本华到尼采》《尼采与近代历史教育》《尼采的思想》《尼采思想的演变》《尼采心目中的女性》《尼采的政治思想》《尼采的道德观念》《尼采的无神论》《尼采与〈红楼梦〉》等，向国人介绍尼采的学说，或对尼采的哲学进行个人式的解读，为自己的“民族主义”奠定了坚实的哲学基石。

陈铨将1936—1941年发表的关于尼采哲学的解读文章结集为《从叔本华到尼采》出版（重庆在创出版社1944年版，上海大东书局1946年版）。另外他在专著《文学批评的新动向》之《尼采与〈红楼梦〉》等中也讨论了尼采哲学。《从叔本华到尼采》着重讨论尼采哲学与叔本华哲学之间的关系。陈铨指出，“尼采起初是最崇拜叔本华的人”，但后来“渐渐感觉到叔本华的悲观主义，不是人生的真理，最后他毅然走到极端相反的一方面”；尼采当初赞成叔本华，是因为后者“根本推翻费力斯特式的乐观主义，让我们清楚认识人生的本来面目”。① 他还归纳了尼采抛弃叔本华哲学后提出的各种新思想，如“要求

① 陈铨：《从叔本华到尼采》，载于《清华学报》第11卷2期，1936年4月。

力量的意志”说、“超人”说与“古典的悲观主义”说。古典的悲观主义是指与叔本华“浪漫的悲观主义”相对立的“狄阿尼色斯的悲观主义”或“强有力者的悲观主义”。《尼采与近代历史教育》讨论了尼采的历史观。陈铨认为尼采将“历史”分为“碑铭”“古代”与“批评”三类。“‘碑铭’的历史”就是将历史事件尤其是历史英雄人物视为学习的楷模，“‘古代’的历史”就是崇拜历史，“‘批评’的历史”就是对历史持批判态度。陈铨特别指出，尼采认为过量的历史知识对人生有五种危害，因此对历史知识应采取批判的态度。《尼采的思想》勾勒了尼采思想的演变轨迹。陈铨认为尼采的思想演变分为“艺术时期”“科学时期”与“超人时期”三个阶段。值得关注的是，陈铨认为尼采所说的“超人”包括“天才”“人类的领袖”“改革家”“勇敢的战士”等四种人。《尼采心目中的女性》讨论了尼采的女性观。针对某些批评家根据尼采的名言“你到女人那儿去吗？不要忘记你的鞭子！”等断定他是女性仇视者，陈铨为尼采正名：“尼采不但不仇恨女性，他尊敬女性，爱好女性。”尼采还认为男女各有特长，如“男子代表力量，女子代表感情”，“男子的职务在战争，女子的职务，在给男子感情上的安慰，使他保持战争的力量”。[①] 陈铨指出，尼采只是对当时欧洲“女权运动的先锋”推动“违反自然的运动”深表不满而已。《尼采的政治思想》讨论了尼采的国家观、民主观与战争观。陈铨指

---

① 陈铨：《尼采心目中的女性》，载于《战国策》第8期，1940年7月25日。

出，尼采反对“现代国家”，因为它“保护平庸”，与“发展个性”、提倡“前进”与“创造”的“超人社会”“水火不相容”；尼采反对民主政治与社会主义，因为它们是“近代文化平庸、粗俗、堕落的主要原因”；尼采鼓吹战争，因为“人生宇宙，充满了冲突的原素”，同时战争也可使“腐败堕落”的国家与文化“消除积弊”。《尼采的道德观念》指出尼采研究道德问题的方法是谱系法，通过此法，尼采发现“道德观念，并没有神圣的来源”。陈铨还指出，尼采反对“奴隶道德”，赞同“主人道德”，因为后者强调“权力意志的伸张”，是“真正合乎自然的道德”；尼采反对基督教伦理，因为它“违反自然，压迫生命的活力”。《尼采的无神论》讨论了尼采的宗教观。陈铨称尼采是“欧洲反对宗教最激烈的思想家”，并认为尼采最大的贡献和特色就是反基督教的彻底性，因为“尼采对于基督教的攻击都是从根本下手，他明白大胆地宣布上帝已经死了”。[①] 在《尼采与〈红楼梦〉》里，陈铨着重辨析了《红楼梦》和《萨亚涂师贾》（通译《查拉图斯特拉如是说》，笔者注）的作者在思想认识方面的差异，称曹雪芹代表“消极解脱的人生”，尼采代表“积极精彩的人生”；并指出“尼采绝对乐观绝对肯定的人生态度，拿来同《红楼梦》的理想比较，真像北极和南极的距离”。[②]

---

① 陈铨：《尼采的无神论》，载于《战国策》第 15 期、16 期合刊，1941 年 1 月 1 日。

② 陈铨：《尼采与〈红楼梦〉》，见《文学批评的新动向》，重庆：正中书局，1943 年版。

陈铨认为尼采的思想经历了“从叔本华到尼采”的三个时期：赞成—过渡—反对。在第一个时期，尼采之所以赞成叔本华的悲观主义哲学，是因为叔本华的悲观主义对费力斯特式的乐观主义（Philisteroptimismus）的反拨和他探求真理的精神，但叔本华和尼采还是有区别的：叔本华否定欲望，进而否定人生；尼采肯定欲望，进而肯定人生。这使得尼采质疑叔本华否定欲望的方式——形而上学和艺术的真理性。在第二个时期，尼采“抛弃了形而上学的问题，降下到纯粹人类的事物，这是尼采对叔本华悲观主义，第一步的转变”[①]。第三个时期，尼采“从叔本华浪漫的悲观主义”到“狄阿立色斯悲观主义”，走向了叔本华悲观主义的对立面。“狄阿立色斯悲观主义”又称“古典的”或“希腊酒神的悲观主义”，这是一种对生命热情的、对人生积极肯定的悲观主义，是“强有力者的悲观主义”，“它看清了人生的痛苦，但是它有力量来忍受一切的痛苦”。[②] 这种悲观主义与叔本华否定意志进而否定人生的悲观主义是截然不同的。

陈铨通过对尼采思想历程的梳理，揭示了尼采思想“从叔本华到尼采”转变的原因：因为二人性格和对人生的看法根本不同，一个消极，一个积极，所以“从叔本华到尼采”是一个“不得不然的趋势”。[③] 其实，尼采的“从叔本华到尼采”的转变亦可视为陈铨哲学思想的转变，

---

① 陈铨：《从叔本华到尼采》，载于《清华学报》第11卷第2期，1936年4月。
② 陈铨：《从叔本华到尼采》，载于《清华学报》第11卷第2期，1936年4月。
③ 陈铨：《从叔本华到尼采》，载于《清华学报》第11卷第2期，1936年4月。

他对尼采思想转变历程的梳理也是他对自身思想的一次梳理和确证。因为在陈铨看来，叔本华对生命意志的否定是消极的，而当时羸弱的中国需要的是尼采式的对权力意志的积极肯定。他认为，尼采对叔本华悲观主义的超越，是一种超人式的超越。

在《尼采的思想》这篇文章中，陈铨第一次提到了尼采的“权力意志”和“超人学说”。陈铨指出尼采第三期的思想恢复了第一期的意志观念，“人类行为的基础，仍然是叔本华所指出的意志，但是不仅是求生的意志，乃是求权利的意志”[①]，并指出“生存并不痛苦，意志更不应该消除。……我们要使人类达到最高级的发展，这一种最高级的发展，就是超人”[②]。其实，在《查拉斯图特拉如是说》中，尼采并没有给“超人”下一个确切的定义，他只是说：“我教你们以超人。人是要被超越的东西”“超人是大地的意义”“人是伸展在动物与超人之间的一根绳子，——横过深渊的一根绳子”。[③] 陈铨在该文中对尼采的“超人”作出了具象化的解读，他认为“尼采的超人，就是理想的人物，就是天才”“就是人类的领袖”“就是社会上的改革家”“就是勇敢的战士”。[④]

不难看出，陈铨对尼采“超人”的诠释带有浓厚的实

---

① 陈铨：《尼采的思想》，载于《战国策》第7期，1940年7月10日。

② 陈铨：《尼采的思想》，载于《战国策》第7期，1940年7月10日。

③ ［德］尼采：《查拉斯图特拉如是说》，楚图兰译，长沙：湖南人民出版社，1987年版，第5页、8页。

④ 陈铨：《尼采的思想》，载于《战国策》第7期，1940年7月10日。

用性，或者说带有强烈的“文化反思和重建”的意愿。尼采的“超人”其实只是一种概念性的人的超越状态，而陈铨解读出的“超人”则是推动历史前进的天才、领袖、改革家、战士，或者就是他自己所称的“英雄”。陈铨的《英雄崇拜》和《再论英雄崇拜》这两篇文章是他对尼采权力意志和超人学说的化用，可视为陈铨对“超人”“英雄”最好的注解。对于推动人类演化的原动力，叔本华认为是生存意志，即人类的内在渴求、本能的欲望；而尼采则认为这种原动力应该是权力意志。这种权力意志不是世俗层面的权利，而是一种创造的欲望和能力。陈铨有意模糊了这两种意志的区别，统称之以“人类的意志”，并探讨了它和人类历史的关系：“人类的意志是历史演化的中心，英雄是人类意志的中心。”[①] 换言之，英雄是推动历史演进的中心。陈铨认为“超人”就是推动历史前进的“天才”，“天才就是英雄”[②]，所以超人就是英雄，英雄就是超人。在这里，陈铨将尼采的超人概念具体化，“英雄就是群众的领袖，就是社会上的先知先觉，出类拔萃的天才”[③]，与他对尼采“超人”的理解完全吻合。既然英雄（超人）代表着群众的意志，是唤醒群众意志的先知，那么英雄就是值得崇拜的。当然，陈铨所指的英雄不仅仅是军事领袖，他认为“天才就是英雄”，“英雄不仅是武力方

---

① 陈铨：《论英雄崇拜》，载于《战国策》第4期，1940年5月15日。

② 陈铨：《论英雄崇拜》，载于《战国策》第4期，1940年5月15日。

③ 陈铨：《再论英雄崇拜》，载于《大公报·战国副刊》（重庆）第21期，1942年4月21日。

面，政治宗教文学美术哲学科学各方面，创造领导的人，都是英雄”。[1]

为什么陈铨要化用尼采的权力意志和超人学说来谈“英雄崇拜”？这是一个值得探究的问题。我们通过陈铨的《英雄崇拜》和《再论英雄崇拜》两篇文章可以看出，他谈“英雄崇拜”针对的是抗战以来腐朽的士大夫阶层的：“抗战以来，中国的武人，在前线都有可歌可泣的功烈，中国的文官，却在后方极尽颓废贪婪之能事。……反对英雄崇拜，以阿谀逢迎奴隶服从，来冒牌英雄崇拜的，仍然是文官。”[2] 陈铨借“英雄崇拜”的精神来剖析抗战中士大夫所表现出的腐朽性和国民劣根性，希冀他们能像下层民众一样发扬“中国民族的潜在精神”，“养成英雄崇拜的风气”[3]，团结一致抗击日寇。很显然，陈铨提出“英雄崇拜”理论无疑是想在战时鼓舞国民的抗战士气，给孱弱的国民性注入一剂强心针，变文人士大夫的柔性性格为武人的刚毅人格，以期重建“战国时代”的民族文化。

陈铨在《尼采的思想》一文的结尾明确道出了他在中国引介尼采哲学的现实意义：“中国处在生存竞争的时代，尼采的哲学，对于我们，是否还有意义，就要看我们是否有鉴别的能力，更要看我们愿意作奴隶，还是愿意作主人，愿意作猴子，还是愿意作人类。”[4] 陈铨以为，对处

---

① 陈铨：《论英雄崇拜》，载于《战国策》第 4 期，1940 年 5 月 15 日。
② 陈铨：《论英雄崇拜》，载于《战国策》第 4 期，1940 年 5 月 15 日。
③ 陈铨：《论英雄崇拜》，载于《战国策》第 4 期，1940 年 5 月 15 日。
④ 陈铨：《尼采的思想》，载于《战国策》第 7 期，1940 年 7 月 10 日。

在生存竞争时代的中国而言，尼采的哲学能够指引国人抛弃奴隶道德，拥有主人道德，走上超人的道路，从而改变受欺凌、受奴役的地位。

在尼采的权力意志和超人哲学思想的指导下，陈铨在《尼采的道德观》一文中分析了尼采所说的“主人道德”和“奴隶道德”的区别。尼采是反对传统道德的，称其为“奴隶道德”，怜悯、仁爱、谦让、顾虑这些都是违反自然的情操，因为这种道德是保护弱者、压制强者、压迫生命的活力，不利于超人的创造和发展。而“真正合乎自然的道德，就是权力意志的伸张，强者行动，弱者服从，道德就是庞大的力量，不顾一切的无情和勇敢”，即“主人道德”。在《指环与正义》这篇文章中，陈铨表达了相似的意志与道德之关系的观点，他认为意志是永恒的，道德是时移世易的，“道德是奴，意志是主。道德是现象，意志是本体。道德是工具，意志是目的。意志可以改变道德，道德不能改变意志”[①]。而真正的超人“是不会受到任何人为的道德规律的束缚，他的行动，超出善恶之外。他照自然的条理，发展自己的力量。道德的世界，不能压制自然的世界”[②]。超人不会受到人为道德的束缚，从而权力意志得以伸张。陈铨的这一主张非常容易让人联想到当时法西斯独裁统治对人民的奴役，因而遭到诟病。其实陈铨探讨意志与道德的关系是想用它来解决中国的现实问题，

① 陈铨：《指环与正义》，载于《大公报·战国副刊》（重庆）第3期，1941年12月17日。

② 陈铨：《尼采的道德观》，载于《战国策》第12期，1940年9月15日。

他希望“处在现在的战国时代”，我们应该抛弃传统的“奴隶道德”，将尼采的“主人道德”作为民族人格锻炼的目标，像查拉斯图特拉一样，离开“父母之邦”，达到有超人、霓虹和桥梁的“孩提之邦”，这种向超人挺进的民族才是有希望的民族，这实际是一种文化主张而非政治主张。如果落实到具体的抗战环境，就是要改变谦让、顾虑的“奴性”，奋起反抗日寇的侵略。

陈铨认为权力意志和超人哲学决定了尼采政治思想的三大特点：反对现代国家、反对民主政治和社会主义、支持战争。尼采理想中的社会是一种超人的社会、进步的社会，而现代国家的存在“是在保持弱者愚者的发展”①。陈铨还辨析了无政府主义者反对国家的存在和尼采反对国家的存在在本质上的差别：前者是彻底地要消灭象征“力量”的国家，后者痛恨的是作为“软弱”象征的国家。尼采企图建立一种力量意志象征的国家，所以他亦反对民主政治和社会主义，因为它们的趋势“是要把群众的力量提高……个人的自由和创造，加以严格的限制”②，且不利于超人发展，它们是“使近代文化平庸，粗俗，堕落的主要原因”③。所以尼采是主张贵族主义的，但他所谓的贵族不是世俗意义的贵族，而是指人类中的强者、智者，因为“他们是天生的统治阶级”，“在生存竞争中间，他们有

---

① 陈铨：《尼采的政治思想》，载于《战国策》第9期，1940年8月5日。
② 陈铨：《尼采的政治思想》，载于《战国策》第9期，1940年8月5日。
③ 陈铨：《尼采的政治思想》，载于《战国策》第9期，1940年8月5日。

超人的权力意志，千万的群众，都必须受他们的支配”。[1]简而言之，尼采的贵族就是指理想的超人，政治和国家是要为超人的发展服务的，而不是成为柔弱庸众的庇荫。与此同时，陈铨还指出希特勒宣扬的贵族是对尼采“贵族”的曲解。可以看出，陈铨虽然深受德国文化的影响，但他对希特勒的法西斯本质还是认识得比较清楚的。陈铨对尼采政治学说中反对民主政治和社会主义的内容更多的是一种学理层面的探讨，也并不是所谓的为法西斯的独裁统治张目。陈铨希冀的是借尼采的权力意志和超人学说来鼓舞中国人民抗战的士气，改变那种“庸庸碌碌禽息鸟视的生活”[2]，达到战时文化重建的目的，这只是“知识分子时代言说”[3]的一种方式而已。

希特勒宣扬尼采学说中的“战争观”，其实是法西斯分子对尼采学说的一种有意误读，目的是为自己的侵略和独裁张目。陈铨指出尼采的战争观有广义和狭义之别，“广义地说，尼采认为人与宇宙，充满了冲突的元素，社会与个人，外物与内心，内心与内心，无处不是战场，无处不是战争”[4]，而一个伟大的人物，全靠这些战争来磨炼他的意志。狭义地讲，尼采也主张战争，因为他认为战争可以使人类进化，“战争最大的意义，就是淘汰平庸的

① 陈铨：《尼采的政治思想》，载于《战国策》第9期，1940年8月5日。
② 陈铨：《尼采的政治思想》，载于《战国策》第9期，1940年8月5日。
③ 张辉：《后台休息与粉墨登场》，载于《读书》，1998年第11期。
④ 陈铨：《尼采的政治思想》，载于《战国策》第9期，1940年8月5日。

份子，创造有意义的生活”[①]，为超人的发展铺平道路。从这个层面来说，尼采的狭义战争观仍然是基于他的超人学说。陈铨甚至这样解释：“照叔本华的哲学，生存是人类最强烈的意志，照尼采的哲学，权利才是最需要的意志，为着权力意志，人类可以抛弃他的生存意志。”[②] 陈铨这样决绝地宣称抛弃生存意志，是想说明人类只有拥有摆脱生存意志的勇气，才可以有不怕死的精神，只有不受生存意志的支配，才可以改变奴颜婢膝、忍辱偷生的生活，才可以为了民族的解放事业牺牲一切。

受尼采“战争学说”的影响，陈铨也是主战的，但他主张的战争跟尼采主张的战争有一定的区别。尼采主张的战争是一种淘汰弱者、为建立超人社会服务的战争；陈铨主张的战争则是针对当时的中国面临的具体的、实际的抗击日本帝国主义侵略的战争。陈铨认为受儒家思想影响的中国社会千百年来都有重文轻武的传统，是一种“柔性”文化，所以面对列强的欺凌，士大夫阶层软弱无能，使中华民族面临亡国灭种的危机。现在是“战国时代”，“这一个时代的特征，就是民族生存竞争已经到了尖锐化的时代”[③]，所以对外谈不上什么和平与正义，必须要“战”才能求得生存。陈铨非常注重提倡“战争意识”的培养，战是生存意志和权力意志相结合的追求，“培养全国国民

① 陈铨：《尼采的政治思想》，载于《战国策》第9期，1940年8月5日。

② 陈铨：《尼采的政治思想》，载于《战国策》第9期，1940年8月5日。

③ 陈铨：《指环与正义》，载于《大公报·战国副刊》（重庆）第3期，1941年12月17日。

的战争意识"[①]是"理想政治"，只有这样才可以唤起民族原始的活力，来"解决现实问题"[②]。从以上分析可以看出，陈铨的主战并不是好战，而是在当时战争的情况下意识到自己的民族由于缺乏"战争意识"而在生存竞争中处于劣势，希望能通过"战争意识"的培养为柔弱的民族文化注入刚性的质素，使人民能够奋起反抗异族的侵略，这与希特勒宣扬的法西斯侵略战争是有本质区别的。在《法与力》这篇文章中，陈铨就明确宣称："希特勒的侵略主义必须打倒，必须排斥。"[③]

《尼采与〈红楼梦〉》这篇文章既可以看作陈铨对叔本华和尼采思想的进一步比较，亦可以看作他用比较文化的方法对中国传统文化进行的深刻反思。陈铨认为叔本华和曹雪芹在《红楼梦》中表现出来的思想是一致的：悲观主义、否定人生和意志、寻求解脱（摆脱意志），而尼采的哲学则是积极的、肯定的，是鼓励意志的。所以"研究叔本华，只能解释《红楼梦》，研究尼采，我们就可以进一步批判《红楼梦》"[④]。陈铨认为，从叔本华的哲学出发，我们可以看到《红楼梦》的"是"；从尼采的哲学出发，我们可以看到《红楼梦》的"非"。《红楼梦》体现的那种

---

① 陈铨：《法与力》，载于《大公报·战国副刊》（重庆）第26期，1942年5月27日。

② 陈铨：《法与力》，载于《大公报·战国副刊》（重庆）第26期，1942年5月27日。

③ 陈铨：《法与力》，载于《大公报·战国副刊》（重庆）第26期，1942年5月27日。

④ 陈铨：《尼采与〈红楼梦〉》，见《文学批评的新动向》，重庆：正中书局，1943年版，第174页。

消极遁世的人生观是陈铨在反思中国传统文化时极力批判的，特别是在“战国时代”，那更是使国家民族遭受亡国灭种危机的鸩毒。“太平盛世，一个国家，多有几位悲观遁世的贾宝玉，本来也无足轻重，在民族危急存亡的时候，大多数的贤人哲士，一个个抛弃人生，逃卸责任，奴隶牛马的生活，转瞬就要降临。”“处着现在的中国……《红楼梦》作者的人生观宇宙观，我们就不能再表示同意。”[①] 陈铨要国人仔细思考我们到底要走哪一条道路：是贾宝玉的出家，还是查拉斯图特拉的下山？当然，他殷切地希望大家选的是查拉图斯特拉下山的“超人”之路，即积极地肯定生命意志的入世之路。

很显然，陈铨特别关注尼采学说中的三个问题：一是价值重估说。他反复指出，尼采“发现人类一切最伟大的事业建设的时候”，“就是忘记了历史，摆脱了历史上一切束缚的时候。”[②] 唯其如此，人们“才有打破一切推翻一切、重新估定一切价值、建设创造一切的勇气”；“超人”“要把文化上一切的价值，重新估定”；“尼采不惜对一切的传统观念挑战，要重新估定一切价值”；尼采“对于社会上一切制度文化道德宗教，都要重新估定价值”。[③] 二是权力意志说。陈铨认为尼采此说牵涉人生的根本价值。

① 陈铨：《尼采与〈红楼梦〉》，见《文学批评的新动向》，重庆：正中书局，1943年版，第180页。

② 陈铨：《尼采与近代历史教育》，见郜元宝：《尼采在中国》，上海：上海三联书店，2001年版，第241页。

③ 陈铨：《尼采的政治思想》，见《从叔本华到尼采》，上海：大东书局，1946年版，第134页。

他多次指出，尼采认为“只有要求力量的意志，才是人生”，“要求力量的意志，是达到人生光明的惟一方法”；“人类行为的基础……乃是求权力的意志”。三是“超人”说。陈铨认为，“超人”是“尼采找出他对人生为什么的答案”，是他为人类悬挂的“新目标”。在尼采那里，“超人要不断地工作，不断地努力，有勇气去承受一切，克服一切”；“超人”是人类“最高级的发展”，是“伟大的罪犯”“勇敢的战士”与棋坛“国手”，是“整个人类生命的象征”与“世界文化进步的标帜”。

与此相适应，陈铨对尼采学说的创造性运用也主要体现在三个方面：第一，陈铨与“战国策派”将尼采的“价值重估”视为“重新创造新文化”的思想资源。“战国策派”认为第二次世界大战引起了人类文化史上一个空前的大变动，人类必须要重新创造一个新的文化——一个能够使人类幸福生活的文化。如何重新创造新文化呢？他们主张全世界的思想家都要重新估定一切的价值。尼采“价值重估”的主张与“战国策派”创造“新文化”有什么关联呢？陈铨认为，尼采对现代社会上一切文化制度思想都有崭新的意见，不但破坏，而且建设，尼采认为欧洲文化已经到了末路，便想创造一种充满生命、充满创造、充满幻想、充满自由的新文化。显然，“战国策派”要创造的“使人类幸福生活”的“新文化”与尼采要创造的充满“生命”“创造”“幻想”“自由”的“新文化”乃异曲同工。第二，陈铨将权力意志说视为“民族意识”的核心，进而提出“民族文学”“盛世文学”的主张。陈铨认为民族意识既要摆脱外来束缚，也要摆脱前人的枷锁。民族由千千万万的个体组成，所以民族意识既指整个民族体现出的独立意识与自由精神，也包括千千万万的个体拥有的独立意识与自由精神。这种独立意识与自由精神与尼采的权力意志观念联系密切。陈铨曾经指出："人的生活最精彩的时候，就是权力意志最充分发挥的时候"，"一个国家或民族，是否能够在世界上取得光荣的地位，就看它国内中坚分子能否超过生存意志，达到权力意志"。[①] 陈铨在此基础上提出了"民族文学"与"盛世文学"的主张。民族文学就是为"培养民族意识""加强民族意识"服务的文学；盛世文学就是"肯定人生""表现人类伟大的精神"的文学，就是"能够提高鼓舞生命力量的文学"。可见，无论是"民族文学"还是"盛世文学"，它们的核心就是激励、鼓舞个人与民族的生命力与战斗意识，就是传达"权力意志"。第三，陈铨将"超人"等同于"强者""英雄""天才"，并塑造了一批具有强悍生命力与强烈征服欲的"超人"形象。他曾宣称"天才就是英雄"，"英雄不仅是武力方面，政治宗教文学美术哲学科学各方面，创造领导的人，都是英雄"，"英雄就是群众的领袖，就是社会上的先知先觉，出类拔萃的天才"。[②] 在陈铨看来，"超人"式英雄没有正反之分，没有职业与身份之别，关键看他/她是否具有过人的力量、智慧、胆魄与毅力。他的小说

---

① 陈铨：《盛世文学与末世文学》，载于《当代评论》第1卷第3期，1941年7月。

② 陈铨：《论英雄崇拜》，载于《战国策》第4期，1940年5月15日。

《狂飙》中的李铁崖、戏剧《无情女》里的樊秀云、《野玫瑰》里的夏艳华等均为此类形象。

权力意志和超人学说是尼采哲学的核心，陈铨在中华民族危亡之际、反思传统文化之时，将之作为民族生存竞争、重塑国民性的有力武器。从这个角度讲，陈铨延续了以鲁迅为代表的五四知识分子对中国国民性的思考和对出路的寻找。基于这种文化反思和文化重建的目的，陈铨对尼采学说中的权力意志和超人学说多有化用，但这与法西斯有意误读尼采学说是有本质区别的，他并不是一个为法西斯的独裁和侵略摇旗呐喊的“御用文人”，而是思想上带有浓厚德国色彩的殷切希望民族独立富强的爱国的自由知识分子。

综上所述，陈铨早期思想受到叔本华悲观主义的影响，对人类的生存意志进行了哲理探寻，并把这种思索带入了早期的文学创作。但当陈铨到德国留学后，发现叔本华的哲学并不能解决中国的现实问题，在当时德国高涨的民族主义情绪的影响下，陈铨将关注的目光转向了宣扬权力意志和“超人”学说的尼采，并最终从尼采哲学中汲取养分，自认为为中华民族的生存与发展找到了民族主义的出路。从生存意志（欲望）到权力意志，陈铨在哲学思想上经历了“从叔本华到尼采”的超越，这种超越使他作为知识分子在言说时找到了“超人”的理论武器，举起了民族主义的大旗。在文学观上，陈铨力争在中国掀起一场以民族意识为核心的民族文学运动。

第二章　陈铨的文学观：民族文学观

第一节　文学·时代·民族

陈铨从20世纪20年代末登上文坛开始，一直笔耕不辍，创作了大量的小说、戏剧、诗歌。他在留学美国和德国期间均以文学作为主要的研究对象，博士学位论文《德国文学中的中国纯文学》是中国比较文学的开山之作；回国后他又写作了文学理论专著《文学批评新动向》《戏剧与人生》等。陈铨不但拥有丰富的文学创作经验，而且还具备较深的文学理论修养。在20世纪40年代的“战国策派”时期，陈铨更是形成了自己的“民族文学观”，他借鉴德意志民族，希望中国也能掀起一场像德国狂飙突进运动那样的“民族狂飙运动”，来振兴抗战时期中华民族的“民族意识”，从而获得民族的解放和自由。

陈铨的民族文学观首先是建立在对文学与时代、文学与民族、文学与政治关系的考察上的。受黑格尔历史哲学的影响，对于文学与时代的关系，陈铨肯定了文学具有时代性，且随时代的变化而变化。每个时代都有每个时代的理想（时代精神），理想不同，文化形态也就不同。而“文学是文化形态的一部分，它描写时代，反映时代，批评时代。假如时代有了变迁，文学的内容和形式，也要经过相当的变迁”[①]。与此同时，“文学是作者生活的反映，也是时代的反映”[②]。陈铨首先从历史观的角度论证了这一点，在《文学与时代》一文中，他提出了两种历史观：“静的历史观”和“动的历史观”。前者把历史看作静的，是一成不变的；后者把历史看作动的，是时时刻刻变化前进的。持“动的历史观”的历史学家认为人类的文化是不断向前发展的，所以“一个时代有一个时代的文化”[③]。其次，通过考察欧洲文学发展的四个阶段，陈铨发现每一个阶段都显明地产生了一个新的时代精神，它们分别是古希腊的“世界”、中世纪的“上帝”、文艺复兴时期的“人类”和近代的“社会”，因此“文学同时代是分不开的，时代有变化，文学也有变化；一个文学家不能够把握时代，他的文学同时代一定不能发生密切的关系”[④]。对于一流的文学家，陈铨认为他们具有超人般的对时代的先知先觉，因此向他们提出了更高的要求：“必须要切合时代，

---

① 陈铨：《狂飙时代的席勒》，载于《战国策》第14期，1940年12月1日。

② 陈铨：《文学与时代》，见《文学批评的新动向》，重庆：正中书局，1943年版，第44页。

③ 陈铨：《文学与时代》，见《文学批评的新动向》，重庆：正中书局，1943年版，第44页。

④ 陈铨：《文学与时代》，见《文学批评的新动向》，重庆：正中书局，1943年版，第48页。

不能迎合时代，必须要指导时代，不能追随时代。”① 这显然是陈铨将尼采的“超人”学说化用到了文学理论之中。

既然文学与时代存在这种密切的互动关系，文学随时代的变化而变化，那么一个时代的盛衰往往也可以从文学中表现出来。陈铨在《盛世文学与末世文学》一文中探讨了这个问题。他认为“一个时代的盛衰，一种文化的升降，往往可以从当时此地民族精神生活表现的形态探讨出来”②，而“文学是民族精神生活最鲜明的形态”③，所以通过研究文学现象可以看出一个民族前途转变的大概。盛世文学和末世文学有三点不同：就作者的人生观而言，前者对人生是肯定的，后者对人生是否定的；从表现的内容来看，前者往往表现人类伟大的精神，后者则从事纤巧的技术；借用康德的美学来说，前者多半是“壮美”，后者多半是“幽美”。所以陈铨认为中国六朝的文章、晚明的小品虽然是精心凝练之作，却是末世之象；而世界上一流的文学必定是能够鼓舞生命力量的盛世文学。

陈铨对文学与时代关系的探讨为民族文学观的提出奠定了理论基础。他认为 20 世纪 40 年代的中国进入了民族主义的时代，符合这个时代精神的文学必定是高扬民族主

---

① 陈铨：《文学的时代性》，载于《国风》（半月刊）创刊号，1942 年 11 月 1 日。

② 陈铨：《盛世文学和末世文学》，见《文学批评的新动向》，重庆：正中书局，1943 年版，第 37 页。

③ 陈铨：《盛世文学和末世文学》，见《文学批评的新动向》，重庆：正中书局，1943 年版，第 38 页。

义精神的“民族文学”，因为“中国民族现在在经验一个伟大的时代，希望这一个伟大的时代，能够产生一个伟大的盛世的新文学运动”[①]。

文学是文化形态的一部分，要受到时间和空间的支配。“时间就是时代的精神，空间就是民族的性格”[②]，“一个民族有一个民族的文化”[③]，所以文学和民族也有紧密的联系。在《文学运动与民族运动》一文中，陈铨探讨了两者之间的关系。他认为要明了民族运动与文学运动的关系，首先要明了文学的特点。陈铨用文学艺术与哲学、科学的区别来说明文学艺术具有求异、具体、表现时空、描写人类世界的特殊状态等特点，而要构成文学的特殊性则要有时代环境、作家的个性等相关条件，更重要的是作家要保持民族的个性，“一个民族对于世界文学要有贡献，必定要有一些作家，把他们的民族文化充分表现出来”[④]。在这里，陈铨吸收了歌德“世界文学”的观点，认为只有民族的才是世界的，“一位作者，在世界文学史上要占一页篇幅，一定要有一些作品，代表他民族特殊的性格”，“所谓世界文学，并不是全世界清一色的文学，或者某一个民族领导，其余的民族仿效的文学，乃是每一个民族发

---

① 陈铨：《盛世文学和末世文学》，见《文学批评的新动向》，重庆：正中书局，1943年版，第43页。

② 陈铨：《民族文学运动》，载于《大公报·战国副刊》（重庆）第24期，1942年5月13日。

③ 陈铨：《文学批评的新动向》，见《文学批评的新动向》，重庆：正中书局，1943年版，第44页。

④ 陈铨：《文学运动与民族运动》，载于《军事与政治》第2卷第2期，1941年12月15日。

挥自己，集合拢来成功一种文学。我们可以说，没有民族文学，根本就没有世界文学；没有民族意识，也根本没有民族文学”。[1] 所以民族和文学是分不开的，一个民族能否创造一种新文学为世界文学增加新成绩，关键在于“这一个民族自己有没有民族意识”[2]。陈铨提及的“民族意识”是指本民族有异于他民族的个体的自我认知，即“它自己觉不觉得它是一群和世界上任何民族不一样的人”[3]，这种民族意识既要摆脱外来束缚，也要摆脱前人枷锁。我们要创造的是具有民族特性、充满“民族意识”的文学，那是一种独立的、不受束缚的文学。

文学运动是一种争取独立的运动，而民族运动也是“独立自由的运动”[4]，两者的精神是一致的，因此文学运动和民族运动往往是相辅相成、相伴相随的。在对意大利、法国、英国和德国的文学运动和民族运动的关系的考察中，陈铨发现“这两个运动，手拖着手，互为因果，向自由独立的路前进”[5]，这也是可以将文学运动和民族运动合起来称为“民族文学运动”的缘由。“民族运动，文

---

① 陈铨：《民族文学运动》，载于《大公报·战国副刊》（重庆）第 24 期，1942 年 5 月 13 日。

② 陈铨：《文学运动与民族运动》，载于《军事与政治》第 2 卷第 2 期，1941 年 12 月 15 日。

③ 陈铨：《文学运动与民族运动》，载于《军事与政治》第 2 卷第 2 期，1941 年 12 月 15 日。

④ 陈铨：《文学运动与民族运动》，载于《军事与政治》第 2 卷第 2 期，1941 年 12 月 15 日。

⑤ 陈铨：《文学运动与民族运动》，载于《军事与政治》第 2 卷第 2 期，1941 年 12 月 15 日。

化运动，语言运动，文学运动，是一套连贯的现象，它们交互影响，交互推动"[①]，陈铨指出中国的五四运动也具有这样的特点："新文化运动，实际是一个民族运动。"[②]

陈铨看重文学与政治的关联性，他认为在近代社会里，文学和政治常常是分不开的，因为政治支配一切，每一个民族都是一个有着严密组织的政治集团。文学家是集团中的一分子，他的思想生活同集团息息相关，离开政治就等于离开他自己的思想生活，他创造的文学就没有多少意义。因此，民族意识的提倡不仅是一个文学问题，也是一个政治问题。政治运动和文学运动也是相辅相成的关系，政治运动可以通过文学运动来加强，携带政治的文学运动可以取得伟大的成绩。当时的中国民族主义高涨，正是民族文学运动最好的机会；同时民族政治运动也急需文学运动的帮助、发扬和推动。陈铨论述中所指的"政治"实际上是当时高涨的政治上的"民主主义"，而不是说要把文学作为国民党政治统治的宣传工具。陈铨从德国狂飙突进运动中发现了政治和文学的紧密联系："狂飙运动，名义上虽然是一种文学运动，实际上对于政治、社会、法律、经济、宗教，无处不发生革命的影响。"[③] 因此，他希望在中国掀起的这场民族文学运动也能产生像德国狂飙

---

① 陈铨：《文学运动与民族运动》，载于《军事与政治》第2卷第2期，1941年12月15日。

② 陈铨：《文学运动与民族运动》，载于《军事与政治》第2卷第2期，1941年12月15日。

③ 陈铨：《狂飙时代的德国文学》，载于《战国策》第13期，1940年10月1日。

突进运动和中国的五四运动那样的政治效果。他的这一主张时常引起人们的误会，认为他提倡的“民族文学运动”是为国民党在20世纪30年代提出的“民族文学”摇旗呐喊。其实，陈铨所说的政治更多的是一种概念上的政治，而不是专指国民党的统治，两者形同而实异。

陈铨的“民族文学观”是建立在他对文学与时代、文学与民族、文学与政治的关系的考察上的，与此同时，在对中华民族传统文化和五四运动的反思以及对德国狂飙突进运动的借鉴过程中，陈铨的“民族文学观”得以建构。

第二节　对传统的反思与德国狂飙突进运动的借鉴

陈铨在清华留美预备学校师从王国维和吴宓，除了在他们身上感受到中国传统文化的魅力外，还学会了中西汇通的比较文化（比较文学）的研究方法。王国维的《红楼梦评论》是中国第一篇用叔本华的悲观主义哲学来批评《红楼梦》的文学批评文章；吴宓是哈佛大学比较文学系学生，师从著名的“新人文主义”思想家白璧德，其精通比较文学，思考问题往往采用比较文化的立场和方法，这一点直接影响了陈铨后来的学术道路。

1932年8月22日，陈铨在《大公报·文学副刊》上发表论文《歌德与中国小说》，开始了对中德文学关系的探讨。1933年陈铨在德国基尔大学用德文写成的博士学位论文《德国文学中的中国纯文学》（后自译成中文，取名《中德文学研究》，1936 年由商务印书馆出版，以下为论述方便，均使用此书名），采用了影响研究、译介学、形象学等方法，研究了中国纯文学（诗歌、小说、戏剧）对德国文学的影响，体现出中西文化的比较精神，是我国比较文学，尤其是中德文学关系研究领域的名著。如前所述，这种比较文学视域跟陈铨早年的学习经历有很大的关系。在清华留美预备学校学习期间，陈铨就已有多种外国文学译作发表，其中包括歌德诗的汉译，如《金杯》《鬼王》等。德国具有悠久的比较文学研究传统，《比较文学史杂志》1886 年便已创刊。陈铨在博士学位论文所附的自传中一一列举了自己的德国师长，其中就有德国文学史名家彼得森（J. Petersen），彼得森为当时德国比较文学的领军人物之一，擅长用历史和考证的方法，探讨各种文学现象。

陈铨的《中德文学研究》具有典型的德国学术研究品格：推崇缜密细致，关注各类史实的考辨。陈铨留学德国的年代已有不少研究中德文学关系的论著问世。比如他在参考书目中收录的查尔纳的《德语中的中国诗歌，翻译艺术的问题》（1932），又如他几次摘引的彼得曼谈及中国文学对歌德影响的《歌德研究》（1886，1899），尤其是利奇温的《中国和欧洲——18 世纪精神和艺术的关系》（1923），不仅着力讨论欧洲学界对老子哲学的接受，而且把歌德与中国文学的关系这一题目推到了极其显赫的位置。

陈铨以中国作家和日耳曼学者的双重身份，梳理了中德文学和文化的关系，这也是陈铨东学西渐的文学观的表达。陈铨指出，一种外来文学要在别国发生影响，通常要经过三个时期：第一是翻译时期，第二是仿效时期，第三是创造时期。但这三个时期往往互相交叉，不易清楚地分开。虽然德国文学与中国文学的接触在当时已有近 200 年的历史，但就陈铨看来，这种接触尚未超过翻译时期。不过他并未苛责这一现象，而是指出原因：中国文学材料丰富，内容复杂，就是本国学者也不易找到清楚的源流线索，欧洲学者就更难对此有完整准确的把握，尤其是大部分德文翻译作品都经过了英文或法文的转译，可靠性就更差。所以，陈铨此书的重点是从中国文学史的立场出发，判断德国翻译及仿效作品的价值。

《中德文学研究》共分五章，第一章“绪论”，第二章“小说”，第三章“戏剧”，第四章“诗歌”，第五章“总论”。全书结构清晰，以“序”“跋”两章统括西方文学三分法下的三个门类，并以比较之法，借中西学术的现代眼光，探究从 18 世纪下半叶至 20 世纪初中国文学在德国的译介和接受情况。第一章分两节，第一节“范围与性质”交代本书的主要观点，即上述对文学影响三个时期的划分，并点出本书的重点是“判断德国翻译和仿效作品的价值”。第二节“中国同欧洲到 18 世纪末叶的关系”，简述欧洲和德国对中国的认识，从公元前到 18 世纪欧洲启蒙运动时期（陈铨用的是“光明时期”）的历史大概。关键人物既有意大利人马可·波罗，也有耶稣会士郭实腊；重要著作既有德国哲学家莱布尼茨的《中国新事》，又有法国人杜哈尔德的《中国详志》。就文学翻译而言，陈铨详细评论了白尔塞（Thomas Percy）的英译中国小说《好逑传》及其翻译理论，他的结论是：白尔塞“看得见中国的精神，而没有看见中国精神的内容……只有歌德才能够成功，因为他能够超出一切国家政治种族的界限，直接去达到世界人类共同的基础”[①]。这既透露出陈铨英语和德语语言文学的学术根底，也说明他继承了德国学人业已开创的歌德与中国文学关系研究的传统。需要注意的是，在这第一章里，陈铨未像一般德国学人专著中常见的那样对已有研究成果进行叙述与归纳，而是以散论的方式直奔主题并在后文的论述中延续了这种做法。

第二章有五节：第一节“歌德与中国小说”，第二节“对于歌德所读小说译本和原文的评价”，第三节“中国历史小说对于德国文学的影响”，第四节“中国神怪小说的翻译”，第五节“《金瓶梅》《红楼梦》的介绍”。在第一节中，作者列出歌德曾接触的几部中国小说，如《好逑传》《花笺记》《玉娇梨》等，并把歌德的评论同白尔塞的评论相比，结论是：“白尔塞懂得原书的技术，歌德懂得原书的精神。”[②] 但陈铨也感叹道：“如果歌德曾经读过《红楼梦》《三国志》《水浒传》《西游记》《封神演义》一类的作品，也许他的看法又不一样。”[③] 第二节同德国文学本身

① 陈铨：《中德文学研究》，上海：商务印书馆，1936 年版，第 14 页。
② 陈铨：《中德文学研究》，上海：商务印书馆，1936 年版，第 18 页。
③ 陈铨：《中德文学研究》，上海：商务印书馆，1936 年版，第 22 页。

关系不大，陈铨主要（向德国人）叙述了上述中国小说的具体内容和文学价值，同时也做了翻译史上的梳理工作。第三节中的“中国历史小说”主要指《三国志演义》《东周列国志演义》和《水浒传》。它们的一些段落在当时已有西文翻译。陈铨重点讨论了德国印象主义作家比尔鲍姆（Bierbaum）就“褒姒的故事”改编的《褒国的美女》（1922）。这个起源于《东周列国志演义》中烽火戏诸侯的故事，起先见载于英人托姆斯的英译本《花笺记》。早在1833年，德国诗人海涅就已在其论著《论浪漫派》中戏谑地转述了这个故事。就陈铨看来，比尔鲍姆的改编“不能表现中国的小说，只能算欧洲印象主义的代表”，因为“他把悲惨的事情，变成他滑稽的工具，严重的问题，变成调笑的文章”[①]。陈铨重点讨论的还有表现主义作家埃伦施泰因（Ehrenstein）按《水浒传》中的一些故事改编的《强盗与兵》（1927）。经过对原作和改编的比照，陈铨发现中德两国小说的创作有重大差别，即《强盗与兵》为了获得“统一的结构”，改编时“生拉活扯地把六七个强盗的故事，强派在武松一人身上”[②]。尽管陈铨早在20世纪30年代就已指出《强盗与兵》究竟属何种类型之书，但此后我国学术界还是有人把它称作《水浒传》的德译。此节末尾陈铨提到了罕为人知的讲明朝历史的《二度梅》和《正德游江南全传》，以及与中国近代史有关的《上海

---

① 陈铨：《中德文学研究》，上海：商务印书馆，1936年版。
② 陈铨：《中德文学研究》，上海：商务印书馆，1936年版。

繁华梦》。第四节先介绍了《封神演义》《西游记》的西文节译，陈铨把它们分别定位为“道家神话的总汇”和“佛家神话的总汇”，让人印象深刻。而他给予更多关注的，是具有“精当美丽的文章”和“奇怪有趣的故事”的《聊斋志异》，可惜德文的翻译“遗漏得利害”。第五节则是对《金瓶梅》和《红楼梦》内容的介绍。陈铨称前者是“自然主义的代表”，后者的中心题目“是人类向绝对自由的奋斗”，再次显露出使用西方术语和分析方法评判中国文学的痕迹。

第三章有九节：第一节“改变中国戏剧的困难”，第二节“歌德与中国戏剧”，第三节“席勒《图郎多》里的中国成分”，第四节“龚彭柏《神笔》与江淹故事”，第五节“克拉朋的《灰阑记》”，第六节“洪德生的《西厢记》《琵琶记》”，第七节“卫礼贤的翻译”，第八节“德国学者对于中国灯影戏的研究”，第九节“结论”。此章开宗明义“要讨论中国戏剧对于德国文学的影响”，遂把翻译暂且后置。陈铨认为，中国的戏剧一方面有一种特别的人生观，另一方面其生命力表现在舞台上。由此带来的结果，是差不多所有把中国戏剧搬上德国舞台的尝试都失败了。表现之一就是歌德对《赵氏孤儿》改编的放弃。即使对席勒的剧本《图郎多——中国的公主》，陈铨也举证说明，“除了题名而外，同中国戏剧，实在没有什么关系”[①]。同样，龚彭柏《神笔》对中国“江郎才尽”故事的改编，也“同

① 陈铨：《中德文学研究》，上海：商务印书馆，1936年版。

中国戏剧的精神形式都不相合”[①]。而这里陈铨最为看重的是克拉朋的《灰阑记》，他“要算第一个最能够把中国人的感情生活，中国戏剧的特点，介绍给德国的人”[②]。陈铨的论述中处处体现出中西文化的比较精神。在本章的第六节里，通过汉语原文与德语译文的比较，陈铨再次发掘出中西戏剧思想的分野：“拿《西厢记》同《琵琶记》两本戏同欧洲著名的戏剧比较，我们可以看出，中国世界同欧洲的分别。中国不要志愿的提高，不要英雄的道德，不要牺牲个人来降入自然，乃是化除人我来融合自然。”[③]

歌德始终是此书讨论的重点。即便在以抒情诗为中心的第四章，陈铨首先谈的还是歌德对来自《百美新咏》的几首中国诗的翻译，然后述及歌德的《中德四季晨昏杂咏》。他注重的依旧不是“外形相互的影响”，而是“精神一贯的关系”，并且在孔子和老子的话语中看到了与歌德的相似之处。在第二节中，陈铨大力推崇雷克特（Rückert）的《诗经》德译。陈铨以汉德对照的方式，比较分析了德译本的成败，说译者的贡献是，第一次把中国真正一流的作品介绍到德国。本章第三节有一个微观向宏观的转向，以一定的篇幅论述了20世纪初期，经启蒙运动“中国热”、狂飙突进运动和浪漫主义运动时期的“中国冷”之后，欧洲思想界的又一次“反动”：“老子哲学，刚好切合欧洲现代人类的向心运动，所以东方和西方，现

① 陈铨：《中德文学研究》，上海：商务印书馆，1936年版。
② 陈铨：《中德文学研究》，上海：商务印书馆，1936年版。
③ 陈铨：《中德文学研究》，上海：商务印书馆，1936年版。

在又有第二次会面携手了。”[1] 其思路同利奇温的《十八世纪中国与欧洲文化的接触》颇有交汇。随着对老子哲学的兴趣的日益浓厚，中国古典诗歌的德译迎来了一个高潮。陈铨列数了李白、白居易、陶渊明等人在德国的译介，并把中国抒情诗的翻译分成三种，即“学者式的翻译”“就其它欧洲语言的改译”“自由的改作”，并以德汉对照的方式论述了它们的优劣。

第五章归纳了全书的内容。接着对欧洲的“老子热”进行叙述，陈铨表示：“这样一种兴趣，到底能维持多久，当然看德国的精神生活以后向什么方向活动。无论如何，我们相信，这样一种浓厚的兴趣，可以使翻译时期，快一点完成……中国同德国的关系，可以更加密切。同时这一个进步，可以领导我们到与全人类相关的世界文学。”[2] 陈铨以对“世界文学”的提示，既清楚地表明了他的文学观，也再次透露出他本人以及此书与歌德的紧密联系。

20 世纪 40 年代，当陈铨致力于倡导民族文学的时候，他用宏阔的比较文化视野写下了专著《文学批评的新动向》。在这部文学理论专著中，陈铨用文化批评的方法谈到了中国文学对世界文学的贡献以及中国文化对异邦的借鉴问题。文学的影响本来就是互动的，既然中国的传统文学曾经对世界文学做出了巨大的贡献，那么面对时代的变化，已经与时代精神脱节的中国文化有必要借鉴西方优

① 陈铨：《中德文学研究》，上海：商务印书馆，1936 年版。
② 陈铨：《中德文学研究》，上海：商务印书馆，1936 年版。

秀的文化质素来促进自身的发展。反思与借鉴成为陈铨民族文学理论构建的基点。

对于中国传统文学对世界文学的贡献，陈铨首先是持肯定态度的。在《文学批评的新动向》一书的第二章“过去的评价”中，陈铨采用文化批评的模式评价了中国传统文学中三大思想对文学和人生的启示，以及对西方思想的影响。第一种是以儒学为代表的合理主义文学，它启示我们：“人生一切可以用理智去解决，因此它给我们生活的勇气。”① 在18世纪的欧洲，以孔子为代表的儒学因其理智主义受到了光明运动的领袖莱布立慈、福禄特尔的欣赏和传播。第二种是以老子为代表的返本主义文学：“启示给我们人生是梦幻的，一切是相对的，真正精神上自由的时候，就是消除了人我的界限……回复到最初的一元的基本原理的时候。”② 在现代欧洲（19世纪末叶），不满意现代文化的思想家们对老子的思想发生了浓厚的兴趣。第三种是以释迦摩尼为代表的消极主义文学，它在中国文学上也具有经典翻译、神话创造、思想解放、对小说戏剧抒情诗的影响这四方面的贡献。对西方而言，消极主义文学对欧洲浪漫主义者想恢复中世纪的运动也有一定的启示。

对于像《红楼梦》这样的中国古典文学的优秀之作，陈铨对其文学价值也是赞赏不已：“《红楼梦》一书为中国

① 陈铨：《文学批评的新动向》，重庆：正中书局，1943年版，第72页。
② 陈铨：《文学批评的新动向》，重庆：正中书局，1943年版，第81页。

小说界空前未有之著作。”[①] 甚至把它的价值与孔子的经书、佛家的法典、西典《圣经》相提并论。但是对《红楼梦》所持的那种消极遁世的人生观以及对意志人生的否定态度，陈铨是极力批判的。

除了文学，中国传统文化中固有的道德和精神也是值得肯定的。陈铨认为传统的仁义道德是中华民族固有的道德。什么是传统的固有的精神呢？他认为是“三代以上，文武合一，任何人都可以‘执干戈以为社稷’，放下武器又可以登高而赋”[②] 的这种“勇敢善战”[③] 精神，即“战”的精神。

但陈铨所要提倡的民族文学运动并不是复古的运动，他所希望激起民族活力的这场运动是要以“民族意识”为核心的，而这正是中国传统文学和文化所缺失的。陈铨分析说，中国在还没有形成一个强大国家时具有很强的民族意识，在领土扩张、强大统一的国家形成过程中民族意识逐渐消失了。盲目的自大、民族意识的消亡，使得民族日渐衰弱，终遭列强侵凌。“到鸦片之战后，中国的民族意识才算真正开始抬头，但还没有觉悟到自己是一个特别的民族”[④]，当时虽然产生了民族意识，但还没有发展成为

---

① 陈铨：《读王国维先生〈红楼梦评论〉之后》，载于《清华文艺》第 1 卷第 2 期，1925 年 10 月。

② 陈铨：《民族文学运动试论》，载于《文化先锋》第 1 卷第 9 期，1942 年 10 月 27 日。

③ 陈铨：《民族文学运动的意义》，载于《大公报·战国副刊》（重庆）第 25 期，1942 年 5 月 20 日。

④ 陈铨：《民族文学运动试论》，载于《文化先锋》第 1 卷第 9 期，1942 年 10 月 27 日。

一种运动，到孙中山提倡革命，民族运动才算成熟，但当时的革命党人只是把民族意识运用到政治方面，没有意识到中国文学的不足。到了五四时代，知识分子虽认识到了中国文学的缺点，却没有举起民族文学的旗帜。综观中国历史，民族意识的觉醒、民族文学的提倡和民族运动的兴起是离散而非聚合的。而“这次抗战发生后，由于民族意识的普遍觉悟，正是中华民族感觉到自己是一个特殊民族的时候，也就是我们民族文学运动应运而生的时候”①。

反思中国的传统文化，陈铨认为数千年以来，贤人哲士所教导的乐天安命、知足不辱的这种不积极的精神，在从前闭关自守、外无强敌的农业社会还有一定的价值，但处在现在生存竞争的时代，不改变这种态度，民族的前途就很黯淡。奋斗努力，不顾一切的精神虽不是中国的理想，然而确是目前最需要的精神。陈铨呼吁现今的中国必须改变“静的哲学观”，“改变从前满足、懒惰、虚伪、安静的习惯”②，建设一个积极进取的社会。

中国文化中的一些不足，“如像有家族而无国族，享乐主义，遁世主义，守旧主义，贪污的传统，重文轻武的风气，懒惰，敷衍，不紧张，不认真的态度，没有团结精神，对公益事业的不热心”③等也必须改变，陈铨认为如

---

① 陈铨：《民族文学运动试论》，载于《文化先锋》第 1 卷第 9 期，1942 年 10 月 27 日。

② 陈铨：《狂飙时代的德国文学》，载于《战国策》第 13 期，1940 年 10 月 1 日。

③ 陈铨：《文化的改建——人生观的改建》，载于《民族文学》第 3 期，1943 年 9 月 7 日。

果不改变固有的陋习和这种文化上的缺憾，就很难建设一个具有良好政治的独立自由的现代化国家。

除了中国传统文化，五四运动也成为陈铨反思的对象。五四时代正是青年陈铨在清华留美预备学校求学的时期，他的思想同样经历了从封建传统的束缚到个人主义的解放这样的历程，但同时也经历了个人主义最终找不到出路这样的迷惘彷徨期。反思五四成为陈铨在思考民族出路时必经的历程。

对五四运动在政治和文学方面所取得的实绩，如推翻了中国两千多年的封建统治，追求个性解放，使“中国民族第一次感觉时代的新潮流”①；认识到中国文学的不足而努力开展的白话文运动促进了文学运动的发展，“五四时代的作家，虽然技术粗浅，他们都有新的精神，他们心里都有话说”②，并由此“展开了中国文化的新局面”③；文学运动与民族运动的密切关联——“新文化运动，实际上是一个民族运动”④ 等这些具有“划时代的意义”的事件，陈铨是肯定的。但同时他也认识到了五四运动的流弊给文学和社会造成的影响。

首先，新文化运动虽然跟德国的狂飙突进运动一样是

---

① 陈铨：《狂飙运动与五四运动》，载于《当代评论》第 3 卷第 18 期，1943 年 4 月 18 日。

② 陈铨：《狂飙时代的德国文学》，载于《战国策》第 13 期，1940 年 10 月 1 日。

③ 陈铨：《狂飙运动与五四运动》，载于《当代评论》第 3 卷第 18 期，1943 年 4 月 18 日。

④ 陈铨：《文学运动与民族运动》，载于《军事与政治》第 2 卷第 2 期，1941 年 12 月 15 日。

一场民族运动，但成绩不佳，陈铨认为其与盲目崇外、失去民族个性有关。五四文化运动的领袖“介绍进来的只是易卜生主义，美国的自由诗，托尔斯太、莫泊桑、王尔德、柴霍浦等人的小说而已。他们认为凡是外国的东西都是新的。所以新文学就是外国文学的抄袭”[①]。说新文学就是外国文学的抄袭显然言之过甚，但陈铨也确实指出了五四运动全盘西化和对民族传统坚绝否定的态度实际上丧失了民族文学的特性，完全效仿的文学是没有长久的生命力和艺术价值的。陈铨非常看重一个民族的文学是否保持了民族的特殊性，是否是创造的文学，文学运动的精神跟民族运动的精神是一致的，都是追求独立自由，如果“不能独立自由，文学就没有新贡献”[②]。

其次，五四运动的历史价值很大，但影响和成绩却不及德国的狂飙突进运动，究其原因，是因为“五四运动的先知先觉，没有认清时代”[③]，从而导致了时代精神在指导方针上的错误，因此文学也不能正确地反映时代精神。陈铨认为时代和文学具有极为密切的关系，他指出自从五四运动以来，中国思想界经过了三个阶段：个人主义、社会主义和民族主义。第一阶段为个人主义阶段，反抗传统，追求个人的解放与自由，“这一种思想文学，对于打

① 陈铨：《民族文学运动试论》，载于《文化先锋》第1卷第9期，1942年10月27日。

② 陈铨：《文学运动与民族运动》，载于《军事与政治》第2卷第2期，1941年12月15日。

③ 陈铨：《狂飙运动与五四运动》，载于《当代评论》第3卷第18期，1943年4月18日。

破旧传统，贡献是很伟大的，但是对于建设新传统，它却是不切实的。因为新的社会新国家，不能建筑在极端的个人主义之上”。第二阶段为社会主义阶段，人们“认为没有社会自由根本就没有个人自由”，但陈铨认为这个阶段追求社会主义没有考虑到中国半殖民地的实情，中国最迫切的问题是“怎样内部团结一致，对外求解放”。第三阶段为民族主义阶段，“以全民为中心”“中华民族第一次养成极强烈的民族意识”，这样的中国文学定会摆脱前两个阶段盲目模仿外国的弊病，并会因为具有了强烈的民族意识而“有一个伟大的将来”。[①] 陈铨认为在时代精神已经转向民族主义的时候，五四运动的先驱却提倡个人主义，致使文学与时代精神脱节，在盲目崇外的同时也丧失了民族意识。

陈铨对五四的反思不是从五四与传统文学（化）的割裂这个角度入手的，而是从它产生的个人主义思潮的流弊着眼的。在《狂飙运动与五四运动》这篇文章中，陈铨详细分析了五四运动的先驱没有认清时代的三大错误：“把战国时代，认为春秋时代”“把集体主义时代，认为个人主义时代”“误认非理智主义时代，为理智主义时代”。而五四造成的最大的流弊就是个人主义的蔓延。在民族主义高涨的时期，不提倡战争意识、集体主义、感情和意志，反而提倡个人主义，使本已进入“战国时代”的中国人缺

① 陈铨：《民族文学运动》，载于《民族文学》第1卷第1期，1943年7月7日。

乏民族意识，导致了“五四运动以后，或者误入歧途，或者意志消沉，或者彷徨歧路，全国上下，精力涣散，意志力量，不能集中”[①]。

“民族意识”是陈铨非常看重的一个概念，在对意大利、法国、英国和德国的民族文学运动的考察中，他看到了民族意识在其中起到的巨大的推动作用，特别是德国的狂飙突进运动，更是一场轰轰烈烈的高扬民族意识的民族文学运动。借鉴德国，以期在中国也掀起一场民族狂飙运动成为陈铨民族文学观建构的基点。

对比中国的五四运动和德国的狂飙突进运动，两者都具有划时代的意义。但五四运动的影响和成绩却不及狂飙突进运动，这种差异使陈铨试图从德国的狂飙突进运动所引发的民族化和文学兴盛过程中进行借鉴，重新思考五四以后中国文化发展的道路，期冀在中国也掀起一场能高扬民族意识、文学和民族运动相结合的民族狂飙运动。从这个层面讲，借鉴德国的狂飙突进运动也是陈铨考察和反思五四的一个视点。

狂飙突进运动是指 18 世纪 60 年代晚期到 80 年代早期在德国文学和音乐创作领域发生的变革，是文艺形式从古典主义向浪漫主义过渡的阶段，也可以说是幼稚时期的浪漫主义。“狂飙突进”这个名称象征着一种力量，含有摧枯拉朽之意，得名于德国剧作家克林格尔在 1776 年出

---

① 陈铨：《狂飙运动与五四运动》，载于《当代评论》第 3 卷第 18 期，1943 年 4 月 18 日。

版的同名悲剧《狂飙突进》。此剧宣扬反抗精神，剧中的青年主人公维尔德这样说：“让我们发狂大闹，使感情冲动，好像狂风中屋顶上的风标。”这次运动是由德国一批市民阶级出身的青年作家发起的，他们受启蒙时代的影响，歌颂“天才”，主张“自由”“个性解放”，提出了“返回自然”的口号。这些青年作家反对启蒙运动时期的社会关系，驳斥过分强调理性的观点。狂飙突进运动产生于对法国古典主义趣味的支配地位日益增长的不满，其追随者深受卢梭和约翰·格奥尔格·哈曼（Johann Georg Hamann）思想的影响，认为生存的基本真理可以透过信仰和感官的体验而领悟。这些青年作家还受到英国诗人爱德华·杨以及《莪相集》和新译出的莎士比亚作品的影响。狂飙突进运动与歌德关系密切。歌德在斯特拉斯堡大学求学时认识了哈曼以前的学生约翰·戈特弗里德·冯·赫尔德，赫尔德使他对哥特式建筑、德国民歌和莎士比亚作品产生了兴趣。在赫尔德的启发下，歌德进入了一个非凡的创作时期。1773 年，他写了一部以 16 世纪德国骑士为题材的剧本《葛兹·冯·伯里欣根》，与赫尔德等人合作写了小册子《论德意志特性与艺术》，后者被视为狂飙突进运动的宣言书。小说《少年维特之烦恼》（1774）不仅使歌德蜚声世界，而且引来了众多的模仿者。狂飙突进运动最具特色的成果是戏剧文学。随着席勒的剧本《强盗》（1781）的上演，狂飙突进运动中的戏剧创作进入了一个新的阶段。狂飙突进运动的领袖、文艺理论家赫尔德尔提出的“天才不须规律”的口号成了他们共同的信条。

这场运动实质上是德国新兴资产阶级对腐朽的封建主义意识形态的一次有力的冲击，它高扬德意志的民族意识，主张继承和维护德国文化的民族性，摆脱法国古典主义的束缚，发展富有生气的民族文学，宣扬天才论，强调感情，推崇感情与理智的融合。狂飙突进运动既具有浪漫主义色彩，又具有反抗专制的叛逆精神，最终为德国文化的发展奠定了基础。

德国的狂飙突进运动显然契合了陈铨对中国战时文化重建的思考。“战国策派”时期，陈铨写下了大量关于德国狂飙突进运动的论文，如《浮士德的精神》《狂飙时代的德国文学》《狂飙时代的席勒》《狂飙时代的歌德》《席勒对德国民族文学的贡献》《狂飙运动与五四运动》等。陈铨对狂飙突进运动如此热衷，一是留德的文化背景使他把西学的目光更多地集中在德意志文化上，二是他认为狂飙突进运动对德意志民族走向强盛起到了至关重要的推动作用，其高扬的民族意识正是当时的中国文化需要注入的元素。

陈铨认为德国的狂飙突进运动是一场文学与民族相结合、高扬民族意识的运动，它是一场反对现状、要求自由的革命运动，“不仅是一个文学运动，同时也是德国思想解放的运动，和发展民族意识的运动”①。在陈铨看来，文学运动和民族运动是相辅相成的，“德国文学运动之所

① 陈铨：《狂飙时代的歌德》，载于《大公报·战国副刊》（重庆）第31期，1942年7月1日。

以成功，就是因为德国民族运动成功”[①]。通过狂飙突进运动，德意志民族第一次认识了自己，踏上了理想主义的途径。只有这样的革命才是真正的革命，这样的文学才是真正的文学。民族意识的高扬是这场运动成功的助推剂，并且“民族意识的发达，是新文学创造的根基”[②]，“民族文学的发达，首先是由于民族意识的觉醒”[③]。一个民族的文学之所以有价值，“一定由于他们自己认识自己，自己看重自己，摆脱前人的窠臼而自由创作”[④]，这种文学才是真正的民族文学。

德国狂飙突进运动取得的历史功绩也成为陈铨关注的一个焦点，它不仅是一场文学革命，解放了思想，摆脱了理智主义和法国古典主义的束缚，使德意志民族认识了自己从而创造出伟大的民族文学作品；它同时还是一场社会革命，“在当时德国，不但在文学思想方面，充满了改善的热诚，在政治社会方面，也浸透了革命的情绪”。[⑤] 这场运动具有划时代的意义和伟大的历史功绩，是“造成德国民族之所以为德国民族的最伟大的一个运动”[⑥]。

---

① 陈铨：《文学运动与民族运动》，载于《军事与政治》第2卷第2期，1941年12月15日。

② 陈铨：《文学运动与民族运动》，载于《军事与政治》第2卷第2期，1941年12月15日。

③ 陈铨：《民族文学运动试论》，载于《文化先锋》第1卷第9期，1942年10月27日。

④ 陈铨：《民族文学运动试论》，载于《文化先锋》第1卷第9期，1942年10月27日。

⑤ 陈铨：《狂飙时代的德国文学》，载于《战国策》第13期，1940年10月1日。

⑥ 陈铨：《狂飙时代的席勒》，载于《战国策》第14期，1940年12月1日。

陈铨分析了德国狂飙突进运动的过程：首先批评家雷兴从德意志民族性格的立场出发，说明德国人不能追随法国从而使德意志民族认识自己；接着哈芒、黑尔德发起狂飙突进运动；歌德、席勒则完全摆脱了法国文学传统的势力，他们的文学创作巩固了狂飙突进运动的实绩。“一个时代有一个时代的文学，一个民族有一个民族的文学，一个天才有一个天才的文学”[①]，陈铨认为天才在狂飙突进运动中起到了绝对的领导作用，他们的文学创作充分地体现了狂飙时代的精神，“德国的民族意识因为有伟大的作家和作品而得到高度发展”[②]。歌德和席勒无疑是德国狂飙时代文学的双子星。

“天才、力量、民族精神，是德国文学的指南针。”[③]感情、民族意识是狂飙突进运动的核心，陈铨认为歌德在狂飙突进运动中最重要的三部作品《少年维特之烦恼》《铁手葛慈》《浮士德》从不同的角度体现了时代精神。《少年维特之烦恼》中维特的自杀，“是狂飙运动对传统思想社会一个激烈的反抗”，“狂飙时代的精神是自然的，感情的，也是解放的，革命的”，而《铁手葛慈》还有一个更深刻的意义，“就是德国民族意识的醒觉”[④]。歌德的剧

① 陈铨：《文学批评的新动向》，见《文学批评的新动向》，重庆：正中书局，1943年版，第3页。

② 陈铨：《狂飙时代的歌德》，载于《大公报·战国副刊》（重庆）第31期，1942年7月1日。

③ 陈铨：《文学运动与民族运动》，载于《军事与政治》第2卷第2期，1941年12月15日。

④ 陈铨：《狂飙时代的歌德》，载于《大公报·战国副刊》（重庆）第31期，1942年7月1日。

作《浮士德》则是狂飙时代精神的完美体现——“狂飙时代的精神，是一种凭借天才，不断前进，不断创造的精神。所以也就是浮士德的精神。”[①] 陈铨认为，浮士德是德意志民族特性的表现，因为他是一个理想的人物，永远做理想的追求，“不屈不挠，不颓废，不悲观，继续努力，向前奋斗”[②]。德国一百五十年来在哲学、科学、文学、艺术方面“突飞猛进，也就全靠这一种理想主义。所以理想主义实际上是德国民族一切活动的源泉”[③]，陈铨甚至将浮士德精神拔高到了“德国整个文化的基础”的地位。我们看到，陈铨对歌德的美学选择和接受与五四时代的作家是迥异的，五四时代的作家，特别是创造社的作家推崇的是歌德的《少年维特之烦恼》中所体现的感伤主义，而陈铨更推崇歌德的《浮士德》中的理想主义。

《浮士德》（*Faust*）是歌德的代表作，是他毕生思想和艺术探索的结晶。《浮士德》的构思和写作贯串了歌德的一生，歌德从1768年开始创作，直到1832年，即逝世前一年才最后完成，前后共用了64年。《浮士德》是用诗剧形式写成的，全书共有12111行，题材采自16世纪的关于浮士德博士的民间传说。作品构思宏伟，内容复杂，结构庞大，风格多变，融现实主义与浪漫主义于一炉，将

---

① 陈铨：《狂飙时代的歌德》，载于《大公报·战国副刊》（重庆）第31期，1942年7月1日。

② 陈铨：《狂飙时代的歌德》，载于《大公报·战国副刊》（重庆）第31期，1942年7月1日。

③ 陈铨：《狂飙时代的歌德》，载于《大公报·战国副刊》（重庆）第31期，1942年7月1日。

真实的描写与奔放的想象、当代的生活与古代的神话传说杂糅一处，善于运用矛盾对比之法安排场面、配置人物，时庄时谐，有讽有颂，形式多样，色彩斑驳，达到了极高的艺术境界。

浮士德自强不息、追求真理，经历了书斋生活、爱情生活、政治生活、追求古典美和建功立业五个阶段。这五个阶段都有现实依据，它们高度浓缩了从文艺复兴到 19 世纪初期几百年间德国乃至欧洲资产阶级探索和奋斗的精神历程。在这里，浮士德可以说是一个象征性的艺术形象，歌德是将他作为全人类命运的一个化身来塑造的。当然，所谓全人类其实是资产阶级上升时期一个先进知识分子典型形象的扩大化罢了。同启蒙时代的其他资产阶级思想家一样，歌德也是把本阶级视为全人类的代表。浮士德走出阴暗的书斋，走向大自然和广阔的现实人生，体现了从文艺复兴、宗教改革到狂飙突进运动过程中资产阶级思想觉醒、否定宗教神学、批判黑暗现实的反封建精神。浮士德与玛甘蕾的爱情悲剧则是对追求狭隘的个人幸福和享乐主义的利己哲学的反思和否定。从政的失败表明了启蒙主义者政治理想的虚幻性。与海伦结合的不幸结局则宣告了以古典美对现代人进行审美教化的人道主义理想的幻灭。最终，浮士德在发动大众改造自然、创建人间乐园的宏伟事业中找到了人生的真理，从中不难看到 18 世纪启蒙主义者一再描绘的“理性王国”的影子。

那么陈铨理解的浮士德精神到底是一种什么样的精神呢？这种精神对当时的中国来说可资借鉴的地方在哪里

呢？在《浮士德的精神》这篇文章中，陈铨回答了这两个问题。概括来说浮士德精神主要有五点：歌德的浮士德是“一个对于世界人生永远不满意的人”“是一个不断奋斗的人”“是一个不顾一切的人”“是一个有激烈感情的人”“是一个浪漫的人”。[①] 这样一个文学形象恰好与德国狂飙时代的精神完美契合，浮士德提出的“感情就是一切”的口号也被陈铨视为狂飙时代的口号，所以“浮士德的无限追求的态度，热烈的感情，使他成了狂飙时代的象征”，“浮士德的精神就是狂飙时代的精神”。[②] 陈铨认为只有借鉴浮士德这种“动的、前进”的精神来改造中国那种“静的、保守”的精神，中华民族才可以在“这一个战国时代演出伟大光荣的一幕！”[③]

对于创作了《浮士德》这种与狂飙突进运动的时代精神产生共鸣的文学天才歌德，陈铨给予了高度评价，认为他有英雄般的气概和超人的见识：“对于历史上这样的伟大人物，我们应当借镜，至于狂飙运动中间所启示的人生观，对于数千年受儒家传统哲学支配的中华民族，更需要选择采纳，来培养我们民族的活力，进取的精神，感情的生活，理想的追求。”[④]

席勒是陈铨推崇的另一位德国狂飙突进运动的领军人

---

① 陈铨：《浮士德的精神》，载于《战国策》第1期，1940年4月1日。

② 陈铨：《狂飙时代的德国文学》，载于《战国策》第13期，1940年10月1日。

③ 陈铨：《浮士德的精神》，载于《战国策》第1期，1940年4月1日。

④ 陈铨：《狂飙时代的歌德》，载于《大公报·战国副刊》（重庆）第31期，1942年7月1日。

物。席勒是德国18世纪著名诗人、作家、哲学家、历史学家和剧作家，德国启蒙文学的代表人物之一，被公认为德国文学史上仅次于歌德的伟大作家。在军校读书期间，席勒逐渐形成了自己的反专制思想。1777年，席勒开始创作剧本《强盗》，1781年完成，次年1月在曼海姆上演，引起了巨大的反响。《强盗》之所以受到如此热烈的欢迎，是因为作品中蕴含的反专制思想深切地迎合了当时德国青年的心理。此时德国的狂飙突进运动已经发展至高潮，而《强盗》一剧的主人公卡尔就是一个典型的狂飙突进的青年形象。他不满于专制社会，却又无力改变。他追求自由，对当时的社会提出挑战，是典型的叛逆者，最后却只能以悲剧收场。《强盗》取得成功之后，席勒进入了生命中的第一个旺盛的创作期。从1782年至1787年，席勒相继完成了悲剧《阴谋与爱情》（1784）、《欢乐颂》（1785）和诗剧《唐·卡洛斯》（1787）等。

《阴谋与爱情》是席勒青年时代创作的高峰，它与《少年维特之烦恼》同是狂飙突进运动最杰出的成果。戏剧讲述了平民琴师的女儿露伊丝和宰相的儿子斐迪南深深相爱，然而在等级森严的社会和钩心斗角的宫廷阴谋下，这段爱情以二人死去的悲剧告终。这部戏剧结构紧凑，情节生动，冲突激烈，揭露了社会的不平等以及宫廷内部争权夺利的种种阴谋与恶行，反映了18世纪德国社会贵族阶级和小市民阶级的尖锐冲突。《阴谋与爱情》是席勒的代表作，恩格斯称这部作品是“德国第一部有政治倾向的戏剧”。

关于席勒，陈铨认为他少年时代在狂飙突进运动中体现出来的激烈的感情、丰富的想象、天才的奋斗、崇高的理想、对旧社会的反抗、对艰难困苦的不妥协的精神，本身就是“狂飙时代的精神”。“文学是作者生活的反映，也是时代的反映”[①]，席勒少年时代的作品对作家生活和时代的反映成为陈铨研究席勒与狂飙突进运动关系的一个切入点。陈铨分析了席勒此时期最重要的两部作品的价值，他认为《强盗》“是整个社会革命的宣言”[②]，《阴谋与爱情》“是狂飙运动对于贵族阶级压迫的反抗”[③]。席勒把康德的二元论哲学运用到戏剧中，使他的“戏剧里边所表现的人生，充满了冲突。但是就是在一种冲突中间，才能够表现悲剧英雄的奋斗精神，和伟大的人格”。陈铨认为席勒戏剧里的英雄，“一个个都充满了日耳曼民族横绝古今的气魄，同时内心又包含一种浪漫的，复杂的情绪”[④]。席勒在狂飙突进运动期间创作了大量的戏剧，并产生了极其强烈的社会反响，这也是陈铨在推进民族文学运动期间致力于戏剧创作的一个原因，他还借鉴席勒的戏剧手法，将其运用到自己的创作中。

陈铨高度肯定了席勒对德国民族文学的贡献：“（席勒）是解放外来的束缚，使德国民族自己认识自己运动中

---

① 陈铨：《狂飙时代的席勒》，载于《战国策》第 14 期，1940 年 12 月 1 日。

② 陈铨：《狂飙时代的席勒》，载于《战国策》第 14 期，1940 年 12 月 1 日。

③ 陈铨：《狂飙时代的席勒》，载于《战国策》第 14 期，1940 年 12 月 1 日。

④ 陈铨：《席勒对德国民族文化的贡献》，载于《文艺先锋》第 2 卷第 3 期，1943 年 3 月 20 日。

的急先锋；是固定德国文学，使它在世界文学史上，占有不可动摇地位的基础奠定者；是德国戏剧第一个空前，到现在还绝后的伟大戏剧家；最后他是发挥康德美学的文艺批评者，同时在从康德到黑格尔过程中，他减轻了康德哲学系统中的严厉性，使康德哲学，在百尺竿头，更进一步。”[①] 陈铨认为歌德和席勒都是天才，他们的作品“造成德国文学的黄金时代”[②]，他们“是时代的代表，同时也是时代的急先锋”[③]。

狂飙突进运动使德国的民族文学走上了自我发展的道路，并在社会、政治、经济、宗教等方面产生了广泛的影响。这一事实刺激着陈铨思考如何借鉴德意志民族来确定中华民族在“战国时代”的民族文学的走向和可行性方案等问题；从德国狂飙突进运动中解读出的“天才、力量、民族意识”等重要元素，成了陈铨建构自己的民族文学观的关键词。作为德国文学的研究者，陈铨固然知道狂飙突进运动虽然把德国的民族文学提高到了一个新的水平，但其本质还是作为新兴资产阶级知识分子所发动的反封建的文学运动。陈铨对德国狂飙突进运动作用的有意拔高，实为达到他在中国提倡一场类似于德国的民族文学运动来改造社会，重建民族国家之目的。通过借鉴异邦，陈铨认为

① 陈铨：《席勒对德国民族文化的贡献》，载于《文艺先锋》第2卷第3期，1943年3月20日。

② 陈铨：《文学运动与民族运动》，载于《军事与政治》第2卷第2期，1941年12月15日。

③ 陈铨：《狂飙时代的席勒》，载于《战国策》第14期，1940年12月1日。

中华民族和民族文学要想有美好的将来，必定得如德国一样掀起一场民族的狂飙运动。

第三节 民族文学观的建构

1940 年 4 月 1 日，陈铨、雷海宗、林同济等人在昆明创办了《战国策》半月刊，他们在抗战的旗帜下，“抱定非红非白，非左非右，民族至上，国家至上之主旨”①。尼采哲学是“战国策派”的主要理论依据，尼采重估一切的思想和精神备受他们推崇。“战国策派”在文化上的主要观点是：第一，将文化除旧革新的动因归结为时代变化的要求。认为第二次世界大战以来的历史是战国时代的重演，战国时代就需要有“战国型”的文化与之相适应。第二，战国文化的特征是活泼、外向、勇于进取、敢于胜利、敢于失败的“力”的文化，而中国传统文化中曾有过的“力”的文化被儒家的“德感主义”湮没了，所以急需改革。尼采的“主人道德”学说成为反对“德感主义”的有力武器。

林同济批判中国的官僚传统，着力改造国民性。他认为先秦时期由“大夫士”向“士大夫”的转变（即由贵族武士型转到文人官僚型），深刻地影响了传统体制的运作和社会精神文化的结构。士的精神变化造成一种“柔道的

① 《战国策·本刊启事》，载于《战国策》第 2 期，1940 年 4 月 15 日。

人格型”，于是文化失去了活力。雷海宗在著名论文《无兵的文化》中对“无兵的文化”造成的民族性格弱点进行了批判，认为募兵制变成雇佣制，兵在社会价值观念中逐步失去地位，中国文化就进入了一个消极的文化中，其特征就是没有爱国的国民，因此他提倡恢复兵文化。陈铨则认为尼采的哲学思想对民族国家如何在世界的竞争中脱颖而出具有重要的启示：“处在现在的战国时代，我们还是依照传统的‘奴隶道德’，还是接受尼采的‘主人道德’，来作为我们民族人格锻炼的目标呢?”①

抗战境遇下，陈铨和“战国策派”同仁思考的中心问题是中华民族如何在世界的民族生存竞争中保存自己。他们一致认为衰弱的现代中国民族精神需要重新塑造，并提出了战时文化重建的构想。如果说雷海宗和林同济主要是从历史学和政治学的角度来切入这个问题的话，陈铨则力图从文学的角度来解决这个问题，由此他提出了“民族文学观”，并用大量的文学创作来呼应他的民族文学理论，进行民族主义的建构。

通过对中国传统文化及五四运动的反思，借鉴德国狂飙突进运动，陈铨力图在中国也掀起一场民族狂飙运动来重建战时文化，为此他构筑了自己的民族文学观。1941年到1942年是陈铨民族文学理论思考的成熟期，他在《大公报·战国副刊》《文化先锋》《民族文学》等报纸杂志上发表了《文学运动与民族运动》《民族文学运动》《民

① 陈铨：《尼采的道德观念》，载于《战国策》第12期，1940年9月15日。

族文学运动试论》《民族文学运动的意义》等文，还在重庆抗建堂做了关于民族文学运动的演讲，并创办了《民族文学》杂志来为其民族文学运动摇旗呐喊。

关于中国需不需要民族文学运动的问题，陈铨的回答是肯定的。从时代和文学的关系入手，他认为中华民族现在正在经历的抗战时代是一个伟大的时代，外敌的入侵激起了强烈的民族意识，“希望这一个伟大的时代，能够产生一个伟大的盛世的文学运动”[①]。虽然五四运动时期也有强烈的民族意识，也意识到了中国文学的不足，但“没有一个人出来明目张胆提出民族文学的旗帜”[②]，并且五四时期的创作盲目崇外，也失去了民族文学的特色。虽然也有民族文学作品，但没有形成一种运动。从政治与文学的关系来看，“民族文学运动的发起，在今日刻不容缓”。因为“政治和文学，是互相关联的。有政治没有文学，政治运动的力量不能加强；有文学没有政治，文学运动的成绩也不能伟大。现在政治上民族主义高涨，正是民族文学运动最好的机会；同时民族政治运动，也急需文学来帮助它，发扬它，推动它”[③]。因此，在民族意识高涨的时候提出民族文学运动就是十分必要而且必须为之的事情。虽然“民族运动早经国民党提倡过的。但是怎样把民族主义

---

① 陈铨：《盛世文学和末世文学》，见《文学批评的新动向》，重庆：正中书局，1943 年版，第 43 页。

② 陈铨：《民族文学运动试论》，载于《文化先锋》第 1 卷第 9 期，1942 年 10 月 27 日。

③ 陈铨：《民族文学运动的意义》，载于《大公报・战国副刊》（重庆）第 25 期，1942 年 5 月 20 日。

运用到文学运动里面去，就不能不来一次运动了”[①]。陈铨坚信运动的号召和实践是同等重要的。

陈铨民族文学观的核心思想是“民族意识”，他认为一个民族只有拥有了民族意识，感受到自己是一个特殊的民族，民族文学运动才能应运而生。陈铨在其论述中认为中国下层人民往往具有较强的民族意识，并且认为意大利、法国、英国和德国民族文学运动的经验都证明“各国的文学都经过民族文学运动的阶段，而民族文学的发达，首先是由于民族意识的觉醒。一个民族的文学所以有价值，一定由于他们自己认识自己，自己看重自己，摆脱前人的窠臼而自由创作。这种文学就是民族文学”[②]。民族意识越发达，文学才能越精彩，从而使本民族的文学具有特殊性。“民族文学运动如果不以发扬民族意识为前提，就根本失掉它的意义，而且会一败涂地的。”[③]

什么是民族意识呢？我们发现，陈铨在理论倡导期所说的“民族意识”是一种概念性的，主要指有异于其他民族的认知。他认为民族意识是一种竞争的产物，“就是说它自己觉不觉得它是一群和世界上任何民族不一样的人”，“所谓民族意识，固然是摆脱外来的束缚，同时还要离开

---

① 陈铨：《民族文学运动的意义》，载于《大公报·战国副刊》（重庆）第25期，1942年5月20日。

② 陈铨：《民族文学运动试论》，载于《文化先锋》第1卷第9期，1942年10月27日。

③ 陈铨：《民族文学运动试论》，载于《文化先锋》第1卷第9期，1942年10月27日。

前人的枷锁”。[1] 但到了其文学创作的实践期，陈铨就将他的“民族意识”具象化为“国家至上，民族至上”的民族主义了，这恰好与国民党的战时三大方针“军事第一，胜利第一”“国家至上，民族至上”“意志集中，力量集中”相吻合。陈铨在《理想政治与政治理想》这篇文章中谈到了这三个方针的正确性，认为在抗战的紧迫情势下，这是一种理想的政治。从“民族意识”概念的抽象到具象，我们可以看到陈铨虽然是站在自由知识分子的立场上，以为中华民族的文化发展寻找重建方向为角度来倡导民族文学运动的，但他在实际创作中还是比较偏靠于当时的主流政治意识形态的。

对于什么叫“民族文学”，陈铨并没有给出一个确切的定义，他只是笼统地说：“一个民族的文学所以有价值，一定由于他们自己认识自己，自己看重自己，摆脱前人的窠臼而自由创作。这种文学就是民族文学。”[2] 但他为民族文学制定了原则，即“否定肯定的各三点”。否定的三点为：第一，民族文学运动不是口号的运动；第二，民族文学运动不是排外的运动；第三，民族文学运动不是复古的运动。肯定的三点是：第一，民族文学运动要发扬固有精神；第二，民族文学运动要发扬固有道德；第三，民族文学运动要发扬民族意识。可以看出，陈铨希望建设的

① 陈铨：《文学运动与民族运动》，载于《军事与政治》第 2 卷第 2 期，1941 年 12 月 15 日。

② 陈铨：《民族文学运动试论》，载于《文化先锋》第 1 卷第 9 期，1942 年 10 月 27 日。

“民族文学”首先是具有并发扬民族意识的文学，但同时它既不复古，也不排外，应该汲取古今中外文学的优秀质素；其次，民族文学运动不仅仅是一个口号，它一定要有实际的创作成绩，有特殊的贡献。怎样才能够有特殊的贡献呢？陈铨认为有三条原则：“用中国的题材，中国的语言，给中国人看。”①

民族文学之所以成为一种运动，陈铨根据英国批评家安诺德主张的文人应该生活在一种“智识潮流”中的理论认为，“民族文学成为一种运动，来创造智识潮流，使中国的文学天才才有正当有意的途径发展”②。陈铨解释说，所谓智识潮流就是合乎时代精神的正确思想，这种思想是文学天才发展的根基。

“天才”是陈铨在文学创造中异常看重的一个概念。受尼采超人哲学和康德美学的影响，陈铨认为超人就是天才，天才就是英雄，而文学创造需要天才。陈铨认为在德国狂飙突进运动中做出杰出贡献的歌德和席勒是英雄和天才，并且他认为只有天才才能够创造真正优秀和伟大的文学作品，“文学的领域，没有平凡人的足迹”③。历史是靠天才（超人）的意志推动前进的，所以文学的演进同样需

① 陈铨：《民族文学运动试论》，载于《文化先锋》第1卷第9期，1942年10月27日。

② 陈铨：《民族文学运动试论》，载于《文化先锋》第1卷第9期，1942年10月27日。

③ 陈铨：《文学与时代》，见《文学批评的新动向》，重庆：正中书局，1943年版，第49页。

要天才的力量，因为他们可以“创造规律”，“指导时代”[①]，他们是“时代的代表，同时也是时代的先锋”[②]。在《文学创造与庸夫愚妇》这篇文章中，陈铨指出世界上最伟大的作品都是超群绝类的天才创造的，“如像荷默的《伊利亚》《奥地塞》，但丁的《神曲》，莎士比亚的《哈孟雷特》，歌德的《浮士德》，屈原的《离骚》，李太白的抒情诗，曹雪芹的《红楼梦》……他们的文字，都受过精深的磨炼；他们的理想，都比平常人高；他们的气魄，都比平常人大”[③]。他宣称，文学创造不是庸夫愚妇的事情：“庸夫愚妇不但是不能创造文学，而且还要把已经成功了的高尚美丽的文学作品，弄到简单浅薄，甚至于不通。”[④]陈铨所说的庸夫愚妇是指“没有受过教育的人”，在他看来真正伟大的文学是天才创造的，而不是庸夫愚妇的“碎吟”（所谓“碎吟”，陈铨解释为“从一篇文人作品，变成功一篇平民文学，这中间的过程，德国话叫作 Zersingen，现在我勉强翻成‘碎吟’”[⑤]）。

在民族文学创作的体裁上，陈铨特别看重戏剧创作。他认为德国狂飙突进运动的重要特征之一就是戏剧创作的

---

① 陈铨：《文学运动与民族运动》，载于《军事与政治》第 2 卷第 2 期，1941 年 12 月 15 日。

② 陈铨：《狂飙时代的席勒》，载于《战国策》第 14 期，1940 年 12 月 1 日。

③ 陈铨：《文学创造与庸夫愚妇》，载于《军事与政治》第 5 卷 1 期、2 期合刊，1943 年 8 月 26 日。

④ 陈铨：《文学创造与庸夫愚妇》，载于《军事与政治》第 5 卷 1 期、2 期合刊，1943 年 8 月 26 日。

⑤ 陈铨：《文学创造与庸夫愚妇》，载于《军事与政治》第 5 卷 1 期、2 期合刊，1943 年 8 月 26 日。

兴盛，而席勒创作的戏剧取得了巨大的社会效应，也使陈铨非常看重戏剧的功用。此外，戏剧演出的宣传性与鼓动性能够比较容易地与民众产生思想交汇与共鸣，这也是陈铨重视戏剧的一个原因，在他看来民族文学运动要成为有特殊贡献而非口号的运动，其中有一条就是要“写给中国人看”，而只有民众能读，能看，能欣赏，能产生共鸣，才能够激起他们的“民族意识”，才能真正发挥民族文学运动的作用。为此，陈铨专门写了一部探讨戏剧基本原则的著作《戏剧与人生》。在这部理论著作中，陈铨分析了戏剧创作中要注意的剧作家的修养、戏剧的深浅、戏剧的结构、人物的选择、语言的锤炼、英雄的塑造、戏剧氛围的营造、创作的经验和重视戏剧批评九个问题。从作家、作品、读者三个视角入手，涉及创作者、戏剧本身和戏剧批评三大方面，内容全面深入，论述明白晓畅，陈铨的戏剧观基本上体现在这部著作中。

在戏剧中，陈铨又特别推崇悲剧的力量。这一点既受到德国戏剧家赫伯尔悲剧观的影响，同时也跟尼采的酒神精神有关。赫伯尔认为艺术最高的使命就是表现宇宙人生的真理，文学是最能表现人生真理的艺术，所以“艺术最高的形式是文学，文学最高的形式是戏剧，戏剧最高的形式是悲剧，因为悲剧最适宜于表现人生的真理”[①]。受黑格尔历史哲学和当时理想主义潮流的影响，赫伯尔认为

---

① 陈铨：《赫伯尔玛利亚悲剧序诗解》，载于《清华学报》第 12 卷第 1 期，1937 年 1 月。

“一个时代，有一个时代的理想，一个时代，有一个时代的精神”[①]，所以他的悲剧的重心既不是希腊命运悲剧的“神”，也不是莎士比亚性格悲剧的“人”，而是“时代”。陈铨据此认为支配悲剧的力量变成了“新旧力量的冲突，在这种理想冲突之下……任何一方面的胜利，就是那一方面的牺牲，这一种牺牲，是不得不然的，是无可逃避的”，所以“悲剧的发生，负最大责任的是时代理想，或者时代精神”。因此悲剧的主人翁“必须要是时代精神的代表”。[②] 赫伯尔的“艺术哲学化”思想对陈铨的创作也产生了比较大的影响。所谓“艺术哲学化”是指“赫伯尔从哲学思想入手，先研究好了一些哲学的思想，然后再根据这些哲学的思想去创造艺术”[③]。陈铨认为文学就是要表现时代精神，而赫伯尔的时代精神悲剧观正好契合了陈铨理解的这种文学与时代的关系。

尼采是陈铨哲学思想的主要源泉。尼采在其巨著《悲剧的诞生》中谈到了日神精神和酒神精神的关系，也就是喜剧精神和悲剧精神的关系。日神是光明之神，它的光辉使大自然呈现出美的外观。尼采用日神来象征人赋予世界和人生美丽外观的精神本能。日神精神表现为梦，它是一种梦幻精神，使人沉浸在美的外观中，从而忘却人生的苦

---

① 陈铨：《赫伯尔玛利亚悲剧序诗解》，载于《清华学报》第 12 卷第 1 期，1937 年 1 月。

② 陈铨：《赫伯尔玛利亚悲剧序诗解》，载丁《清华学报》第 12 卷第 1 期，1937 年 1 月。

③ 陈铨：《赫伯尔玛利亚悲剧序诗解》，载于《清华学报》第 12 卷第 1 期，1937 年 1 月。

难。神话、史诗、造型艺术被尼采确定为日神艺术。酒神象征情绪的放纵，具有一种形而上深度的悲剧性情绪。酒神精神表现为醉，它是人在一种酣醉狂放状态下体现出来的。音乐是纯粹的酒神艺术，悲剧和抒情诗求助于日神的形式，但在本质上也是酒神艺术，是世界本体情绪的表达。正如学者周国平所解读的那样："日神精神的潜台词是：就算人生是个梦，我们也要有滋有味地做这个梦，不要失掉了梦的情致和乐趣。酒神精神的潜台词是：就算人生是幕悲剧，我们也要有声有色地演这幕悲剧，不要失掉了悲剧的壮丽和快慰。"[①] 陈铨所推崇的就是悲剧中所体现出来的如尼采所言的那种对生命的痛苦、毁灭、欲望的肯定，从而"肯定人生的最高艺术"的原则。

悲剧把个体的痛苦和毁灭演给人看，却使人产生快感，这快感从何而来？叔本华认为悲剧快感是意识到生命意志的虚幻性而产生的听天由命感，而尼采认为悲剧"用一形而上的慰藉来解脱我们：不管现象如何变化，事物基础中的生命仍是坚不可摧的和充满欢乐的"[②]。看悲剧时，"一种形而上的慰藉使我们暂时逃脱事态变迁的纷扰。我们在短促的瞬间真的成为原始生灵本身，感觉到它的不可遏制的生存欲望和生存快乐"[③]。从"听天由命"说到

---

① 周国平：《悲剧的诞生——尼采美学文选》，北京：生活·读书·新知三联书店，1986年版，译序，第7页。

② 周国平：《悲剧的诞生——尼采美学文选》，北京：生活·读书·新知三联书店，1986年版，第28页。

③ 周国平：《悲剧的诞生——尼采美学文选》，北京：生活·读书·新知三联书店，1986年版，第71页。

“形而上学的慰藉”说，作为本体的生命意志的性质变了，“由盲目挣扎的消极力量变成了生生不息的创造力量”①。可以看到，陈铨在悲剧的美学选择上同样也经历了从叔本华到尼采的转变，高扬的生命意志和肯定人生的积极入世精神成为陈铨后期极力推介的悲剧精神。

悲剧的推介可以说是陈铨倡导的民族文学运动“不排外”精神的体现，同时也是他对中国文学只有体现悲剧精神的文学作品（如《红楼梦》）而没有真正的悲剧的观念的一种补充。陈铨在其后期的文学创作中，基本上以戏剧特别是浪漫悲剧的创作为其主要的推广民族文学运动的方式。

综上所述，陈铨在肯定了文学的发展与时代精神的发展密切相关后，认为既然 20 世纪 40 年代的中国已经进入了民族主义的时代，那么符合这个时代精神的文学必须是具有民族特性的民族文学。基于这样的认识，陈铨在反思中国传统文化的柔性质素和五四运动带来的个人主义流弊的基础上，借鉴德国狂飙突进运动，建构起以“民族意识”为核心理念的民族文学观，希冀在中国也掀起一场文学运动和民族运动相结合的民族文学运动，以高扬的民族意识来塑造国人的刚性品格。正如他在剧作《蓝蝴蝶》中所说的：“世界是一个舞台，人生是一本戏剧，谁也免不了要粉墨登场，谁也不能在后台休息。”陈铨用自己的创

① 周国平：《悲剧的诞生——尼采美学文选》，北京：生活·读书·新知三联书店，1986 年版，译序，第 5 页。

作实践着中国的民族狂飙运动。虽然结果并不尽如人意，但毕竟是他作为爱国知识分子力图通过民族文学运动来重建中国文化的一种有益的思考和实践。

第四节　“战国策派”的文化思想

“战国策派”或称“战国派”，是因《战国策》杂志或《大公报》“战国”副刊而得名，指20世纪40年代初以西南联合大学和云南大学的林同济、陈铨、雷海宗等一批教授文人为主的一个文化群体，是一个典型意义上的民族主义学术团体。其阵地主要为《战国策》(昆明版为半月刊，1940年4月1日—1941年7月20日，共出版17期；上海版为月刊，1941年1月15日—1941年3月15日，共出版3期)、《大公报》“战国”副刊（1941年12月3日—1942年7月1日，共出版31期）、《民族文学》(1943年7月7日—1944年7月1日，共出版5期)，并编辑出版“在创丛书”一套10种。先后在这些报刊上发表文章的作者有70余人，共发表文章230余篇。发表文章居多者除林同济、陈铨、雷海宗外，还有何永佶、沈从文、洪思齐、岱西等人。发表文章较重要者还有贺麟、朱光潜、费孝通、陶云逵、冯至、吴宓、冯友兰、谷春凡、梁宗岱等人。丛书作者另有王赣愚、伍启元、陈序经、杜才奇、吴晗等人。这个文化群体的作者大都为留学欧美的博士、硕士，当时在大后方的一些大学任教授。此外，他们中的一些人还在《中央周刊》《今日评论》《当代评论》《文化先锋》《军事与政治》《今论衡》等刊物发表了大量文章。“战国策派”在抗战爆发前后即见雏形，雷海宗的《中国的兵》《无兵的文化》（1935）等文提出了后来出版的《中国文化与中国的兵》一书中的主要观点，《断代问题与中国的历史分期》（1936）已提出了“中国文化二周说”；陈铨在《从叔本华到尼采》（1936）中开始提倡唯意志主义，《中德文学研究》早已在酝酿民族文学观；林同济的《大政治时代的伦理——一个关于忠孝问题的讨论》（1938）提出了“大政治时代”的观点等。

“战国策派”的活跃期约在20世纪40年代初到40年代中期。几年间，他们创办期刊，编辑丛书，先后发表了大量文章，出版了重要著述，组成了较大的阵容，构建了较完整的思想理论体系，引起了思想界、文化界不同程度的反响。“战国策派”的著述涉及政治、经济、社会、历史、法律、伦理、文学、教育、地理等各种学科，是一个综合性的从事人文社会科学研究的文化群体。“战国策派”在文学上也自成一体，从事文学理论批评的成员主要有陈铨、林同济、沈从文、朱光潜、梁宗岱、冯至等，已基本形成一个较完整的理论体系。

“战国策派”的产生和消亡跟抗日战争有紧密的联系。“战国策派”酝酿于抗日战争爆发前后，活跃于抗日战争最艰难的时期，消失于抗日战争结束之后。国家危难、民族危机深重之时是民族主义盛行之时。第二次世界大战爆发后，全世界掀起了反帝爱国的世界民族主义浪潮，结成了广泛的反法西斯统一战线。抗日战争爆发后，民族主义思潮高涨，中国共产党和国民党达成合作，在政治上形成了广泛的抗日民族统一战线，在文学界迅速组成了中华全国文艺界抗敌协会，并成立了负责抗日宣传文化工作的军委政治部第三厅，有力地领导全国文艺界的抗日救亡工作。如火如荼的抗战文艺运动唤起了亿万民众的民族主义意识，这在近代中国历史上是空前的。它是近代以来民族主义洪流的一次总爆发。普遍弥漫的强烈的民族意识和爱国激情，成为五四以来崇洋媚外的国民心态的反映。社会文化形态由“全盘西化”急转为抗日救亡、一致对外的民族主义思潮。随着战争的升级，对民族凝聚力的历史需求与心理期待逐步强化，加之战时民族文化积弊暴露无遗，这些都促使“战国策派”的一整套理论逐渐成形，产生了较大的影响。

“战国策派”以昆明国立西南联合大学为主要阵地，其活动也是以西南联合大学为中心的。西南联合大学是中国近代史上一所历时虽短但影响深远的大学，它集中了一批当时中国知识界的一流学者、学术精英，以兼容并包之精神和“内树学术自由之规模，外来民主堡垒之称号”而享誉中外。在联大，各种相异的流派、不同的学术观点都可以自由存在和公开讲授，学术环境相对宽松。“战国策派”的主要成员正是在这样的学术空间中办刊物，编丛书，发表并出版著述，提出自己的理论主张的。

面对残酷的战争环境、自由的学术氛围、建构民族新文化的人文语境，“战国策派”对民族传统文化文学特别是五四以来的文化文学进行了深刻的反思，在借鉴西方文化文学，尤其是德国狂飙突进运动的文学理念下，建构了自己的民族文学思想体系。“战国策派”急迫地、严肃地思考中国文化的命脉问题，企图在中西文化大撞击的困惑中重新寻找民族希望，以焕发民族的生机与强力。对五四以来文学发展的反思是“战国策派”文化反思的重要内容与共识，“战国策派”学人对此作了深度自审。沈从文认为：“我们应当知道，这是从五四起始，由于几个前进者谈文学革命，充满信心和幻想，将‘语体文’认定当成一个社会改造民族解放的工具，从各方面来运用这个工具，产生了作用，在国民多数中培养了‘信心’和‘幻想’，因此推动革命，北伐方能成功”，五四时期的作家“那种勇于尝试的进取精神以及狂热诚实的工作态度，特别是值得敬重”。[①] 陈铨认为，“白话文运动，经过二十多年的努力试验，现在总算成功了”[②]，“中国五四时代的作家虽然技术粗浅，他们都有精神，他们心里都有话”[③]。在肯定功绩的同时，他们严肃地指出了五四以来文学发展的弊端。回顾20多年的新文学运动，陈铨认为五四时期的文学大多模仿西洋，浪漫的感伤主义弥漫，表现的都是个人问题，以个人立场衡量一切；而30年代则模仿俄国，以

① 沈从文：《白话文问题——过去当前和未来检视》，载于《战国策》，1940年第2期。

② 陈铨：《民族运动与文学运动》，见《文学批评的新动向》，重庆：正中书局，1943年版。

③ 陈铨：《狂飙时代的德国文学》，载于《战国策》，1940年第13期。

阶级斗争为中心，口号式写作，民族意识淡薄，这两种文学都不能使中华民族走向光明之路。沈从文认为五四以来“作品受‘商品’或‘政策工具’的利诱威胁，伟大作品不易产生”①。朱光潜也认为：“白话文运动初期，多数人在传染浪漫派的无聊的感伤，后来又贩卖写实主义，象征主义，大众化，种种空洞的名词，很少有人肯脚踏实地埋头努力开辟一条自己的路径，创造出思想体裁内容都超越流俗值得一读的作品。最重要的原因是写作者根本没有文艺的资禀与修养，只是拿文艺做商业上政治上的敲门砖。”②

“战国策派”认为五四以来文学的问题是由于崇拜外国偶像，彻底效仿外国人，抛弃了民族特性，也失掉了时代精神。陈铨认为五四时代也是一个民族主义高涨的时代，应该提倡集体主义，而五四恰好提倡的是与之相反的个人主义。

面对民族存亡与国家兴衰的危机，文学所体现的是民族良知与国家使命。沈从文在《新的文学运动与文学观》中要求：“把文运从‘商场’与‘官场’中解放出来，再度与‘学术’‘教育’携手”，“输入一个健康雄强的人生观”。他认为新的文学运动“能在作品中铸造一种博大坚实的富于生气的人格”，“把这个民族的弱点与优点同时提

① 沈从文：《白话文问题——过去当前和未来检视》，载于《战国策》，1940年第2期。

② 朱光潜：《流行文学三弊》，见林同济：《时代之波》，重庆：在创出版社，1944年版。

出”，“有勇气将民族弱点加以修正，才能说到建国”，“人物性格必对做一个中国人的基本态度与信念，‘有所为而有所不为’，取予之际异常谨严认真。他必热爱人生，坚实朴厚，坦白诚实勇于牺牲”，“表现的是做个中国的国民，应具有一种什么气度和气派！除自尊自重之外，还要如何加强‘自信’！相信个人是国家一个单位，生命虽然渺小而脆弱，与蝼蚁糖秕不相上下。纵如蝼蚁糖秕，只要不缺少信心，都可以完成许多大事”。[①] 显然，新的文学运动意在铸造国人的健康人格，建构民族的理想品格，从而完成抗日救亡与抗战建国的伟大历史任务。“战国策派”处于险恶的战争环境、自由的学术空间和建构民族新文化的人文语境中，他们严肃反思五四以来的文学实践，借鉴西方的文学历史经验，力倡“民族文学”，力主开展“民族文学运动”，从而建构了以非理性人本主义、唯意志主义、英雄主义、文化主义为特征，以文化救亡和民族品格为旨归的文学思想体系。

“战国策派”高举“民族至上，国家至上”的旗帜。1940 年 4 月 15 日《战国策》第 2 期发表的“本刊启事”明确指出：“本社同人，鉴于国势危殆，非提倡及研讨战国时代之政治无以自存自强。……本刊有如一‘交响曲’，以大政治为‘力母题’，抱定非红非白，非左非右，民族至上，国家至上之主旨，向吾国在世界上政治角逐中取得

① 沈从文：《新的文学运动与文学观》，见林同济：《时代之波》，重庆：在创出版社，1944 年版。

胜利之途迈进。”[①] 显然，这是一种爱国的民族主义主张。“战国策派”学人表现出对民族命运的深切关注。林同济认为，中国的问题“远自鸦片战争以来，就始终是一个彻头彻尾的民族生存的问题”，他惊呼“战国时代”的重演。林同济认为，“歼灭战”是文化演进到此阶段的必然结果。他还警醒国人注意问题的严重性：“莫谓这种‘大狂妄’绝对没有实现之一日。现在这个由欧洲文明扩大而成的世界文明，是充满所谓‘浮士德精神’的，是握有一种无穷的膨胀力，无穷的追求欲的。”[②] 国人必须明白，无情的“战国式的火并”已经开始。因此，如何建设地道的“战国式”国家，如何把整个国家的力量最大限度地调动起来，应付不可避免的歼灭战和独霸战，是中国当时所面临的最大的挑战。陈铨的民族主义主张更为激烈。他甚至说，民族和民族、国家和国家的“生存意志”，“永远要取不可调和的对立形式”。他强调国内政治和国际政治“截然不同”，在一个国家内部，正义和秩序是不可或缺的，但国与国的关系就大大不同了，它们“彼此要求生存幸福的意志”，因此，冲突不可避免，甚至要发生“激烈斗争”。“在这种生存死亡的关头，谁有指环，谁就占有胜利，谁没有指环，谁就要灭亡。”在他看来，“生存意志是推动人类行为最伟大的力量”，道德服从于意志，“道德是奴，意志是主；道德是现象，意志是本体；道德是工具，

① 《战国策·本刊启事》，载于《战国策》第 2 期，1940 年 4 月 15 日。

② 林同济：《战国时代的重演》，见《文化形态史观》，上海：大东书局，1946 年版。

意志是目的；意志可以改变道德，道德不能改变意志；道德有新旧，意志无古今”。[①] 那么，人们之间的“意志”，特别是国家、民族间的意志发生了冲突怎么办呢？他的回答是：“只有拼个你死我活！”陈铨进而断言：民族和民族、国家和国家、团体和团体之间，永远需要实力，否则必然灭亡。总之，“战国策派”学人认为，在残酷的民族竞争时代，根本没有“和平”可言，谁有实力，谁就是胜者；胜者存，败者灭，绝无第三条路可走。在这个弱肉强食的“战国时代”，中华民族已经到了亡国灭种的危险境地，要生存下去，只有增强中国国力，使其在严酷的世界竞争中占得一席之地。“战国策派”学人主张从改造传统文化的文弱作风入手，再造民族的“尚力”精神。

自 19 世纪末 20 世纪初以来，为了挽救民族危亡，探寻中国富强之路，不少文化人试图在文化重建的层面上提出解决之道。“战国策派”学人对中国历史文化和世界格局的认识是建立在“历史形态学”的基础上的，这在林同济为文化“三阶段说”，在雷海宗则为“五阶段说”。“文化形态史观”由德国文学家、哲学家斯宾格勒所创。他认为，文化好比有机体，无一能避免死亡的命运；一度发达的欧洲文明正在没落。英国史学家汤因比继承并发展了斯宾格勒的史学思想，提出了文明的挑战应战说。“战国策派”学人借用并发展了“文化形态史观”，以之作为分析

① 陈铨：《指环和正义》，载于《大公报·战国副刊》（重庆）第 3 期，1941 年 12 月 17 日。

中国历史和世界格局的理论框架。根据文化形态史观，林同济认为，当下的西方文化正处于“战国”阶段，而中国自秦汉以来一直处于“大一统”阶段。在大一统皇权专制主义的支配下，中国文化逐渐失去其活力。他指出，秦以前的社会政治是“大夫士中心”，秦汉以后则为“士大夫中心”，“大夫士”是贵族武士，“士大夫”是文人官僚，“大夫士”的人格典型是“忠、敬、勇、死的四位一体的中心人生观”，他们有“世业的抱负、守职的恒心”。但是，秦汉以后大一统局面形成，儒家文化上升为主导意识形态，官僚制度确立，原先的“大夫士”便逐渐“宦术化”为“士大夫”了。“士大夫”的核心价值观是“孝、爱、智、生的四德中心论”，进而衍生出一种“柔道的人格型”。如何造就新的民族精神呢？“战国策派”学人的答案是：恢复战国以前“大夫士”的精神，同时借用现代西方文化精神来改造我们的落后传统。为了改造落后的国民性，“战国策派”学人主张“力”的文化。林同济认为：“一个民族不了解，甚至于曲解‘力’字的意义，终必要走入颓萎自戕的路程；一个文化把‘力’字顽固地看做仇物，看做罪恶，必定要凌迟丧亡！”[①] 他还指出，中国古典文化中并不缺乏“动”的精神和“力”的追求，只是在儒家文化取得中国文化的主导地位后，尚文轻武方才成为社会的主流价值观。孔子不语怪、力、乱、神，孟子硬把“以力服人”与“以德服人”对称，影响所及，乃促成了

① 林同济：《力》，载于《战国策》第3期，1940年5月1日。

中国人对力的偏见，并进而发展为“德感主义”。德感主义不仅主张“应当”以德感人，而且相信德“必定”感人。逻辑上的“应当有”被武断地认定为实际上的“必定有”。那么，怎样克服德感主义的弊端呢？林同济认为，一是汲取近代西方文化精神，特别是德国“狂飙时代”的浮士德精神；二是恢复中国固有文化中的尚力精神，以“培养出一个健康的民族，创造出一个崭新的有光有热的文化”①。

雷海宗也认为，中国文化已经衰朽不堪，毫无生气，已经不能适应现代民族竞争的需要了；中国重文轻武的文化传统是为“无兵的文化”。秦汉之际，“爱国的观念”开始衰微；汉代以后实行募兵制，上等阶层不服军役而将卫国的全部责任转移到贫民身上，当兵的开始受到社会的轻视。总之，秦以前的人民能当兵，肯当兵，对国家负责任。秦以后的人民不能当兵，不肯当兵，对国家不负责任。为了增强艰苦抗战中的国人战胜强敌的勇气，雷海宗还用心良苦地提出了“中国文化独具二周”说。第一周自殷周至公元 383 年淝水之战，是纯粹的华夏民族独立创造文化的时期，他称为“古典的中国”。第二周从公元 383 年至 20 世纪的抗日战争时期，是北方各民族屡次入侵中原，印度的佛教深刻影响中国文化的时期，可称为“综合的中国”。中国文化“独具二周”在世界文化史上实在是

① 林同济：《嫉恶如仇——战士式的人生观》，载于《战国策》第 19 期，1942 年 4 月 8 日。

个奇迹。中国文化既然有二周，自然可有第三周，目前中国正在结束第二周的传统文化，建设第三周的崭新文化。但是，两千年来，中华民族所种的病根太深，非忍受一次彻底澄清的刀兵水火的洗礼，万难洗净过去的一切肮脏污浊，万难创造民族的新生。抗战以来，中华民族表现出惊人的潜力，“最后决战的胜利确有很大的把握”，即使万一失败，“但此次抗战所发挥的民族力量与民族精神仍是我们终究要创造新生的无上保障”。那么，中国文化何以能返老还童，老而不死呢？雷海宗认为，这一方面“要归功于汉代大家族制度的重建政策”，另一方面则得益于南方的开拓和发展。如何开创中国文化第三周的“伟业”？雷海宗认为，一是改造“文德”的劣根性，恢复战国时代的“武德”；二是在树立民族自信的基础上有选择地学习西方。通过对历史和现实的观察，他们又提出了民族性改造这一近代知识分子广为关注的问题。雷海宗认为抗战正是我们建设新文化的契机，通过抗战，我们要再创文化的新生、民族的新生。雷海宗所谓的“新生”，最重要的意义是“武德”。

陈铨则提倡“英雄崇拜”，尽管有“唯意志论”倾向，但同样着眼于国民性的改造。陈铨借用尼采的“超人”观念，主张一个民族须有“英雄崇拜”的意识。陈铨认为人类的意志是历史演进中心，而代表人类意志的只是少数英雄，“英雄与历史，有双重的关系。一方面他可以代表群众的意志，发明、创造，克服一切困难，适合时代的要求。在另一方面，他也可以事先认定时代的要求，启发群众的意志，努力，奋斗，展开历史的新局面”。从这个意义上讲，“英雄是群众意志的代表，也是唤醒群众意志的先知”。[①] 总之，在陈铨看来，人类意志是历史演化的中心，英雄是人类意志的中心，人类社会中无论任何方面的事业，都只有靠少数的天才，因此我们必须崇拜英雄。贺麟在《英雄崇拜与人格教育》一文中批评陈铨“英雄崇拜”论的反理智、反理性、反民治的错误，认为“英雄崇拜不但和民治主义不相反，而且是民治主义不可缺少的条件”；英雄崇拜“需要相当智识，必有智识，方能认识英雄，因此也方能够英雄崇拜”。[②] 这些批判都切中了陈铨“英雄崇拜”论的要害。

“战国策派”学人用“文化形态学”的方法，针对中国传统文化的更新和转化问题提出了他们的解决方案。近代以来，民族传统的保存和现代化取向的关系问题一直困扰着中国文人。五四以后，不少文人如鲁迅、林语堂、郭沫若等都先后论及中国民族性的改造问题。“战国策派”学人对中国官僚主义传统及国人由此养成的明哲保身、因循守旧、胆小怕事等病态性格进行了猛烈的批判。他们提倡以英雄主义为主要内容的“力”的文化，崇尚“战士式的人生观”，使清末民初以来的尚力思潮发展到哲学本体论层次。在抵抗日寇侵略的时代背景下，崇尚力的精神和力的文化，自然有益于抗战，但物极必反，把一个原本是

① 陈铨：《论英雄崇拜》，载于《战国策》第4期，1940年5月15日。

② 贺麟：《英雄崇拜与人格教育》，载于《战国策》第17期，1941年7月20日。

正确的主张推到极致，过犹不及，其负面效应必然显现。

“战国策派”学人的尚力思想是其整个思潮的核心，最有价值但也最受争议。就其来源看，大致有两个方面：一是尼采的权力意志论。尼采思想的要义在于主张生命对自身的不断突破和超越，强调积极向上的人生态度；同时鼓吹“超人”，认为那些具有权力意志（又译为“强力意志”）的强者应该支配那些没有权力意志的弱者。尼采的思想既不乏张扬个性的积极内容，具有反封建蒙昧主义的积极意义，但也包含某种反民主的贵族主义精神。“战国策派”学人对尼采学说的推崇和引进，目的主要是在民族危亡的情势下借以改造中国文化的柔性主义传统。二是晚清以来的民族主义思想，包括军国民主义思想和国家主义思想。清代末年，民族危机日益加深，中国士人的民族意识觉醒，严复引入斯宾塞“物竞天择”学说，并提出“鼓民力”的设想，更激发了知识分子的救亡图存意识，尚力思潮应运而生。梁启超从日本引入“国民性”概念，认为国民性柔弱是造成中国落后挨打的主要原因。20 世纪初期，在知识分子的倡导下，军国民主义思潮风行，宣传讲求体育、培养尚武精神的爱国思想在知识分子尤其是留学生中广泛传播。这种尚武思潮也在国内引起了广泛的反响。五四新文化运动时期，鲁迅致力于用文学对“愚弱的国民”进行“精神的疗救”，大力倡导以“诗力”“意力”“强力”为特征的摩罗精神，成为这一时期主张尚力思想的代表人物。几乎同时，陈独秀、李大钊、郭沫若等学者也纷纷呼吁对中国文化进行尚力精神的改造。“战国策派”

学人的尚力思想显然继承并发展了清末民初以来的尚力思潮。

综上所述，“战国策派”作为一个由纯粹的知识分子组成的学术性团体，从挽救民族危亡的立场出发，提出了一系列有关中国文化重建的理论构想，虽有偏颇之辞且易引起误解，但其思想价值值得被重新认识。当然，由于“战国策派”的思想主张和国民党当局宣传的“民族至上”“国家至上”极为接近，因而招致当时进步文化界的激烈批判。但没有证据表明他们是国民党当局授意的，指控他们为法西斯团体更是子虚乌有。对“战国策派”的文化思想进行梳理，有利于全面理解陈铨的思想。

下　编　个人主义·民族主义
——陈铨的文学创作

第三章　陈铨的前期小说创作：个人主义的悲歌

第一节　强烈的现实主义观照

陈铨一生的创作真实地反映了他的成长历程、精神状态和思想变化，他思想观念的每一次变化都清晰地呈现在他的创作中，从中可看出德国思想资源对他的影响日渐深厚。根据创作时间和陈铨思想的变化，可将他的创作分为前后两期，前期指陈铨从 1924 年至 1937 年的创作，后期则指陈铨的民族文学创作，即从 1940 年到 1948 年。中华人民共和国成立后，陈铨主要从事文学作品和文艺理论的翻译工作，不列入本书的考察范围。

陈铨的青年时期经历了清华留美预备学校求学、美国和德国留学以及在武汉大学、清华大学教书等，直至 1937 年抗日战争全面爆发，北京、天津、上海、南京等地的著名高校和文化机构纷纷开始内迁，一大批知识分子也随之迁往重庆、昆明、武汉等地，陈铨亦随清华大学南迁，辗转到达长沙、昆明等地。在这个阶段，陈铨笔耕不辍，在清华时期就是“左右清华文坛的人物”[①]，曾主编校刊《清华文艺》《弘毅》等，在老师吴宓的指导下翻译了大量西方浪漫派诗人的诗歌，自己也创作了一些白话诗，但此时期影响最大、成就最高的是他的小说创作。陈铨前期共创作了五部长篇小说和十几篇短篇小说，因此本书讨论陈铨的前期创作主要以其小说为研究对象。

20世纪上半叶风云突变的中国政局在陈铨的前期创作中留下了时代的烙印，他的创作真实地记录了他所经历的时代。这里有辛亥革命前夕山雨欲来风满楼的紧张局势，有积极奔走的革命人士，有国民革命前夕青年人恋爱与革命的抉择，有川滇军阀混战给人民带来的疾苦，更有日本侵略中国的无耻行径。陈铨往往将宏观的政治大局的展示和微观的人情世态的刻画结合起来，通过对革命与革命中的群众的描绘与反省，表达对社会和人生的关注与思考。陈铨前期的小说创作包括《革命的前一幕》《天问》《冲突》《彷徨中的冷静》《死灰》等五部长篇小说，《濑成》《来信》《重题》《王二娘的政治运动》《巴尔先生》等十几篇短篇小说。这些小说以现实主义的笔法描绘了20世纪上半叶中国社会的风云突变和各个阶层的人们的境遇浮沉，浸透了陈铨作为知识分子的现实主义观照与反省。由于陈铨前期的思想受到叔本华悲观主义哲学的影响，因

① 黄延复：《二三十年代清华校园文化》，桂林：广西师范大学出版社，2000年版，第403页。

此这些小说在美学风格上呈现出浓郁的悲观主义色彩。

在长篇小说《彷徨中的冷静》里，陈铨展示了辛亥革命爆发前夕四川革命人士和当局剑拔弩张的情势。四川虽然地处内陆，但在1911年发生的保路运动中却是斗争最激烈、群众基础最广泛的省份，是革命意识很强的一个地方。小说以四川富顺县百龙场团总王良卿的二儿子王德华从成都高等学堂读书回家后，与三个青年女子的情爱纠葛为主线，以革命党人刘华廷和他的女儿刘云衣、未来的女婿柳青莲等人组织发动群众反对清政府的革命活动，最终却因百龙场霸主陈跛三爷的告密而被清廷逮捕以至杀害的过程为辅线，讴歌了革命党人为了革命废寝忘食、不惜牺牲生命的崇高精神。小说力图以史诗般的风格呈现辛亥革命前浓烈的革命氛围和革命党人大无畏的英雄气概。

除了正面描绘革命党人的英勇行为，陈铨还从民众和知识分子两个角度展开了对革命特别是辛亥革命的反省。陈铨对辛亥革命也有类似于鲁迅的反省，革命党人的浴血奋战换来的往往是愚昧群众的不理解，这承续了五四知识分子对国民性的思考。鲁迅在其短篇小说《药》和《阿Q正传》中刻画了民众对革命的麻木，陈铨在其短篇小说《王二娘的政治运动》中也同样深刻地揭示了这个问题。王二娘是“富顺县城一个特别的人物”，她出身寒贱，样貌丑陋，嫁了个不中用的丈夫，被乡场上的人瞧不起。有一次她在住店的青年许先生的鼓动下参加了打倒“假扮”[①]帝国主义的政治运动，其实她并不明白革命的目的和意义，只是贪图参加革命有吃有喝，还有补助可拿。于是她帮助许先生通过物资和金钱的诱惑召集了一批群众上街游行示威，结果群众一看到武装警备队来镇压就一哄而散，只剩下许先生被抓起来投了监，后来他的家人以他是“疯子”为名将他打捞出来。一场反对清政府走狗行径的政治运动在群众手里演变成了闹剧。王二娘却因为她既和许先生握了手，又得了一百多块钱的实惠，还“作过一次政治上的领袖”这肉体、物质、精神三层的胜利，认为“这一次政治运动，是她生平最得意的事情”。小说以幽默讽刺的笔调，通过描述王二娘参加政治运动的目的、过程和结局，揭示了民众对革命的愚昧和麻木；同时也引发读者思考作为启蒙者的革命人的尴尬境地，他们为之倾家荡产、抛头颅洒热血的革命在未被真正启蒙的群众手中成了图实利、出风头的工具，而自己则被社会冠上“疯子”之名。王二娘的政治运动和阿 Q 的革命有异曲同工之妙，前者通过政治运动得到了前所未有的领袖般的精神享受，在精神上摆脱了一直被乡人瞧不起的卑微；后者通过革命也做了一回“抱着尼姑睡觉”的春梦，同样的“精神胜利法”让人“哀其不幸，怒其不争”。

此外，陈铨还从知识分子的角度来反省辛亥革命。长篇小说《彷徨中的冷静》的主人公王德华在成都学堂读书，是接受过新式教育的人，当他回到家乡后却沉浸在儿

① “假扮”：四川方言，意思为“假冒的”。

女情感的纠葛中，他既爱娴静温柔的乡间少女张落霞，又喜欢聪明活泼的表妹李采苹，还倾慕豪迈英爽的革命者刘云衣。刘云衣的规劝和柳莲青的磊落行为并没有激起他昂扬的革命斗志，王德华在经过革命与否的彷徨后最终选择了温柔宁静的女儿乡来安抚他那躁动的心。王德华的成都同学张仲友，一个同样接受过新式教育的人，则将自己的聪明才智发挥在官场的溜须拍马、勾结陷害、贪赃枉法上，为自己赚大把的白银，且做着封建统治阶级的得力帮闲。这两个人物的设置浸透着青年陈铨的思考，如果作为国家民族希望的青年知识分子都抱着个人主义的思想或隐退或堕落，那么国家民族的希望和前途在哪里呢？陈铨没有为王德华们的人生找到真正的出路，因为当时的他虽然对个人主义、物质主义持质疑的态度，但是真正的出路在哪里，陈铨并不知道。

《革命的前一幕》是陈铨的长篇处女作，写于 1927 年的清华学校，背景是即将发生国民大革命的中国。小说描写了两男一女的恋爱纠葛：上海明华大学的学生陈凌华与同学徐宝林的妹妹梦频相爱，但因凌华要远赴美国留学而暂时未定婚约。凌华去美国不久，徐家迁居北京结识了北大教授许衡山，曾经抱定终身不娶的想法的衡山在遇到梦频后改变了对爱情和婚姻的态度，狂热地爱上了梦频。不料凌华和衡山是好朋友，衡山在得知真相后选择了退出这场三角恋，毅然离开，去投奔南方的革命。陈铨在创作上受到了当时流行的“革命加恋爱”小说模式的影响，但在这种主流小说创作模式下，陈铨却另有选择。与蒋光慈等人的小说讲述革命中的男女恋爱与革命不同，陈铨讲述的是一个革命者在参加革命前的一段人生活动，以及其对民族和革命的热情是在何种条件下转化为革命行动的。许衡山革命前上演的这一幕人生，是在个人与革命之间的一种选择，当恋爱不可得、不能得时，革命便成了比较好的出路；或者说衡山为革命放弃了个人。但他的这种民族主义不是先验的，而是一种“殉情”的方式。如果从这个意义来说，衡山不仅是《革命的前一幕》这部小说的主角，也是后来陈铨逐渐成为坚定的民族主义者后创作的一系列小说、戏剧主角的前身，只需将“革命”二字置换成“民族”，他们就具有了共性：为了民族（革命）而放弃了个人。陈铨的长篇处女作已经显示了他的这种思想基调，衡山是因爱情的失意转而投奔革命的，个人与民族之间的选择只能说是逃避式的，而到了陈铨创作的中后期，作品主人公的这种选择则是主动的和绝对的：为了国家民族的大义，他们义无反顾地放弃了个人的一切。

陈铨既观照着南方如火如荼的革命战火对青年男女内心的冲击，也将更大范围的现实主义视野投向了发生在故乡四川的那一场场灾难性的军阀混战，关注着战争中人民的生存。军阀统治是近代中国的一大特点，在号称“天府之国”的四川，军阀混战更是激烈。在辛亥革命前后几十年的时间里，四川军阀之间发生了大大小小数百次战争，四川富顺因有“金犍为，银富顺”之称，自古便是兵家必争之地。陈铨在《漱成》《天问》《烈士纪念碑》等作品中描绘了军阀统治和混战的场景以及给人民带来的深重灾难。陈铨最早的短篇小说《漱成》（《清华文艺》1926 年第 2 卷第 3 期）用清新淡雅且略带忧伤的笔致描述了川滇两军大战时，年幼的漱成与父亲避难于乡间秦家，对秦家的女儿凤麟产生了朦胧爱恋的故事。小说通过乡人之口揭示了军阀混战、烧杀劫掠的暴行给人民带来的恐惧和灾难："滇军乘胜进城，任意抢杀，新街子杀了五十余人。听说因为上次败走，刘家渡团练开枪打他们，又截了他们几十枝快枪。这次反攻，他们由望远镜里，看见城墙上有普通人在帮川军的忙，所以恨老百姓得狠。现在城里到处有劫杀的事情，大概顶快都要五六天后才能恢复原状，若是川军再反攻，那更不知要到什么时候了。"军阀在占领一个地方后便烧杀抢砸、奸淫掳掠，无恶不作，军阀统治更是极其糜烂腐朽。《天问》中的林云章在做了富顺县的旅长之后，聚敛钱财、狎妓、抽大烟，还可以随意处置一个人的生死；《夜归》中的李师长因为怀疑英文补习教师和自己的姨太太有染，马上可以不问青红皂白地将他枪毙；《彷徨中的冷静》中的乡绅太太因为害怕军阀抢劫，到乡下避难，但仍然每晚恐慌地睡不着觉。当中国的现实和走向成为青年陈铨焦虑和关注的对象时，他便将关注的目光投向多灾多难的故乡四川富顺，流露的是对饱受军阀之苦的民众的无限同情和对军阀统治的憎恶。

日本侵略者于 1931 年发动骇人听闻的"九一八惨案"之后，开始了全面侵华。陈铨用短篇小说的方式速写了中国人民在这场战争中饱受的战乱之苦。短篇小说《蓝蛱蝶》以第一人称的方式讲述了"我"在长沙偶遇旧友静芬，在咖啡馆听她讲述她的丈夫惨死在日本人手中、自己历经苦难从镇江逃到长沙的故事。民众在战乱中颠沛流离的生活跃然纸上。《闹钟》中的工友老李在躲避警报时为了去拿一只闹钟而刚好被日本飞机的炸弹击中身亡。日寇的侵略暴行激起了中国人民的反抗，短篇小说《花瓶》作为陈铨最有名的戏剧《野玫瑰》的蓝本，其中已经开始出现特工为反抗日本的侵略而进行锄奸活动的情节。

除了关注革命和战争中的人民以外，陈铨还关注社会中小人物的浮沉。小人物的悲戚生活往往与上层社会的腐朽堕落形成鲜明的对比。短篇小说《电话》选取家庭生活中的物什“电话”来反映上层社会空虚无聊的生活。华威银行会计科主任张先生家的客厅是他的太太——“北平妇女界的美人；交际界的名花；文艺界的诗人”风流交际的场所，而电话就是她与外界联系的渠道，也成了让张先生既讨厌又无奈的东西。《夜归》中的李师长虽娶了八房姨太太，仍然在外面打麻将、喝酒、闹妓女。《安慰》中银行刘经理的太太每天的消遣就是逛街，然后找人凑搭子打麻将，那些所谓上层阶级的太太们还卑鄙地在打牌时合伙出老千。《彷徨中的冷静》中的县太爷想方设法在外面花天酒地、金屋藏娇，师爷张仲友则贪得无厌地盘剥打官司的人，为了巴结上司还帮助县太爷拉皮条。与上层人物荒诞无聊的生活形成鲜明对比的是小人物灰色的悲戚生活。《夜归》中的英文补习老师因为遇到了一个类似于“奥德赛”的疑心颇重、妒忌心又强的李师长，就不明不白地惨死在他的枪下。《天问》中也描绘了类似于军阀草菅人命的暴行，本来是帮助林旅长杀死情敌的何三却被林旅长借刀杀人将他灭口。《烈士纪念碑》中的留德化学博士王楚西归国后，因为家庭沉重的经济负担，不得不铤而走险帮助军阀贩卖军火，结果成了军阀混战的牺牲品，空有一肚子学问却报国无门，他的牺牲换来一个令人感觉讽刺的“烈士纪念碑”。《安慰》中的银行办事员韩先生的太太为了保住丈夫在银行的职位，不得不经常陪银行刘经理的太太打牌，但常常将丈夫的薪水输掉一半，让小两口感觉既痛苦又无奈，只得互相安慰。那种小人物动辄得咎、如履薄冰、胆战心惊的情态被刻画得入木三分。短篇小说《浮士德游中国记》以寓言的方式假托浮士德在魔鬼麦斐斯脱费立斯的帮助下游历中国，看到了中日战争爆发后满目疮痍的中国现实，城市被炸毁、人民流离失所；但在上海，有钱人却过着纸醉金迷、灯红酒绿的生活；在乡村，农人依然遭受着地主的残酷剥削、劳而无食；大学教授住在草屋中，生活窘迫。这些场景使浮士德只能摇头嗟叹。陈铨的小说往往选取一个生活场景或一件小事来表现现实生活的污浊和无奈，通过对比手法对上层人物进行辛辣的讽刺，描绘小人物卑微的生活，充满着秉笔直书的现实主义精神。

美国和德国的留学生活也在陈铨的前期创作中留下了深深的烙印。这里既有对异国风土人情的描绘，也有对那些不务学业的中国留学生的讽刺和忧虑。短篇小说《巴尔先生》用散文的笔法讲述了“我”在美国留学时，经房东太太介绍认识了英国人巴尔先生的故事。巴尔先生是一个富有传奇色彩的人，年轻时是一个成功的拳师，有名又有钱，后来他的太太跟另一位拳师私奔，他追到巴黎杀死两人后逃到了美国，靠打工来养活自己。巴尔先生现在虽然年老多病，却十分有精神，从他身上，“我”感慨着岁月无情的流逝和人世的沧桑，但跟巴尔先生谈话却不会感到生命的幻灭，因为他是那样乐观积极地面对生活和痛苦。《美丽的助教》则记录了“我”在美国留学时对一位美丽的女助教一见倾心，但当收到国内女友的来信后又心生惭愧的生活瞬间。陈铨创作中涉及德国留学生活的作品则真实地再现了20世纪30年代纳粹上台时德国人民的真实境况。《政变》描述了“我”亲历德国在希特勒上台、国社党执政时群众的兴奋，无论是在街道、饭店、电影院还是德国家庭的客厅，都充溢着国社党人的欢呼。《免职》描写了“我”的教授海拉满因为其太太是犹太人而遭到希特勒政府排犹政策的迫害被免去了教授的职务，并且他的孩子们也因为有犹太血统的关系不能再上学。长篇小说《死灰》描写了德国工人拉尔芒虽然失业了却对国社党的上台充满希望，饿着肚子也要上街游行为国社党欢呼。纳粹的迅速崛起和狂热的种族主义情绪激起了陈铨对自己的国家民族命运的思考和担忧，《政变》的结尾写道：“我跑到街上，深深吸了两口气，仰望着天空中的繁星，眼眶含满了热泪。”这一行热泪犹如郁达夫《沉沦》中“他”那“骤雨似的落下来”的眼泪，都是对祖国强大的希冀。

陈铨创作了《冲突》《死灰》两部长篇小说以及《来信》《难说》《惩罚》《重题》《美丽的助教》《谈鬼》《免

职》等短篇小说来反映中国留学生在异国的生活经历。在国外留学的中国学生有一部分人不务学业，要么谈恋爱陷入感情纠葛，要么不学无术，只知道打牌、喝酒、打架。陈铨对这些人的行径充满了痛恨，并用看似幽默风趣实则辛辣的笔调讽刺了他们的堕落。陈铨还为我们展示了那些在国外留学却不好好读书的青年的丑态："从来不剪发的艺术家；整半年坐在小屋子里观察宇宙人生的哲学家；拉坏峨磷把旁边屋子的人急得破口大骂的音乐家；跳舞把脚趾头跳肿了，痛了三天三夜的舞蹈家；隔二十英里可以嗅得着他身上的香水的修饰家；吐黄痰扭鼻涕不用手巾的自由主义者；三年大学读了两个半积点的打破学校制度的急先锋"①，还有刘冠成之流为了钱去拍买军火借外债的军阀走狗的马屁的"先进份子"。在短篇小说《重题》中还有一群女留学生："是全校最开通的女学生，整天利用男学生替她们作牛马，男学生也利用她们消除生活的沉闷。"

留学生在异国求学时陷入的恋爱纠葛是陈铨前期小说重点描写的对象，突出反映了这些青年学生在被推到中西文化碰撞的前沿时为追求感情的自由而作出的个人主义的选择，但这种个人主义的选择往往将人物推向悲剧的命运。长篇小说《冲突》讲述了美国芝加哥大学的留学生陈云舫和女朋友刘翠华及其情敌黄则凌三人的恋爱纠葛，最后黄则凌因恋爱失败而在陈刘二人结婚时开枪打死两人后自杀。长篇小说《死灰》讲述了留学德国的萧华亭与德国

---

① 陈铨：《冲突》，上海：上海厉志书局，1929 年版，第 122 页。

女子冷荇相恋却没有结果的故事。短篇小说《来信》《难说》《惩罚》《重题》等均讲述了在异国求学的留学生们为了个人感情或困窘或无奈或感伤的境况。陈铨为身边这些浑浑噩噩的陷入个人主义、享受主义的中国留学生痛心不已：这样的青年如何担负变革中国的重任？国家民族的出路在何方？陈铨在自己的创作中浸透着深深的忧虑和不安。

陈铨前期的小说创作，无论是洋洋洒洒几十万言的长篇小说，还是短小精练的短篇小说，都体现了他作为一个青年知识分子对社会强烈的现实主义观照，那种揭露上层社会的腐朽堕落和书写小人物生存的悲哀，以及对国家民族命运走向的思考，延续了五四一代知识分子改造国民性、探寻民族出路的精神脉络；留学美国和德国的经历也在陈铨的创作中留下了深深的烙印，这当中除了异国风土人情的描绘，更多的是对那些不务学业的中国留学生的讽刺和忧虑。这一部分作品可视为中国留学生文学的早期实践。

第二节　浓郁的悲观主义色彩
——以《天问》为例

陈铨早期的思想受叔本华哲学的影响，作品中带有浓郁的悲观主义色彩，他的第二部长篇小说《天问》几乎就是用叔本华的悲观主义诠释人生。陈铨后来在其理论著作《叔本华的生平及其学说》的序言中谈道：“（《天问》）思想方面，间接也传播叔本华的主张。单是《天问》的题名，就带有不少悲观主义的色彩。至于婚姻问题的见解，也根据叔本华的意思。”①

《天问》是一幕爱情惨剧，共六十章，二十多万字，小说的背景设置在陈铨的故乡——四川省富顺县，时间是民国初年。富顺县谦祥吉药店学徒林云章，幼年因父母双亡，虽天资聪颖却不得不辍学到药店当学徒，经常遭受药店张老板的无故毒打。张老板的女儿慧林天性善良，非常同情云章的处境，云章在与慧林的相处中渐渐爱上了她。慧林却与表哥陈鹏运相爱，但鹏运无法违抗母命，与万常五的妹妹结了婚。云章因帮慧林的表姐要回金戒指之事受到牵连，远走成都，跟随万常五当兵，因机缘和才干当上了旅长，重回富顺。陈鹏运在妻子死后娶了慧林，云章设计接近他们夫妻后派何三杀死了情敌陈鹏运，后借他人之手杀死了何三，终于娶慧林为妻。在实现了人生的梦想之后，云章却觉得慧林不过如此，再加上军事政变，云章失去了旅长的位置，他开始吃喝嫖赌。慧林在照顾生病的云章后，自己也身染重病，在其临死之际，云章告诉了她鹏运被杀的真相，在求得了慧林的宽恕后，云章自刎于慧林身边。

① 陈铨：《叔本华的生平及其学说》，上海：独立出版社，1941 年版，第 1 页。

陈铨在小说中试图通过林云章一生的追求来探讨叔本华提出的意志与人生的关系。在叔本华看来，意志是宇宙人生的源泉，是推动一切的力量。世界为意志所左右，意志就是欲望，人对欲望的追求是无止境的，欲望永远无法满足，所以就会有痛苦。有生存就有意志，有意志就有痛苦，但身体的消亡并不能停止意志，所以自杀也不能解决意志问题，只能是一种逃避。意志分为生存意志和生殖意志，恋爱与结婚出于人的生殖意志，因此生殖意志是生存意志的延续。生殖的欲望一旦满足，人类便会重新堕入悲哀，因为爱情是造化用以骗人的，所以婚姻是爱情的磨损和消耗，其势必要归于幻灭。简单来讲，叔本华的婚姻观就是：婚姻是爱情的坟墓。

叔本华唯生存意志论在美学上的延伸是他提出的“第三种悲剧说”。他将导致悲剧的来源分为三种：第一种是来自异乎寻常的恶人，第二种是盲目的命运，第三种是剧中人不同的地位和相互关系。叔本华把悲剧视为文艺的最高级形式，悲剧是生活可怕一面的再现，是个体意志的相互冲突与残杀，表现人生的痛苦和无意义是悲剧的目的，所以悲剧的艺术效果最强烈。而第三种悲剧最有价值，因为它具有普遍性，能使每个人感到自己就处于能造成巨大不幸的复杂关系中，自己随时可能成为这种巨大不幸的制造者或承受者。

显然，叔本华认为悲剧的价值就在于让人们意识到造成世界和人生苦痛的是生存意志。陈铨在《天问》中塑造的主角林云章的一生，就是“追求欲望（意志）—欲望满足—因欲望的满足而痛苦—继续追求欲望（意志）—最终幻灭自杀”的意志追逐的悲剧。云章追求的欲望（意志）是得到药店老板的女儿张慧林的爱情并与之成亲，这种欲望即叔本华所谓的生殖意志。这种意志的对象之所以投射到慧林身上，与云章在药店的遭遇分不开。云章经常无故遭到药店张老板的打骂，唯一给他安慰的是温柔的师妹慧林，慧林对他的悉心照顾让从小丧母的云章倍感亲切，所以在与慧林的朝夕相处中渐渐爱上了她。也是为了这份爱云章才没有从药店逃走，继续忍受老板的折磨。但善良的慧林对云章只有同情而没有爱恋，因为她早和表哥陈鹏运心心相印。云章努力寻找机会改变自身的境况以期获得慧林的爱情，因为帮助慧林的表姐处理金戒指事件被牵连，他被迫远走成都参军。在川滇军阀混战中，林云章凭自己的才干和手腕获得万师长的赏识，得到了旅长的位置，实现了自己追求爱情理想的第一步：拥有地位和金钱。但他并不满足，因为平生最喜欢的三件事是醇酒、舞剑、美人，前两者实现了，而美人之梦还没有成真。于是他开始为追求自己的爱情欲望精心策划。当计划一步步实现的时候，他“感到命运之神在向他微笑”。杀死情敌陈鹏运，使慧林把自己认作恩人和知己，林云章最终实现了自己的爱情意志：将深爱的慧林娶到了手。可当这个梦寐以求的欲望实现之后，云章却陷入了更大的空虚和不满足，他发现原来过去朝思暮想的美人也不过是爱过别人、别人爱过的寻常女人。云章从小就把慧林当作一个理想的美人，常常幻想她成为自己的妻子，这是他一生奋斗的目标。在实现了这个经过千辛万苦才达到的欲望后，云章却发现一切不过平常，幻想也随之破灭。正如叔本华所言，这种生殖欲望实现后，人类便会重新堕入悲哀，婚姻将爱情推向了坟墓。这种悲观主义的哲学正是林云章结婚之后的幻灭感的来源，所以他由此堕落到整日喝酒狎妓的地步，还染上了一身重病，最终以自杀作为人生的结局。《天问》的题名取自慧林临死前的质问："我一个天真烂漫的女孩，从未害过人作过坏事，为什么让我受一辈子苦痛，这样命短？假如真有天，未免太不公平了！"陈铨塑造了张慧林这个"美"和"善"的形象，在小说中以她的人性之美反衬出林云章的人性之恶，她的毁灭增强了小说的悲剧效果，也透露出陈铨对意志（欲望）追求的质疑：如果意志（欲望）的追求是以美和善的毁灭为代价的，那这种追求的终极意义又在哪里？

其实陈铨的悲观主义有两种来源：一个是叔本华，另一个则是哈代。这种意志追求造成对美和善的毁灭，则直接源自哈代的悲观主义。英国作家哈代深受叔本华悲观主义的影响，形成怀疑和虚无思想，认为不管人类文明如何发展，人类总归无法摆脱那种强大的神秘力量——宿命的捉弄。作为一个具有浓厚宿命观的作家，哈代认为冥冥之中有一种更为强大的异己力量主宰着芸芸众生，使之在劫难逃。他赋予作品情节中的偶然事件以逻辑因素，往往使一系列的偶发性事件具有因果联系，导致必然的结局，由此人物的命运被锁定，从而体现宿命的力量，这种强大的宿命力量往往伴随着美和善的毁灭。哈代的著名小说《德伯家的苔丝》中苔丝的一生都充满了偶然性和宿命的色彩，仿佛在她人生的每一个时期都有偶然的因素出现，从而一步步将她推向悲剧的结局。在哈代的宿命论思想的影响下，无数双偶然之手编织出命运的罗网将苔丝裹挟而去。偶然是命运的捉弄，它代表和推动着命运的走势。人受宇宙意志的支配，被裹挟着走向既定的命运。盲目的意志受着盲目的支配，被偶然之手无情地摆布，无论个人如何努力，都摆脱不了命运的力量。正是在这种意义上，苔丝的悲剧是宿命中偶然的必然——那就是毁灭，最后的死亡只是一种形式而已。幸福在哈代眼中，只不过是“悲剧中的偶然间歇”，“生命是在一阵黑暗与另一阵黑暗的间歇中度过的”。这种悲观主义倾向在他的小说中留下了深刻的烙印。哈代的长篇悲剧小说具有强烈的悲剧震撼作用，他因此被称为“第一个伟大的悲剧小说家”。

陈铨在谈到《天问》的创作时，明确指出自己在小说技法上受到了哈代的影响。首先，所谓小说技法是指哈代小说中匠心独运的巧合情节，即一连串偶然事件推动情节的发展和人物的命运。其实这种技法体现了哈代的悲观主义宿命论，生活中的偶然因素与茫茫宇宙的力量融为一体，小说通过对人类弱点的剖析而演绎了人的悲剧命运。其次，这种小说技法还指哈代善于营造悲剧的氛围，小说中的景色描写往往带有主观的悲剧色调，成为人物悲剧命运的有力烘托。

陈铨在《天问》中也用一系列的偶发事件来推动故事情节的发展。巧合、偶然等因素除了用来造成故事情节的曲折性，从而增强故事的生动性和吸引力外，同时也将人物推向宿命论的深渊。如在小说中，云章帮助何表姐要回金戒指本来可以借万五常之手轻松办到，但何三却无意中害死了买戒指的人，连累云章蒙冤，不得不远走他乡。这样一个偶发事件成了云章命运的转折点，使他从一个诚恳老实的学徒变成了一个杀人不眨眼的魔王，也成为他能够得到慧林的转机，但同时也是慧林悲剧命运的开端。再如促成云章命运转折的万五常本与云章素不相识，碰巧万五常的妹妹嫁给了陈鹏运成了慧林的表嫂，而心地善良的慧林帮助表嫂给哥哥写信，恰巧让云章去送信，使云章得以认识万五常并跟着他到成都打天下。正是因为这样的巧合，也使得后来云章设计陷害鹏运有了借口，他谎称万五常的妹妹是被陈家逼死的，万五常因此非常愤怒，云章巧妙利用这个矛盾达成了自己杀人夺妻的计划。小说还描述了慧林在上学时与校长金纯一和夹舌子先生结了仇怨，这一偶然事件却成了二人得到云章借刀杀人的证据之后对云章进行威胁和勒索的诱因，成为云章自刎的一个导火索。试想，如果云章借刀杀人的证据随着何三的被杀而掩埋，云章也许不会自杀。正所谓“无巧不成书”，这一系列的巧合使故事情节一波三折，增加了小说的悬念和可读性，同时也预示了人物逃不掉的宿命。慧林的一生恰似哈代笔下苔丝的一生，美丽善良的女性遭到毁灭的悲剧，当命运之神在向林云章微笑的时候，也在向张慧林狞笑。

陈铨在小说中也注重营造悲剧氛围。哈代在长篇小说中善于运用景物描写来烘托悲剧氛围，比如《德伯家的苔丝》中英国乡村宁静美丽的景色描写，实际上为后来苔丝悲剧性的毁灭营造了一种悲剧氛围，农村的自然经济在资本主义的侵蚀下解体，农村那美丽淳朴的女子受欺凌而毁灭的人生与美丽的乡村风景形成了鲜明的对比，后者也成为前者悲剧的一种有力的反衬和烘托，让人感觉美的消逝是那样的蚀魂与伤感。陈铨在《天问》中也运用了类似的氛围烘托的悲剧手法，可见深受哈代的影响。小说中有这样一个情景，云章和慧林结婚后到公园游玩，此时正是阳春三月，桃花盛开，景色宜人，可是慧林却触景伤情，她想到曾经和前夫鹏运到此游玩的情景，黯然神伤，云章察觉到了这种情绪，带着慧林怏怏离去。两人婚姻中的那道深深的伤痕开始显现，悲剧的结局在一开始便已经注定。小说的末尾又描写了西湖公园美丽的春景，但这样醉人的春色中出现的却是何表姐和她的丈夫到慧林和云章的坟前上坟的情景，“湖山还是一样地美丽，可惜慧林已经不在了”，真是物是人非事事休！“亭上倚栏的人也不见了，只剩下一池春水的西湖”。

陈铨《天问》中的悲剧意识，既有希腊“人与不可抗争的命运”的悲剧，又有赫伯尔的“时代悲剧”、哈代的“命运悲剧”，但总体来说是体现了叔本华的悲观主义哲学的“意志悲剧”。

第三节 “冲突”的人生哲学

陈铨在分析席勒对德国民族文学的贡献时说：“席勒戏剧里边的英雄，多半遭逢着不可逃避的内心冲突，或者外界战争。席勒平生最崇拜康德。康德的哲学，把世界分为二元。理智与理性，神学与宗教，批判和信仰，自我与世界，永远站在不可调和的界限。这一个二元的理论，席勒运用到他的戏剧里边来，所以他戏剧里边所表现的人生，充满了冲突。”① 其实，我们也能发现康德的二元哲学对陈铨思想的影响，在陈铨的前期小说创作中也充满了“冲突”的人生哲学，这里有新旧观念、个人与社会、理智与情感、理想与现实、个体意志之间的冲突与对决，陈铨用创作思考着人与意志冲突的困境。

陈铨 1930 年写于美国的长篇小说《冲突》是一部很有意义的小说，它直接以“冲突”为名，讲述了留美中国学生陈云舫、刘翠华和黄则凌的三角恋冲突所引发的三人惨死的悲剧故事。这个看似俗套的题材被陈铨赋予了哲学意味，小说中的人物挣扎在新旧观念、理智与情感、个体意志以及中西方文化的冲突之中。在国内已经有了旧式婚姻的陈云舫到美国留学后，与美丽的新式女子刘翠华发生

---

① 陈铨：《席勒对德国民族文学的贡献》，载于《文艺先锋》第 2 卷第 3 期，1943 年 3 月 20 日。

了爱情，但当翠华得知他已经结婚后就与他分手，投入了黄则凌的怀抱。云舫由此感到第一个与自己产生“冲突”的对象应该是自己的母亲，是她逼着他在出国前结了婚，于是给母亲写了封信要求解除包办的婚姻关系。从这里我们可以看出，云舫到美国留学后受到西方文化的影响，看到了自由恋爱的诸多好处，便与自己以前所认同的旧式的父母之命、媒妁之言的婚姻观念发生了冲突。云舫的母亲和他的妻子可以说是中国传统的象征，云舫要摆脱的就是传统的束缚，追求恋爱的自由和幸福。在这里，新旧观念之间、中西文化之间发生了强烈的冲突。云舫的第二个“冲突”的对象是情敌黄则凌，两者之间的冲突属于个体意志的冲突。云舫在小饭馆偶遇黄则凌后，便百般挑衅，两人最后决定到公园对决，结果是两败俱伤，但云舫却因这次冲突重新抱得美人归，个体意志间的冲突埋下了毁灭性结局的因子。

纠结在这场新旧观念和个体意志冲突中的还有理智与情感的对决、兽性和理性的冲突。云舫被打成重伤住院的时候做了一个梦，梦见母亲的哭泣和妻子的娇柔，他被亲情打动了，很后悔自己以前的行为。这时来了一个匪人要抢走妻子，云舫奋力保护，两人终于逃到安全的地方。依弗洛伊德的观点来讲，梦是欲念的表现，这个梦可以解读为兽性与理性的对决，匪人代表兽性，而云舫的母亲和妻子代表理性。云舫在梦里最终跟妻子在一起，其实是他潜意识中的理性对兽性的对抗，此回合理性胜出。但当刘翠华主动重回云舫怀抱的时候，理性在与兽性的对决中败下阵来，云舫又重新陷入对翠华无限的爱恋，坚决与发妻解除婚约，并以断绝母子关系来威胁母亲。

这场三角恋中的人物都无法逃脱理智与情感、兽性与理性的对决。刘翠华在得知云舫已经结婚的消息后，虽然与之断绝了关系，但在其受伤后又忍不住去探望，最终与他恢复恋爱关系并结婚。在是否与云舫继续交往的问题上，翠华的内心也经受着情感与理性对决的煎熬。一方面，翠华确实很爱云舫；另一方面，翠华的理性又告诉她不能跟结了婚的人再保持恋爱关系，那是不符合社会道德规范的。最终，理性与兽性的对决中，爱欲战胜理性。黄则凌同样不能摆脱这种煎熬，当他得知云舫和翠华二人重归于好并且要结婚的消息后，纠结于要不要杀死他们。黄则凌在国内有可怜的母亲和妹妹需要他回去后照顾，学业也需要完成，这些责任是理性赋予的，但对翠华的爱恋无法割舍，与云舫的情仇没有办法泯灭，他带着枪跟踪两人到公园，没有扣下扳机，但最终兽性战胜了理性，在云舫和翠华的婚礼上，黄则凌开枪杀死两人后自杀。解决冲突的最终方式是死亡，也印证了云舫所得出的“冲突”的人生哲学：“推翻宇宙人生的根本方法，就在提倡冲突，冲突愈厉害，消灭也愈迅速，宇宙人生一消灭，一切众生的痛苦都解除了。”

可以看到，《冲突》中的男女在理智与情感、理性与兽性的对决中通常选择后者，选择了放任自己的感情、听任原始欲望的支配，颠覆传统、追求自我，他们的身上深深地烙下了个人主义的痕迹。陈铨在小说中用哲学的方式表达了个人主义毫无出路的思想。

长篇小说《革命的前一幕》也反映了理智和情感的冲突。北大教授许衡山本来是一个爱情婚姻的怀疑主义者，当他遇到徐梦频后却为她深深折服，陷入了爱的漩涡无法自拔。但当他听说梦频的爱人是自己的好友陈凌华后，在经过理智与情感的激烈冲突后，理智战胜了情感，选择了为朋友之谊而退出爱情的角逐，把去南方参加革命当成“殉情”的方式。

小说中凌华的思想代表了五四时期普遍流行的个人主义思想：“什么叫做国家？什么叫做社会？人生不过数十寒暑，生为什么？死为什么？喜为什么？忧为什么？工作为什么？奔忙为什么？无论谁都是莫明其妙，答不出个究竟。国家社会更是空无边际意义含混的东西，拿一生的幸福去牺牲来为它，是值得的吗？”而衡山则有不同的看法：“要打破英雄思想。不为作官，不为发财，不为当领袖，只要我们认为是，马上就牺牲一切向前去。即如我罢，虽然是一个大学教授，真要到必要时，我就投身去当一名小兵，持枪打仗，做一个无名英雄。”这两种人生理念是冲突的，可能也代表着青年陈铨思想上的一种矛盾。小说用梦频这个人物的选择做了回答，梦频选择了凌华也就是选择了爱情。在此时的陈铨看来，情与理之间，完美的爱情与个人的幸福是至高无上的，世界上的任何事物（包括革命）都不应当成为追求个人幸福的障碍，理智应该服从情感，即使富于理智的衡山也是恋爱不成才去革命的。情感与理智之间的冲突与选择成为贯串陈铨文学创作始终的核心问题，但是随着陈铨思想的变化，在个人主义与民族主义之间，陈铨最终选择了后者。

短篇小说《梦兰的家》则深刻地反映了理想和现实的冲突。“我”的朋友梦兰从德国留学归来已经有四年时间了，仍然保持着“他少年热心的理想主义”，但他的新婚妻子却整天因为钱的事情与他争吵。梦兰强烈地感受到在中国为家挣钱与保持理想主义之间的矛盾——“有了家就不能不用一切方法来找钱，要找钱就不能不牺牲理想主义”，这种矛盾实际上就是理想与现实的矛盾。在这种矛盾冲突中，梦兰仍坚持自己的理想主义，不愿与世俗同流合污，他发出呐喊：“一个人没有理想主义就不成为一个人，一个民族没有理想主义就不成为一个民族。”那么梦兰的理想主义的具体内容是什么呢？那就是应该有“国家”意识，而不是“家国”私心。而现在的中国缺乏这样的理想主义，所以“中国的官吏，贪赃卖国，中国的商人，偷税走私，中国一般的人民，卑污苟贱”，人们不择手段地为自己的小家谋利，甚至为了“家”可以牺牲“国”，“家”成了“一切罪恶之源”。很显然，这样的“国家意识”是陈铨受到德意志民族崛起的启发而形成的，他将其赋予在梦兰这个形象上。但在“这样乌烟瘴气的社会”，要想抱着理想主义救国救民是异常艰难的，家人不支持你，因为他们要吃饭生活，朋友只能同情你，因为他们也要吃饭生活。理想主义者在中国那样一个注重现实的社会里必然会愈来愈少。“我”就是一个和梦兰比照的例子。“我”回国才两年多，起初也因抱着理想主义被人讥笑，现在自己慢慢变世故了，虽然“我”知道理想主义的丧失是件令人痛心的事。一个曾经的理想主义者抛却了理想主义，在现实与理想的冲突中选择了不被世人讥笑的生存方式，唯一保存的是对仍坚持着理想主义的人的深深的敬意，然而“我”亦明白理想主义者现实生存的悲哀，不知道在现实的壁垒面前，理想还能走多远？梦兰们会不会如“我”般在一次次的挫折和现实生存的压迫下最终抛却他们的理想主义？

“梦兰的家”是一个象征，它是那个注重现实的中国社会的若干个家的缩影，是一个民族缺乏理想主义的罪恶之源。同时，这个“家”也是理想主义者和现实斗争的场所。梦兰是理想主义的化身，却处在现实主义、利己主义的“家国”环境中，妻子天天为钱和他吵架。他不愿如“我”般同流合污，竭力保持理想的高洁，但与现实不断的争斗（在小说中表现为屡次与妻子吵架）让他疲惫不堪。陈铨这篇发表于 1936 年的短篇小说，很能代表他思想的转向。其前期思想中为个人主义寻找出路的苦闷通过借鉴德意志的民族意识已经渐渐找到目标，小说中梦兰留学德国的经历让他在两个民族的对比中意识到：“德国的民族，处处以国为前提，中国的民族，却处处以家为前提。德国人随时可以牺牲家来为国，中国人随时可以牺牲国来为家。”陈铨归国后面对的正是梦兰面对的现实与理想冲突的问题，民族的走向成为他关注的焦点。后期“民族主义”的高扬、“民族意识”的力倡正是陈铨作为一个爱国的理想主义者的选择和解答。

短篇小说《烈士纪念碑》也同样反映了知识分子在学成归国后面临的理想与现实的冲突与对决。在德国拿到化学博士学位的王楚西，本来打算回国后为祖国的科学事业做出自己的贡献，无奈找不到理想的工作，而家庭的经济负担又重，不仅要养娶回国的德国妻子，还要承担父母亲家里一大批人的开销，他只得用自己的化学知识为军阀买卖军火做科学指导来赚钱。楚西在理想与现实的对垒中败下阵来，努力赚钱养着自己的"小家"，结果却在军阀混战中不幸丧命，对现实的妥协并没有给他带来好的结局。

陈铨前期的小说有着鲜明的个性，与同时代的新文学家的小说创作有着很大的不同。首先，陈铨善于通过矛盾冲突来营造他的文学世界。"冲突"并不是单纯的技巧，而是陈铨青年时代的一种哲学观。在他看来，万事万物充满了矛盾与冲突，国家与个人、理想与爱情、生与死……这既跟陈铨亲历五四运动以后中国社会新与旧的冲突有关，更与叔本华哲学思想里生存意志的追求与满足之间永无止境的冲突有关。《冲突》这部长篇小说不仅直接以"冲突"命名，甚至还发明了一套"冲突哲学"："推翻宇宙人生的根本办法，就在提倡冲突，冲突愈厉害，消灭也愈迅速，宇宙人生一消灭，一切众生的痛苦都解除了。"[①] 陈铨的小说从着重描写个体与个体之间的意志冲突、个体与社会的意志冲突，到关注民族国家与个体意志之间的冲突，表现出他思想的转变以及对国家、民族、人民、社会

---

① 陈铨：《冲突》，上海：上海厉志书局，1929年版。

的满腔热忱与深刻关切。在陈铨的小说中，每一场“冲突”最后都是悲剧性的结局，这不仅来自他对现实的观照，更是由于他在叔本华的悲观主义哲学和古希腊悲剧的双重影响下所形成的悲剧人生观。他的小说中表现出一种对人生富于哲学和古典意味的悲剧性思考。

在陈铨的小说中，冲突首先发生在男女爱情当中。小说通常讲述一个三角或多角恋爱故事，将爱情故事放置在具体的纷繁复杂的社会背景下，使主人公不可避免地受到时代的影响，由此产生各种各样的冲突和抉择。如《天问》的背景是川滇军阀混战，《革命的前一幕》发生在国民大革命前夕，《彷徨中的冷静》则发生在清朝末年政府残酷镇压革命党人的血雨腥风之中。作品的主人公基本上都是大学生或留学生，这些青年怀着对国家命运和前途的极大关注，但也在新旧观念、个人与社会、理智与情感、理想与现实、个体意志之间的选择中忍受着心灵的煎熬。

陈铨试图在这种冲突与对决中探索人性，思考人与意志冲突的困境，叩问人类生存的痛苦，发掘哲理的存在。《天问》中的林云章是一个自负而倔强的人，为了追求理想不择手段，甚至不惜牺牲一切。他设计得到了药店老板的女儿张慧林，并从一个小伙计混到旅长，却发现自己的梦想破灭了，他发现自己疯狂爱上的最理想的美人也不过就是一个爱过别人、别人爱过的寻常女子。不久他又失去了旅长的位置，从此一蹶不振，最后自杀。他的人生追求彻底失败了。在追求理想的过程中，林云章并没有得到生命的价值，只有人生的不断失落和人性的不断堕落。陈铨用个人主义者的穷途末路揭示了人类所面临的永恒的困境：人类似乎永远无法改变现实存在的一切，人生追求的永恒失落是人类最悲哀的宿命。这就给全书笼罩上了一层浓郁的悲观主义色彩，并让人从哲理层面审视该作品。

陈铨的小说塑造了一系列的女性形象，如梦频、慧林、翠华、采苹、云衣、落霞、冷荇等。这些女子既温婉美丽，又具有现代的思想和气质，可以说是真善美的化身，是男主人公心目中最理想的完美女性形象，也是陈铨追求的善与美、传统与现代相融合的理想形象。而作品中的男主人公除了《天问》中的林云章之外，大都接受过现代高等教育，对文学、艺术、哲学、社会、政治等有着独特的见解，但性格往往软弱敏感，缺乏决断能力，虽信奉某种生活和社会理想，却根本无力用实际行动去实现它，慢慢变得消沉、悲观、绝望，甚至对人类生存的意义产生了根本的怀疑。这显然是青年陈铨内心的冲突和苦闷的映照。

陈铨在小说中往往采用插笔、闲笔的方式来描绘人物生活的场景，有山川风景、神话故事、风土人情等，为故事渲染了特定的时空背景和氛围，丰富了小说的人文内涵。如小说《彷徨中的冷静》就讲述了大佛岩的传说，并对故乡的风土人情进行了深情的描述。

陈铨的小说一般都具有双重意蕴，在故事层面和社会伦理层面以外，注重揭示和阐发哲学层面的意义。这应该是他区别于同时代其他作家的最显著的特征之一。他以哲学思想统领全篇，把自己对叔本华哲学的研习和理解化用在小说创作之中，使他的小说具有了关心人类生存处境、探索生命存在意义的现代意味，表达出强烈的人文关怀和悲剧精神。

陈铨前期的小说创作充满了对社会人生的现实主义观照和积极思考。作为小说家的陈铨由于在思想上受到德国哲学特别是叔本华和康德哲学的影响，比较注重人生哲理的表达和个体思考的体现，使其小说的思想承载多过艺术表达。小说人物形象的塑造往往为观念的传达服务，陈铨在艺术上处理得比较粗糙，很难将两者进行巧妙的结合，所以人物往往成为其哲学思想的图解，削弱了人物形象的生动性和思想表达的力度。陈铨前期小说创作的这种倾向在其后期创作中并未得到改善；相反，由于陈铨在后期致力于民族文学的创作，这种为观念而创作的情形愈演愈烈，成为他文学创作的致命伤。

第四章　陈铨的后期创作：民族主义的呐喊（上）

——抗战小说的民族主义建构

1937年“七七”事变后，抗日战争全面爆发，抗日救亡成为这一时期中国文学的基本走向。20世纪40年代初，抗日战争进入最艰难的时期，中国大地被战争分割为国统区、解放区、沦陷区和上海“孤岛”，抗战小说在经历了第一个时期（30年代末）以“东北作家群”写作为代表的反映战争给土地和人民带来的创伤后，进入到“由于文学中心的散落而引起的小说探索的散射性”[①]的第二个时期（40年代），此时期的作家对抗战小说的内容和形式进行了多维度的探索。

作为“战国策派”主将的陈铨在此时期提出了“民族文学观”，并通过创作践行其理念，为自己鼓吹的民族主义摇旗呐喊，希望也能像德国狂飙突进运动那样有辉煌的创作实绩，在民族危亡之时激发国人的民族意识，达到战

① 杨义：《二十世纪中国小说与文化》，上海：上海三联书店，2007年版，第248页。

时文化重建的目的。他的抗战小说不追求大战争、大场面的描绘，而是从文化反思的角度对时代精神进行剖析，探索民族精神的走向，力图通过小说进行民族主义的建构，唤起民众“国家至上、民族至上”的民族主义精神。

这一时期陈铨创作的抗战小说主要有短篇小说集《归鸿》和长篇小说《狂飙》。《归鸿》收录了《闹钟》《花瓶》《归鸿》《浮士德游中国记》和电影剧本《断臂女郎》。《闹钟》讲述了抗战中旅舍工友老王在空袭来临的时候为了一只闹钟丢掉了性命的故事。《花瓶》是间谍题材，讲述了云樵借与表妹曼丽谈恋爱的机会潜入汉奸姑父的家中，在他家的花瓶中安装窃听器收集情报的故事。《归鸿》写的是留德化学博士楚西归国后救国理想破灭，就用所学知识帮助军阀倒卖军火，最终成为军阀混战牺牲品的故事。从创作时间和内容上看，《归鸿》不能算作陈铨的抗战小说。《浮士德游中国记》则借用歌德作品中的浮士德形象，描绘了他来到抗战时期的中国看到的哀鸿遍野的悲惨景象。《断臂女郎》是一个短小的电影剧本，刻画了一个叫刘婉容的女英雄，不顾家人反对毅然到抗战前线参军，在英勇杀敌的过程中失掉了一只手臂，成为令敌人闻风丧胆的断臂女郎。以上这些短篇小说和剧本或是表现战争给人民带来的伤害（《闹钟》《浮士德游中国记》），或是表现战争中涌现出的英雄人物（《花瓶》《断臂女郎》），与其他一些抗战小说所表现的完全相似，并没有真正体现陈铨抗战小说的创作理念，真正能休现陈铨民族文学观创作理念的是长篇小说《狂飙》。

长篇小说《狂飙》是陈铨为其民族文学运动创作的唯一一部长篇小说（此时期陈铨的创作以戏剧为主）。该作品的题名有浓厚的借鉴德国狂飙突进运动的意味，狂飙突进运动这一名词源于德国当时一位名叫克林恩的作家的戏剧题名《狂飙》。剧中的主角内心充满活力却无处发泄，最终无法忍受跑到美国参加了革命，他说："我不能不跑开，逃出这可怕的不安定和不肯定……我充满了冲动和力量，不能够把它发泄出来。我要自动去加入这一个战争，那儿我可以展开我的灵魂。"① 陈铨认为"这一种激烈的感情，不安定的情绪，是狂飙时代一般德国青年共同的感觉"②。由此可见，陈铨为其民族文学观创作的长篇小说以《狂飙》为题名，也是希望表达那种激越的感情狂飙，他所赞美的"狂飙"是以民族意识为核心的民族狂飙。因此，陈铨的这部长篇小说《狂飙》可以称作其民族文学的"范本"，或者说可以把它当作民族文学的"范本"来解读。

《狂飙》于1941年3月在昆明完成，时值西南联大的教授和学生逃到大后方躲避战火，也是陈铨和林同济、雷海宗、贺麟等知识分子筹备组建"战国策派"（1940年4月组成）为国家民族的发展献计献策的时候。次年11月，该小说作为建国文艺丛书第一集由重庆正中书局出版，此

---

① 陈铨：《狂飙时代的德国文学》，载于《战国策》第13期，1940年10月1日。

② 陈铨：《狂飙时代的德国文学》，载于《战国策》第13期，1940年10月1日。

后多次再版。可以说，陈铨的《狂飙》和他的民族文学运动在当时受到了较大的关注。时人评论说："它（《狂飙》）所表现的'民族意识'非常鲜明、强烈，值得说是'民族文学'的一部有力的作品。"[①]

《狂飙》有二十余万字，分为三十七章，时间跨度从五四运动之后到抗日战争时期，约十八年。小说以薛立群、王慧英、李国刚、黄翠心四个青年男女的恋爱纠葛为主线，中间穿插了风云变幻的时代背景，表现了沐浴五四风雨的青年一代在国家民族危急的关头终于从个人主义转向民族主义的过程。薛立群和王慧英是青梅竹马的恋人，不料薛立群到北京读书后，却和慧英的好友、上海的摩登小姐黄翠心相恋并结婚。慧英得知真相后悲痛欲绝，一直暗恋慧英的薛立群的表兄李国刚给予了她精神上的安慰，两人也结了婚。立群和翠心婚后陷入了甜蜜的二人生活而终觉生活的无聊，慧英和国刚结婚后却投入了抗日救亡的工作。慧英在家乡和国刚的父亲李铁崖一起组织农村武装队伍对抗日本侵略者，作为飞行员的国刚则在前线抗日，他们的生活过得非常充实。后来，立群和翠心的民族意识也觉醒了，亦加入了抗日救亡的队伍。国刚在一次飞行任务中以身殉国，翠心被日本侵略者逮捕后拒绝受辱而自杀，慧英被日本人逼疯，最后含笑死在初恋立群的怀中。曾与国刚和慧英有"桃园三结义"之举的立群奔赴无锡乡间，继续慧英和国刚的父亲李铁崖未竟的乡间抗日游击队

① 辛郭：《读〈狂飙〉》，载于《民族文学》第1卷第1期，1943年7月7日。

事业。民族狂飙最终战胜个人狂飙，民族意识得以彰显。

在《民族文学运动》一文中陈铨谈道：“自从五四以来，中国的思想界经过三个显明的阶段，一是个人主义，二是社会主义，三是民族主义。”[①] 这里明白指出了五四以来社会变迁（时代精神）和民族特性转变的三阶段，在《狂飙》的创作中，陈铨力图用情节结构的设置来反映这种时代思潮演变的轨迹。

在第一阶段（个人主义阶段）中，小说通过两对青年男女的情感纠葛来凸显信奉个人主义的时代青年在五四感情狂飙中的迷失与找寻、挣扎与困惑，在面对情感与道德的纠结、自由与束缚冲突时的抉择。在陈铨看来，“在第一个阶段……对于传统的道德，风俗，社会，政治，一切的标准都激烈反抗……个人要有怀疑的精神，反抗的勇气，他不愿意受任何束缚，崇拜任何偶像，他要绝对的自由，但是他的自由观念是很空泛的，他只有要求自由的意志，他并没有明了自由的真义，他是一位纯洁天真的青年，他还没有实际人生的经验，他还不知道人生是有限制的……”[②] 在《狂飙》中，陈铨形象化地描绘了这一阶段人物的思想和行为事实。

家境富裕的薛立群从小和王慧英一起长大，因此很自然地与她发生了感情。立群到南京读中学后受到五四新文

---

① 陈铨：《民族文学运动》，载于《大公报·战国副刊》（重庆）第 24 期，1942 年 5 月 13 日。

② 陈铨：《民族文学运动》，载于《大公报·战国副刊》（重庆）第 24 期，1942 年 5 月 13 日。

化运动的影响从而思想上发生了改变。他在学校读《新青年》、胡适的新诗、歌德的《少年维特之烦恼》，聆听国文教员用西方文论来阐释中国文学，感受到西方文明的强烈冲击，产生了新的人生观——“感情的生活”，发誓“要做一个新人物……要独立，要自由，要摆脱一切的束缚”。正是在这种思想的影响下，当他遇到同是受新文化影响的上海的时髦小姐黄翠心的时候，就无法压抑自己狂热的感情，最终抛弃了青梅竹马的恋人慧英。当立群和翠心结婚后，却陷入了个人主义的小圈子，国家民族的观念因为小家庭的温馨舒适而被抛在了一边，渐渐地这种小生活陷入了无聊的境地，立群感慨说：“一个人既然活在世上，总得要找一点事情来混，不混就没有法子活下去。”但他却不知道到哪里去寻找高尚的理想，个人主义陷入了困境。

富家小姐黄翠心是一个典型的五四时代的新女性，她时髦、娇气、受人追捧，具有强烈的支配欲，不愿意受道德的束缚，以自我情感为中心。她呼喊：“感情就像一阵狂飙，把我们吹到空中，不由自主。宇宙间一切的一切都毁灭了，我们没有法子抵挡它，世界上任何的力量，也不能抵挡它。在它狂奔怒吼，移山倒海的时候，宗教、道德、风俗、习惯，甚至于生命的长城，都站不住了。”所以她恨极了道德、束缚，要推翻一切，“宁肯死，也要自由”。她不为道德和良心的谴责，不压抑自己的情感，为追求自己的爱情和幸福而横刀夺爱、牺牲朋友，满足个人的欲望，用自由的意志来支配一切行动。

薛立群和黄翠心可以说是五四时代青年的典型，他们狂热、奔放，在五四新文化运动引进的西方自由思潮的影响下，注重个人，追求独立自由，对传统的一切都要怀疑，都要推翻。

至于第二阶段的社会主义思想在知识分子中的暗潮涌动，小说只是轻描淡写地掠过，既不用人物思想行为去代表，也未间接写出受这一潮流影响后的社会状态。

第三阶段的民族主义才是《狂飙》的核心。陈铨在谈到《狂飙》的创作时曾说："怎么样从个人的'狂飙'达到民族的'狂飙'，这正是全书的结构，也就是怎么样从五四运动的个人主义，转变到现阶段的民族主义最主要的关键。"① 这种转变不仅是全书的结构，也是整个小说的核心所在，这种核心是和陈铨倡导的以民族意识为核心的民族文学运动相呼应的。

在这一个阶段，"中国思想界不以个人为中心，不以阶级为中心，而以全民族为中心。中华民族是一个整个的集团。这一个集团，不但要求生存，而且要求光荣的生存"②。所以无论是早期为了个人情感的狂飙而不顾一切的薛立群和黄翠心，还是暗恋王慧英终于用善良体贴抱得美人归的李国刚，抑或是遭受情变后走向坚强独立的王慧英，这些五四的时代青年都汇入了民族狂飙的浪潮，个人主义被民族主义取代。小说在第三十二章的开头用排比抒情的方式描述了"无情的世界吹起的无情的狂飙"——日

① 陈铨：《编辑漫谈》，载于《民族文学》第1卷第1期，1943年7月7日。

② 陈铨：《民族文学运动》，载于《大公报·战国副刊》（重庆）第24期，1942年5月13日。

本发动的“七七卢沟桥事变”，它惊醒了民族的好梦，任何执迷和妥协都是不可能的了。它也激起了那些沉迷于个人主义的青年的民族意识，翠心将生死置之度外，在南京大屠杀时依然不顾个人安危坚守在看护岗位上，最后不愿受日寇凌辱而自杀；慧英不辞劳苦在无锡乡下帮助丈夫国刚的父亲李铁崖组织乡间抗日游击队，在一次战斗中被日军凌辱后变得疯癫，丧失了记忆，最后死在了立群的怀中；受革命父亲熏陶的国刚在大学毕业后参加了“大鹏队”，奋力击杀日寇，也不幸以身殉国；立群怀着家仇和国恨，勇敢地投入了李铁崖组织的打击日寇的游击队工作中。如他们般的无数青年男女都投入了“民族意识”的洪流中，为国家民族的生存浴血奋战，哪怕牺牲自己的生命也在所不惜，因为他们为“民族意识”所激励着，深深地懂得“个人是暂时的，民族是永久的；个人是小我，民族是大我；牺牲暂时来为永久，牺牲小我来为大我……是合理的，自然的”。

第一阶段和第三阶段思想的比较，即对五四的反思和民族文化的重建是陈铨民族文学观的发生点。在小说人物的思想性格和生活轨迹的设置上，我们鲜明地看到了这种对比。薛立群是中国文人柔弱性格的代表，而其表兄李国刚则正好相反，显示出军人的刚毅与内敛。同样是爱上了朋友的恋人，立群是压抑不住个人感情的狂飙而努力争取爱情，国刚则是自我克制主动放弃。国刚由于受身为革命党人的父亲的影响，很早就立志要做军人，大学毕业后参加“大鹏队”打击敌寇，最后为国捐躯。他的思想异常鲜明："我们青年人处在国家危急存亡的时候，应当把个人的问题，暂时摆在一边，努力准备自己，来挽救整个的国家民族。"立群和国刚一个是五四时代的个人主义典型，一个是民族主义阶段的国家民族主义的典型，小说在这样的对比衬托中凸显了陈铨所激赏的那种刚性的国民性和拥有"民族意识"的民众。

虽然王慧英和黄翠心是好朋友，但两人的性格迥然不同。翠心更多地体现出五四新女性追求恋爱自由、不愿受传统道德束缚的反抗性和个人主义，慧英则从小生活在乡下，虽然后来到上海读书，但仍然保存了很多劳动人民的优良品德，如"勤勉、耐劳、天真、勇敢"。结婚后，她勤俭持家、侍奉公婆，与翠心不能和婆婆友好相处形成了鲜明的对比。慧英还在公公李铁崖的感召下，热心地投身于组织乡村团练的工作，过着有意义的生活，翠心在婚后则陷入了家庭的狭隘生活，物质生活虽然很丰富，精神生活却很空虚。

两对青年男女的婚姻也有一个对比，立群和翠心的婚姻是爱情婚姻，国刚和慧英的婚姻是友谊婚姻。陈铨在此时期的思想已经从叔本华转向尼采，因此在婚姻观念上也由早期长篇小说《天问》中所体现的叔本华的婚姻观转到了尼采的婚姻观。陈铨借小说中立群和翠心的婚礼主持人之口传达了尼采的婚姻观："真正理想的婚姻，应当是友谊的结合，不是爱情的结合，因为爱情是一时的，友谊是永久的。友谊的关系，起初像一锅冷水，越烧越热，爱情的关系，起初像一锅开水，越放越冷。"当然，陈铨认为真正理想的婚姻应该是爱情和友谊的结合，大家互敬互爱，在他看来，国刚、慧英的婚姻应当是最理想的，他们友谊与爱情的结合再加上共同的民族主义的革命事业，使他们的婚姻生活具有了积极的意义。

陈铨想通过小说人物间的有意识的比较，传达出个人主义在民族主义阶段穷途末路的思想。个人主义的享乐在国家民族危难当头的时候只能陷入无聊和虚无，而战胜了个人主义具有高尚的国家意识和民族意识的生活——即进入第三阶段的民族主义，这一个阶段“不以个人为中心，不以阶级为中心，而以全民族为中心”[①]——才是理想的生活。

“民族意识”是陈铨民族文学观的核心理念，也是他的小说《狂飙》的真正主角。小说中有个“民族意识”的化身和代言人，那就是李国刚的父亲李铁崖。李铁崖是一个具有传奇色彩的人物，他是辛亥革命的元老，本是日本帝国大学政治系最好的学生，后来在日本见到孙中山先生，被他的个人魅力和革命意识折服，没有毕业就返回中国参加革命，把继承的巨额遗产都用于革命。革命成功后他就职不到两个月，只因看不惯那“同事的人，只想逢迎权贵，梦想升官发财，在那一种空气中间，铁崖不能呼吸，就辞职到西湖去出家”。后来看到寺庙里也充满了争权夺利，他分析中华民族的将来，认为最可靠的就是乡下

① 陈铨：《民族文学运动》，载于《大公报·战国副刊》（重庆）第24期，1942年5月13日。

的农人，因为“他们无形中还保存中国祖先的美德”，于是决定“到农村去生活，取得一般农人的信仰，利用他们的美德，替国家民族，作一些踏实的工作”，遂回到无锡乡下做了农夫，在抗日战争爆发后，他积极组织团练和游击队，打击日本侵略者。

陈铨通过李铁崖和薛立群的父亲的辩论，表达了他对五四的反思和关于民族意识的思想，很有代表性，摘录如下：

> （铁崖）中国一定不会亡，主要国民心理上，有一个大转变，就是要有民族意识。中华民族，几千年来，都生活在大一统局面之下，四围左右，都是文化落后的蛮夷戎狄。就算有时候他们凭他们原始的武力，把我们征服，他们不久就被同化了。这一种情形，使中国人民不容易有强烈的民族意识。然而没有强烈的民族意识，对内对外，根本就没有办法。
>
> （薛父）最近北京一些教授、学生们所提倡的新文化运动，不是民族意识的运动吗？你看学生们打毁章宗祥、曹汝霖的住宅，不是民族意识的表现吗？
>
> （铁崖）这中间固然有民族意识的成分，但是他们并没有把民族意识作为运动的中心，而且有好些冲突……处在现阶段的国际局面，一个民族要求生存，最要紧的条件，就是要牺牲个人，保卫团体。人人都把个人的利益看得轻，团体的利益看得重，整个民族才能够有团结，有组织。现在新文化运动所提倡的，大部分都是个人自由。个人愈自由，国家愈分裂，政

治更难得上轨道。

（薛父）一个自由的民族，应当是一群自由的人民结合起来的。个人自由，就是民族自由的基础。

（铁崖）这是一种肤浅的看法。稍为学过一点西洋政治思想的人都知道，欧洲政治思想史上，有两大潮流，一派从亚里士多德下来，注重具体事物，因此注重个人。一派从柏拉图下来，注重抽象观念，因此注重团体。大概在太平时候，个人主义发展一点，还没有什么关系，在战争的时候，假如个人主义太占势力，国家民族的前途就很悲观了。因为个人和团体，根本对立。固然有时候也可以调和，但是在大部分的时候，总得牺牲一方面，来保全另外一方面。中国现在最需要的，就是团体精神，现在新文化运动所提倡的正好相反。

（薛父）个人为什么要牺牲呢？

（铁崖）因为个人是暂时的，民族是永久的；个人是小我，民族是大我；牺牲暂时来为永久，牺牲小我来为大我，从人类历史的眼光来看，是合理的，自然的……中国人的弊病，就是把个人看得太重了。①

李铁崖对五四个人主义弊病的指摘正是陈铨对五四的反思，他的民族意识的理论、个人必须为民族牺牲的观点，正和陈铨的民族主义呼应。

通过李铁崖形象的塑造，我们还看到了陈铨受尼采影

① 陈铨：《狂飙》，重庆：正中书局，1942 年版。

响所宣扬的“英雄崇拜”。李铁崖之所以参加革命，是因为见到了孙中山，对他产生了英雄崇拜。他说：“大凡一个伟大的人物，他人格中间一定有一种魔力，你会见他，就能够立刻相信他，崇拜他，好像中迷一样。又好像铁针碰着磁石，不由自主凭附着它。这一种人格，可以叫做‘磁石性的人格’。”李铁崖在革命的过程中也成了英雄，他的“磁石性的人格”影响了儿子国刚、儿媳慧英以及无锡乡下的农人，他们和他一起不辞劳苦地战斗在抗击日寇侵略的前线，即使牺牲生命也义无反顾。陈铨在小说中还表达了中国的民族意识主要保存在下层人民的身上，那些上层的文官们早已腐朽堕落，其人格亟待改善等思想。

李铁崖这个民族英雄不仅自己实践着民族主义，还具有在战争胜利后对国民进行民族主义教育的构想，他为民族主义制定了三大原则：“注重团体，牺牲个人”；“把全国人民，都养成战士”；“中华民国每一个人民，都感觉中华民族，对于世界，有一种伟大的使命，要包含一种高尚的理想”。这些原则所包含的内容正是陈铨自己所宣扬的民族主义理论，李铁崖就是《狂飙》中民族主义的“传声筒”，是陈铨民族意识的代言人和化身。

在《民族文学运动试论》一文中，陈铨提出“民族文学运动不是口号的运动”[1]。在陈铨看来，民族文学运动不只是轰轰烈烈地提倡，更需要文学创作的实绩来发挥其

[1] 陈铨：《民族文学运动》，载于《大公报·战国副刊》（重庆）第24期，1942年5月13日。

现实的激励作用。他首先选择了小说创作这种文学样式。初登中国现代文坛的陈铨是以长篇小说闻名的，《天问》在1928年由新月书店出版发行后，因其结构严谨等优点受到了诸多的好评。但此后陈铨长篇小说创作的艺术水准并没有多大的提升，反而有所下降。到了“战国策派”时期，陈铨在选择小说这种文学样式来作为对其倡导的“民族文学运动”的创作的呼应的时候，这种理念先行的创作思想使他小说中观念的传声筒的创作弊病凸显得更加厉害，这样一种创作姿态让人联想到对青年时期的陈铨有较大影响的梁启超在《论小说与群治之关系》中那段著名的论述：

> 欲新一国之民，不可不先新一国之小说。欲新新道德，必新小说；欲新宗教必新小说；欲新政治必新小说；欲新风俗必新小说；欲新学艺，必新小说；乃至欲新人心，欲新人格，必新小说。何以故？小说有不可思议之力支配人道故……故今日欲改良群治，必自小说界革命始；欲新民，必自新小说始。[①]

小说的作用在这里无疑被拔高到带有几分功利性的极端地步。但值得注意的是，梁启超看到了小说这一审美形式与社会人生的关系，这一点也是提倡民族文学运动，力图在中国掀起狂飙运动来重塑国民性的陈铨所注重的。陈铨为此创作的这部长篇小说《狂飙》以抗日战争为背景，

① 梁启超：《论小说与群治之关系》，见郭绍虞：《中国历代文论选》，上海：上海古籍出版社，1979年版，第408页。

以“民族意识”“国家意识”为中心，在国家民族与个人情感的冲突中，强调对国家民族的责任与义务，表现出极强的改造国民性的理想主义精神。

从对长篇小说《狂飙》的文本细读中可以看出，陈铨将自己的民族文学观的核心理念“民族意识”深植于文本，从人物设置到情节的推进无不为此中心服务，可以说《狂飙》就是陈铨民族文学的范本。《狂飙》的风格就像歌德在诗剧《浮士德》中喊出的“感情就是一切”的口号那样，充满了感情的狂飙，但支配他们感情的则由个人感情转变成了民族感情。因为小说中的人物思想转变显得比较突然，战争一来年轻人的意识马上就从个人主义转向民族主义，中间没有任何挣扎徘徊，所以使得当时的论者甚至认为“或者本书前面的三十一章是陈教授的旧作，为了趋时，抓着这个大战争，所以在卅一章后附上六章尾巴”①。其实陈铨不是为战争而写作《狂飙》，而是为他的“民族文学运动”写作一个范本；从前面的青年男女个人情感的纠葛突兀地转入对民族主义的信奉，也是为个人主义阶段和民族主义阶段的对比服务的，即表现如何从个人主义的狂飙转向民族主义的狂飙，从而彰显激昂的“民族意识”。这种为观念而写作的模式，造成了人物形象单薄，充满理想化。有论者指出：“陈铨的文学观有太强的功利性……这种功利性也是40年代文学的一个特点，尽管不同派别的作家可能追求不同的社会功利。也正是这种过强的功利

① 辛郭：《读狂飙》，载于《民族文学》第1卷第1期，1943年7月7日。

主义，使陈铨的作品有时成了作者观念的传声筒。”[①]

陈铨的抗战小说特别是《狂飙》的写作，完全是为他的“民族文学观”服务的。换句话说，陈铨的“民族文学观”是一个理论建构与文本创作相呼应的体系，这种抗战语境下的民族主义建构，成为陈铨抗战小说的特异点。

陈铨在《民族文学运动》中谈道：“自五四以来，中国的思想界经过三个显明的阶段，一是个人主义，二是社会主义，三是民族主义。”[②] 指出了五四以来社会变迁（时代精神）和民族特性转变的三个阶段。在《狂飙》的创作中，陈铨用情节结构的设置来表现这种时代思潮演变的过程。在个人主义阶段，男女主人公受到五四思潮的影响而追求个性解放、摆脱传统的束缚，用自由意志来支配一切行动，结果却陷入了个人主义的小圈子。对第二阶段社会主义思想在知识分子中的影响，小说只是轻描淡写地一笔带过。第三阶段的民族主义是《狂飙》的核心。陈铨在谈到《狂飙》的创作时曾说：“怎么样从个人的‘狂飙’达到民族的‘狂飙’，这正是全书的结构，也就是怎么样从五四运动的个人主义，转变到现阶段的民族主义最主要的关键。”[③] 这种转变不仅是全书的结构关键，也是整个小说的核心所在，这种核心和陈铨倡导的以民族意识为核

---

① 丁晓萍：《陈铨的“民族文学”理论与创作》，载于《上海交通大学学报》（社会科学版），2002 年第 3 期。

② 陈铨：《民族文学运动》，载于《大公报·战国副刊》（重庆），第 24 期，1942 年 5 月 13 日。

③ 陈铨：《编辑漫谈》，载于《民族文学》，1943 年第 1 期。

心的民族文学观是相呼应的。

如前所述，陈铨的民族文学观受到了德国资源的影响，是陈铨在哲学思想上从叔本华转向尼采后的表现，这种哲学转向也体现在他的小说创作中。陈铨的成名作《天问》是一部典型的以叔本华的悲观主义为哲学底色的作品，主人公林云章追逐意志最后毁灭的悲剧的一生完全就是对叔本华悲观主义哲学的演绎。到了抗战时期，陈铨的哲学信仰已经转向了尼采，他企图从尼采的超人哲学和强力意志中寻找到救治中华民族羸弱性格的良方，重建战时文化，《狂飙》的创作正是这种哲学思想的印证。

上文提到有论者指出陈铨文学作品中的“功利主义”，其实这种功利主义就是一直纠缠 20 世纪中国文学的文学与政治的关系问题。民族战争把文学与时代、社会、政治的关系更紧密地扭结在一起，陈铨一直是以一个积极入世的姿态用文艺的方式思考国家民族命运走向的知识分子。陈铨在《政治理想与理想政治》一文中指出：“抗战以来，中国最有意义，最切合事实的口号……‘国家至上，民族至上’”，“在目前紧迫情势之下，我们需要一个强有力的政府……提倡民族意识。”[①] 在《狂飙》中，陈铨借英雄人物李铁崖之口表达了类似的观点：“注重团体，牺牲个人”；“把全国人民，都养成战士”；“中华民国每一个人民，都感觉中华民族，对于世界，有一种伟大的使命，要

① 陈铨：《政治理想与理想政治》，载于《大公报·战国副刊》（重庆）第 9 期，1942 年 1 月 28 日。

包含一种高尚的理想”。陈铨本是以书生论道和文人书写的方式表达对当前社会应有的精神走向和对未来政治的期许，但客观上由于和国民党政府当时提出的军事政治口号一致，所以被左翼批评为是国民党的御用文人，在很长一段时间内影响了对陈铨及其作品的公允评价。陈铨的民族文学理论其实和左翼理论界的一些文艺政策是不谋而合的，如提倡民族形式，“用中国的题材，中国的语音，给中国人看”。但在后者看来，陈铨的文艺理论由于提倡“天才”“英雄崇拜”，抹杀了人民群众在民族文学中的作用，因此对他的文学理论和创作都进行了不遗余力的批判。朱栋霖先生的一段论述很能说明产生这个问题的原因：“一方面，抗日救亡的现实直接推动了时代文化发展中民族意识的强化，形成了以民族意识凸现化、普泛化、共性化和现实化为特征的抗战文化；另一方面，民族矛盾的突出与深化，并未从根本上改变国内长期以来所形成的政治力量对立的格局。民族矛盾与政治对立在新的时代条件下形成新的关系，二者之间的同一性和排斥性呈现出更为复杂的局面。”[①] 其实陈铨强调的政治不是指党派组织和政治团体，而是指民族和国家的政治文化，但其在客观上却不可避免地受二元对立思维的影响而被卷入政治斗争的漩涡。

当然，由于致力于民族主义的呼告，陈铨抗战小说中

---

① 朱栋霖：《中国现代文学史 1917—2000》（上），北京：北京大学出版社，2007 年版，第 260 页。

的人物思想转变显得很突兀，这显然不能仅仅理解为民族主义对人强大的吸引力，而是陈铨观念先行的小说创作模式使得文本与政治过密地联系在一起，从而丧失了精细的艺术追求。在文学与政治的纠结中，陈铨简单地将文学当作政治的宣传工具，这必然会丧失文学的艺术性。

陈铨的抗战小说致力于建构民族主义，力图通过文艺的方式来重建战时文化，激起国人的民族意识，共同抗击敌寇的侵略。但为观念而写作的创作模式使小说人物形象单薄，充满理想化，人物成为观念的传声筒，小说沦为政治理念的宣传品，这使得陈铨抗战小说的总体艺术水平不高。但值得注意的是，陈铨的抗战小说力图通过文学创作来构建民族主义的艺术追求，实为一种文化救亡的思考，发出了与同时代抗战小说不同的声音，成为抗战小说的另一种维度，这是其理论和创作在抗战文化上的独特位置。

第五章　陈铨的后期创作：民族主义的呐喊（下）

——浪漫悲剧的戏剧书写

第一节　爱情与战争交织的双重结构

受德国狂飙突进运动中的文学巨匠席勒的影响和启发，陈铨认识到戏剧创作对于民族文学建构的积极的推动作用。20 世纪 40 年代，陈铨创作了大量戏剧来实践自己所力倡的“民族文学运动”。此时期的剧本有多幕剧《黄鹤楼》《野玫瑰》《无情女》《金指环》《蓝蝴蝶》，单幕剧《婚后》《衣橱》《自卫》以及电影剧本《断臂女郎》等，这些剧作基本上都以抗战为题材，讴歌了在抗战中为国家民族利益而牺牲个人利益的民族英雄。

陈铨认为“戏剧与人生”具有密切的关系，“在一个民族戏剧运动萌芽的时候，要鼓动一般人的兴趣”需要

“戏园”剧本，“所谓‘戏园’剧本，就是可以上演的剧本”。[1] 因此，陈铨写作的这些戏剧非常注重舞台演出的效果，强调戏剧的可观性，而不希望写出的戏剧仅仅是供人阅读的剧本而已。其实，他创作这些戏剧不仅是为了达到吸引观众的目的，更重要的是想通过吸引观众来鼓动他们抗战的士气，激起民众在民族危难、大敌当前时那种如剧中英雄般的“国家至上，民族至上”的“民族意识”。

为了达到吸引观众、保持观众兴趣的目的，以最大限度地发挥戏剧的宣传鼓动作用，陈铨首先十分注重设置精巧完美的戏剧结构。在他看来，“戏剧之所以为戏剧，最要紧的就是结构。结构是戏剧的灵魂，没有它，戏剧很难引起观众的兴趣，就算能够引起，也很难维持到底，愈趋愈烈。在一方面来说，结构的目的，就是要用经济的手段，巧妙的方法，来把握观众，不让他们有一点松懈的机会”，“结构的本来目的，就是要用一种适当排列的方法来引起保持观众的兴趣”。[2]

陈铨在他的理论专著《戏剧与人生》中谈到戏剧的结构时说：“有时一个戏剧，用双重的结构，就是两个故事，穿插其间。比如政治的故事，加上一个爱情的故事，战争的故事，加上一个友情的故事，这样的结构，往往能够减少剧情的单调，增加戏剧的热闹。不过到了高潮的时候，两个故事，都要同时演变到最高峰，不然戏剧不但松懈，

---

① 陈铨：《戏剧与人生》，重庆：在创出版社，1944 年版，第 30 页。
② 陈铨：《戏剧与人生》，重庆：在创出版社，1944 年版，第 28 页。

而且要增加紊乱。莎士比亚和他同时代的戏剧家，最善于使用这种双重的结构，常常获得意外的成功。”[①] 这种双重的戏剧结构正是陈铨的戏剧创作结构上最大的特点。

陈铨戏剧的双重结构主要设置为爱情与战争。一条线索是三角的爱情纠葛关系：在《黄鹤楼》里，发生在刘玉彪、萨丽和王焕章之间；在《野玫瑰》里，发生在夏艳华、刘云樵和曼丽之间；在《金指环》里，发生在尚玉琴、马德章和刘志明之间；在《蓝蝴蝶》中，发生在婉君、钱孟群和秦有章之间；在《衣橱》中，发生在刘玉章、婉贞、郭超之间。这种三角恋爱关系都是一女两男的模式，通常是女子与丈夫和旧情人之间的情爱纠葛，这种新欢旧爱的故事为戏剧增添了浪漫色彩。另一条线索是对日本人或日伪势力的斗争：这里有英勇奋战抗击日寇的铁鹰队队员（《黄鹤楼》），有不顾个人安危惩治流氓型汉奸的检察官（《蓝蝴蝶》），有为锄奸而委身大汉奸做妻子的“野玫瑰”（《野玫瑰》），有利用自己的美貌和智慧帮助游击队运输炸药、处决汉奸的歌女（《无情女》），有舍身营救归德城五万军民的侠骨柔肠的旅长夫人（《金指环》），有帮助表弟藏身衣橱逃脱汉奸追杀的深情表姐（《衣橱》）。

正如陈铨自己所说的“我们要描写战场的光荣，我们要描写情场的痛苦”[②] 那样，爱情与战争交织的双重结构使得他的戏剧充溢着情爱与罪恶的对垒、崇高与卑贱的搏

---

① 陈铨：《戏剧与人生》，重庆：在创出版社，1944 年版，第 33 页。

② 陈铨：《蓝蝴蝶》序词，载于《军事与政治》第 4 卷第 2 期，1943 年 2 月 26 日。

斗，增强了戏剧的曲折性和丰富性，从而取得了很好的舞台效果。这当中尤以《野玫瑰》的演出最为轰动和成功，从剧本写成后的昆明初演到重庆的雾季公演以及后来的民间演出，《野玫瑰》都受到了广大观众的喜爱和欢迎。从1942年3月5日开始在重庆抗建堂演出，到3月20日，《野玫瑰》共演出16场，观众一万多人次。① 到了演出后期，《野玫瑰》一剧在重庆场场满座，观众排起长队购票，黑市的票价高达数倍，甚至到了一票难求的地步。著名演员秦怡回忆当时的情况说："有一次国民党空军来买票，因已满座而未能进入剧场，他们竟然在抗建堂剧场门口架起了机关枪，说什么如不给他们进来看戏，便对剧场进行扫射。"② 由该剧改编的电影《天字第一号》也获得了很高的票房收入。

陈铨的戏剧除了运用双重结构来"减少剧情的单调，增加戏剧的热闹"③ 外，还在戏剧的高潮环节让两个结构互相交织，使得戏剧结构紧凑而不紊乱。与此同时，我们还看到两条线索有非常明晰的对比关系。情爱线索是个人意义的，抗战线索是国家、民族意义的，在陈铨的剧作中，当两者在高潮处交汇时前者是让位于后者的。多角的恋爱突出真挚的爱情，而抗战则将这真挚的两性之爱上升为深挚的民族之爱。在《野玫瑰》中，夏艳华强忍对昔日

---

① 石曼：《我所知道的〈野玫瑰〉》，见《雾都剧社风云录》，重庆：重庆出版社，2001年版，第225页。

② 秦怡：《跑龙套》，上海：学林出版社，1997年版，第41页。

③ 陈铨：《戏剧与人生》，重庆：在创出版社，1944年版，第33页。

情人、今日战友刘云樵的爱恋，在对上特工暗号“天字十五号”后，她深情地说：“我心里虽然爱你，为着国家民族的利益，我不得不忍心抛弃你！”[①] 让心爱的人和曼丽远走高飞，而自己依然投身到锄奸战斗中去，寂寞的“野玫瑰”为了国家民族独自绽放。在《金指环》中，归德城的旅长夫人尚玉琴为了营救城中五万军民，不顾个人安危只身赴约，不料攻城的伪军军长刘志明竟是她的旧情人，为了顾全抗战大局使丈夫和旧情人能冰释前嫌共同御敌，尚玉琴吞服金指环中的毒药自尽，用自己的生命了断儿女私情，成就民族大义。因为在陈铨看来，在国家民族面前“一个人的生死，是不足轻重的”。《蓝蝴蝶》中的女主人公婉君遇到了同样的问题。婉君的丈夫钱孟群是上海租界法院的检察官，他刚直不阿，不受流氓汉奸的威逼利诱，严惩了汉奸夏三。婉君与旧情人秦有章再次相遇，旧情复燃，在情人和丈夫之间摇摆，因为丈夫是个爱国志士而不愿意伤他的心——“处在一个民族生死存亡的时代，一位爱国的志士的心，是更重要的。”所以她选择了丈夫，离开了深爱的情人。《无情女》中的歌女樊秀云早已经抛却个人感情，把自己嫁给了“五千年历史的结晶体”“四万万五千人的化身”——中华民族，所以对旧情人沙玉清只有同志之爱而无男女之情。

可以看到剧作中的主人公都会因为国家民族大义而牺牲儿女私情，这才是陈铨的剧作使用双重结构的精神内核

① 陈铨：《野玫瑰》，重庆：商务印书馆，1942年版，第70页。

和根本意义之所在——在个人与国家民族之间的冲突和抉择中，“抛却儿女私情，尽忠国家民族”[①]。双重结构下的双线对比凸显了陈铨剧作“国家至上、民族至上”的“民族意识”主题，而这也正是陈铨提出的“民族文学观”的核心。

在结构的安排上，陈铨还注重戏剧悬念的设置。悬念是戏剧创作中使情节引人入胜，维持并不断增强观众兴趣的一种主要手法。在《野玫瑰》中，夏艳华一直是以王立民的后妻、刘云樵的旧情人的面目出现的，当夏艳华告知刘云樵他利用乞丐传递情报的间谍行为已经暴露的时候，我们会认为夏艳华可能会因为旧情人另有新欢而进行报复，揭露他特工的身份，不知内情的云樵也希望夏艳华念在旧情的分上救他的命。艳华却生气地说：“云樵，你忘记了你刚才说我是一个极端的个人主义者，根本不知道什么叫做国家民族吗?”观众为刘云樵的生死捏了一把汗，此时夏艳华才与刘云樵对上了组织的暗号，原来她也是一名特工人员，而且是赫赫有名的“天字十五号”！假设戏剧一开始就表明夏艳华的特工身份，这出剧也就少了那些险象环生、引人入胜的情节。再如《无情女》中当樊秀云的旧情人沙玉清去找她时，以为她已经变成了一个不顾廉耻、周旋在男人中的歌女，后来才知道她是以歌女的身份做掩护的特工人员。当沙玉清希望和秀云再续前缘时，秀云却说她早就对另一个人以身相许，经过对“这个人”特

① 三幕剧《无情女》广告词，载于《民族文学》第1期，1943年7月7日。

征的绕圈子对答，我们才明白秀云爱上的是“中华民族”，她早已经成为一个为国家民族抛却儿女私情的“无情女”。《金指环》中，兵临归德城的伪军军长刘志明要求守城旅长马德章的夫人尚玉琴去和他单独会面谈判，并声称只有尚玉琴才可以救全城军民，而且提出的条件是“天黑去，天明回”。马德章不能容忍对自己荣誉的亵渎，决定以死相搏。这就把关系五万军民命运的危机推向了顶点。尚玉琴大义凛然牺牲自己的清白和荣誉前去赴会，结果发现刘志明竟然是自己青梅竹马的恋人，并没有要轻薄自己的意思，只想叙旧之后带领部队归顺马德章共同抗日，一场危机就此化解。

双重结构的戏剧模式能使剧情更加曲折动人，悬念的设置也使情节险象环生，充满张力和戏剧感，这也是陈铨的戏剧在当时的舞台演出中能够取得成功的一个重要因素。陈铨将结构视为戏剧的灵魂，他亦深知作为形式的结构是为戏剧的内容、主题服务的，因此其在创作中非常重视这个“灵魂”与戏剧主题的映照。战争与爱情是文学永恒的母题，但陈铨的戏剧创作几乎采用的都是爱情与战争交织的双重结构，使得他的创作趋于单一化、模式化，减弱了其戏剧创作的整体艺术水平。

第二节　另类的抗战英雄
——“民族意识”的代言人

陈铨的作品特别是戏剧在很长一段时间里因为意识形态的缘故被错划为“汉奸文学”“法西斯文学”“为国民党歌功颂德的御用文学”。祛除历史的迷魅，我们发现陈铨的戏剧不仅不是“汉奸文学”，而是“抗日反汉奸的文学”[①]，是抗战文学的一个部分。笔者亦赞同王向远教授的观点：“（战国策派的）出发点是反对日本法西斯主义侵略，抗战救亡、振兴中华民族，它是中国抗日战争时期全民抗战呼声中的一种独特的声音。是中国抗战文化和抗战文学的一个组成部分。”[②]

陈铨绝大部分的戏剧创作都是以抗战为题材的，表现了无论在农村还是城市，无论大后方还是沦陷区，人们都进行着英勇的抗日斗争和锄奸斗争。与其他抗战题材的戏剧不同的是，陈铨笔下的抗战英雄基本上不是在枪林弹雨的战场上冲锋陷阵、正面杀敌的战士，而是在沦陷区工作的锄奸英雄，如《野玫瑰》中的特工夏艳华、刘云樵、王安；《无情女》中的歌女樊秀云、张大夫、王三；《蓝蝴

① 文天行：《重评陈铨抗战时期的文学创作》，载于《抗战文艺研究》，1987年第1期。

② 王向远：《“战国策派”和日本浪漫派》，载于《中国现代文学研究丛刊》，1997年第3期。

蝶》中的检察官钱孟群、上海特工队副队长秦有章等。他们与日本人或者日伪势力及其走狗汉奸进行着斗智斗勇的战斗，在这个没有硝烟的战场上，同样诞生了一批英雄儿女。在陈铨的戏剧中即使有涉及正面战场的情况，也不是通常抗战题材作品中的宏大叙事，而是着重于描写个人与国家民族利益对峙时人物的选择，如《黄鹤楼》中铁鹰队的飞行员们，《金指环》中的尚玉琴、刘志明、马德章，《断臂女郎》中的刘婉容等，他们在个人情感和国家民族利益的冲突中选择了后者。

无论是前方杀敌的战士还是沦陷区的锄奸特工，陈铨戏剧中的人物都有一个共同点：为国家民族而牺牲儿女私情。他们是陈铨所倡导的“民族文学运动”中的“民族意识”的代言人，而且通常具有超人般的意志。《野玫瑰》中的夏艳华傲然地对汉奸王立民说：“我还不算你最利害的敌手……你最利害的敌手就是中国四万万五千万人民的民族意识。它像一股怒潮，排山倒海地冲来，无论任何力量，任何机智，都不能抵挡它。”《金指环》中的尚文澜宣称：“个人的生命是短促的，民族的生命是长久的；个人的荣誉是渺小的，国家的荣誉是伟大的。现在是民族主义的时代，不是个人主义的时代！”他们置生死于不顾，将个人感情抛诸脑后，忍受孤独寂寞，忍受亲朋好友的误解，在国难当头之时，“国家至上、民族至上”的“民族意识”是他们人生唯一的信条，他们彰显了陈铨的“民族意识”。这样的抗战英雄在同时代同题材的抗战戏剧的英雄中非常突出。正如有评论者所说的：“陈铨的抗日反汉奸与当时的许多进步作家的抗日反汉奸是不同的。这些进步作家往往将抗日反汉奸与争取民主结合在一起，而陈铨却将它与民族主义或民族意识紧紧联系起来：通过抗日反汉奸来体现民族意识，或者说为了体现民族意识来进行抗日反汉奸。”①

陈铨的戏剧创作塑造了一系列信奉民族主义的女性英雄形象，她们在抗日锄奸斗争中表现出巾帼不让须眉的气概，战争把她们推向了历史的前沿，成为矛盾冲突的中心。这里有为了民族大义不惜牺牲青春和爱情的“野玫瑰”夏艳华（《野玫瑰》），有巧妙周旋于日本顾问和汉奸之间，保护同志、智胜敌人的“无情女”樊秀云（《无情女》），还有宁愿用自己的生命换取抗日力量壮大的尚玉琴（《金指环》），以及出于对民族国家的责任只能自杀殉情的婉君（《蓝蝴蝶》），她们都是陈铨心目中理想的女性形象。她们温柔、美丽、善良，有智慧、有理想、有追求，既重感情，又懂责任，在国家民族的灾难面前能够表现出惊人的才智和胆识，不怕困难，不怕牺牲，勇于奉献，敢于斗争，充满坚强的精神和强烈的民族意识……这些女性理想人格的集中体现，一方面寄托了陈铨重塑国民性格的理想主义的文化理念，另一方面也暗示出民族主义对女性提出的特殊要求。

在民族国家的灾难面前，女性不仅要担负起与男性相

---

① 文天行：《重评陈铨抗战时期的文学创作》，载于《抗战文艺研究》，1987年第1期。

同的社会使命（如夏艳华和樊秀云做女特工），还要从精神上、肉体上付出比牺牲生命更大的代价（如夏艳华委身汉奸、做歌女）。她们几乎都在民族国家的名义下忍痛放弃了个人感情，用对民族国家的忠诚来取代内心强烈的爱情，甚至连她们的身体都烙上了民族主义的烙印，被要求以特殊的方式贡献于民族国家的伟大事业。《无情女》中的樊秀云就把中华民族比作“世界上最理想的男子”，决心以身许国，为了国家的独立解放不惜断绝儿女私情，誓做“无情女”。而陈铨站在民族国家的立场上，对女性以身体参与战争的行为进行了充满宏大意义和热情礼赞的叙述，女性在这一过程中经历的痛苦与煎熬成就了她们伟大的人格，她们牺牲的悲剧无疑为剧本涂抹了一层悲凄的色彩。

另外，陈铨戏剧的主角几乎都是女性，但她们却具有男子般刚毅的性格，这样的角色双重性显然浸透着陈铨变国民阴性柔弱文化为刚性文化的思考和希冀。如果结合“战国策派”学人对“战国时代”关于民族文化和民族性格的自省与重塑的主张，我们会发现陈铨对这一系列“民族意识”代言人形象的塑造与之一脉相承。面对外族的入侵和陷入水深火热之中的中华民族，“战国策派”学人的思维有别于喧闹的从众者，他们思考的目光显得忧郁而深邃。他们与鲁迅审视民族性格中国民的劣根性的做法相同，对民族性格进行自我审视和观照，提出中国自封建社会以来性格弱化、屡遭外族侵略的观点。他们从理论上论证了“战国时代”的文化范型才是中华民族理想的文化范型，在这种文化语境中重塑中华民族曾经拥有的“文武兼备”的人格范型是重建战时文化的必经之路。陈铨更是从尼采的“权力意志”“英雄史观”的哲学思想中汲取养料，提出改造庸众、健全民族性格的文化策略，试图把尼采的哲学思想作为激活民族的强心剂，来抵御外族的欺凌。陈铨在戏剧中对这些具有尼采般超人的意志、强烈民族意识的刚性人格的塑造和讴歌，正是作为具有社会责任感和救亡图存信念的“战国策派”文人在亡国灭种的巨大民族危机面前所做出的借鉴异邦，探讨民族振兴、民族文化重构和民族性格自审与重塑问题，批判不利于抗战的庸惰积习的有价值的思考和关怀。

陈铨在塑造“民族意识”的代言人形象的时候，往往利用人物的对比手法来凸显其英雄形象。在英雄的对立面有物质主义的崇拜者，有个人主义的信奉者，有贪生怕死的懦弱文人，更有人格卑贱的汉奸走狗。这些人在民族危亡、大敌当前的时候，考虑的更多的是个人的安危福祸，与英雄们抛却儿女私情、置个人安危于不顾的凛然大义形成了鲜明的对比，使得“民族意识”代言人的形象更加伟大、崇高。在《黄鹤楼》中，无聊文人石蕴华高声宣扬自己不怕死，厚颜无耻地说：“像我们从事文学的人，第一步就要明白生死的道理。只要道理一明，心中的恐惧，自然而然就没有了。”可一听到敌机的轰炸声就吓得急忙躲到桌子底下。这种言行不一、贪生怕死的丑陋形象和剧中飞鹰队队员们为了民族的存亡置个人安危于不顾，争先恐后要求杀敌的光辉形象形成了鲜明的对比。在《衣橱》这部独幕剧中，婉贞的表弟郭超刚直不阿，勇杀汉奸，婉贞的丈夫刘玉章却贪生怕死、受不住钱财的诱惑，说出了郭超的藏身点。婉贞自然选择了具有英雄气概的表弟郭超而鄙弃人格低贱的丈夫刘玉章。《蓝蝴蝶》中则有像乔玉瑛、王笑侬那样的物质主义者和实用主义者，他们两人所谓的“新式婚姻”实际上就是以金钱和享受为目的的“合同婚姻”“买卖婚姻”：男的要色，女的要钱。王笑侬甚至厚颜无耻地宣称：“现在的世界是一个物质主义的世界，有了钱就有力量，有了力量，就有支配权。”这种物质主义崇拜者与不被金钱利诱、正气凛然的钱孟群形成了鲜明的对比。《无情女》中像陈玉书、王则宣那样的无耻汉奸更是猥亵不堪、低劣卑下，他们为了高官厚禄出卖朋友、爱人，出卖自己的良心和灵魂的卑劣行径，衬托了歌女樊秀云献身国家民族的伟大情操。

在这些对立的人物形象中有个非常独特的形象，那就是《野玫瑰》中的王立民。王立民是北平伪政委会主席，可以说是一个大汉奸。但他与陈玉书、王则宣（《无情女》）、廉若川（《黄鹤楼》）那些蝇营狗苟的汉奸们的区别在于：王立民跟陈铨刻画的抗战英雄一样具有权力意志，他具有复杂的性格，既是一个杀人不眨眼的魔王、丧失人格的汉奸，但同时又是个爱女如命的慈祥父亲。在那个对汉奸的描写一律脓包化、丑陋化的时代，这样一个丰富立体的汉奸形象使得陈铨的《野玫瑰》在当时受到了来自左翼的强烈谴责与批判，认为他“美化汉奸”，“对汉奸流露出了同情”，由此还上演了一场“《野玫瑰》风波”。

王立民被塑造成一个极端自负、充满了权力欲望的人物，他自述从小时候起就很自负，看不起任何人。他认为一个人生在世上必须要争取支配的权力，没有权力的生命是毫无意义的。当面对自己的失败和死亡的时候，他从容地说："死神并不是我的对手，他已经在我的掌握之中!"当个人利益与国家民族利益冲突的时候，王立民会不择手段牺牲一切，甚至卖身投敌来满足个人的权力意志："国家是抽象的，个人才是具体的。假如国家压迫个人的自由，个人为什么不可以背叛国家?"这种极端的个人主义是必然要走向灭亡的，这种思想陈铨在其早期的长篇小说《天问》中也有清晰的表达。有意思的是，王立民个人主义的失败并不是其性格造成的，而是由代表国家民族利益的"民族意识"的代言人夏艳华造成的。王立民和夏艳华的对立就是个人主义与民族主义的形象化对立。

陈铨在戏剧中采用对立的手法塑造的这些抗战英雄人物群像固然能够为他的"民族意识"找到立足点，但是这种为理念而设置的人物形象在戏剧中未免显得脸谱化、模式化，人物也往往成为他个人理念的"传声筒"。这种有了思想再去找承载对象的"主题先行"模式，使陈铨的戏剧创作缺乏一种永恒的审美。正如有评论者指出的："如果说陈铨的戏剧创作有什么明显不足的话，决不是思想内容上'替法西斯张目'，相反是其创作负荷了过重的政治教化和功利目的。因而他有时只好常常让自己的人物直接站在前台说教、布道，宣讲自己的见解和主张。这样往往损害了作品的含蓄蕴藉的美学风貌和空灵旷疏的审美空间。”①

第三节 悲剧艺术与浪漫精神

陈铨将自己的戏剧《金指环》《蓝蝴蝶》标名为“浪漫悲剧”，他说：“标名为‘浪漫悲剧’，是有深意的。剧中的主要人物，为了一个崇高的理想，真善美的任何一方面，愿意牺牲一切，甚于生命，亦所不惜。我认为这一种摆脱物质主义的浪漫精神，是中国现代的人最需要的。我们目前政治社会教育上种种不良的现象，都要这一个精神来拯救。”② 其实按照这样的标准，陈铨在此时期创作的绝大部分戏剧都可以归在“浪漫悲剧”的范畴下，《野玫瑰》《无情女》《黄鹤楼》等剧中的主要人物，无一不是为了民族主义这个崇高的理想而愿意牺牲一切，甚至生命。

什么是浪漫呢？陈铨在《青花（理想主义与浪漫精神）》这篇文章中详细探讨了这个问题。他认为“浪漫”不是流行意义的“放情纵欲，尤其是在男女关系方面，朝情（秦）暮楚，随随便便，注重肉感，抛弃灵魂”。这种生活意义上的浪漫在陈铨看来应当被排斥出崇尚严肃的文

① 万安伦：《陈铨〈野玫瑰〉浅议》，载于《中国现代文学研究丛刊》，1998年第4期。

② 陈铨：《青花（理想主义与浪漫精神）》，载于《国风》（半月刊）第12期，1943年4月16日。

学领域，并且在整个国民生活方面，也应当极力纠正，要不然就是末世文学的气象，是民族堕落的象征。文学上的浪漫主义指的是发生于18世纪末叶、流行于19世纪初期欧洲各国的浪漫主义运动。浪漫主义发源于理想主义，理想主义最重要的精神就是对真善美无限的追求。因为浪漫主义所书写的内容与理想主义一样都离实际人生很遥远，“所以浪漫主义者采用这一个名词（指Romance，笔者注）来代表理想主义的精神”，因此“浪漫主义的精神，就是理想主义的精神”。[①] 在《金指环》的后记中，陈铨进一步阐明：“实际上‘浪漫’原来的意思，是人生理想的无限追求。浪漫主义在某种意义之下，也可以说是理想主义。剧中的人物，都是有高尚理想的人物，他们追求的，是荣誉，是感情，是道德上的责任，为着荣誉感情责任，他们可以牺牲一切。这一种浪漫精神和对人生的态度，也许是中国新时代最需要的。”[②] 简言之，浪漫主义精神就是理想主义精神，也就是对真善美的无限追求。

接着，陈铨又谈道：“我在《民族文学运动》（见《大公报·战国·副刊》）一文中，曾经指出，从五四运动到现阶段二十几年中间，虽然思想上有交互之分，但是有浓淡之别，因此可以划分为个人主义、社会主义、民族主义三个明显的阶段。至于就哲学思想的背景方面来说，第一阶段是实用主义，第二阶段是唯物史观，第三阶段，应当

① 陈铨：《青花（理想主义与浪漫精神）》，载于《国风》（半月刊）第12期，1943年4月16日。

② 陈铨：《金指环后记》，载于《军事与政治》第3卷第1号，1942年6月。

是理想主义。民族主义和理想主义是分不开的，因此民族主义和浪漫精神，也是分不开的。”[①] 从这段话中我们可以看到，陈铨将理想主义、浪漫主义和民族主义三者画上了等号。换言之，民族主义也是一种无限追求真善美的理想主义，这种民族主义同样充满浪漫精神。也就是说，陈铨的“浪漫悲剧”中的“浪漫”二字完全可以置换成“民族主义”，因为他的戏剧的核心就是对“民族主义”无限追求的浪漫精神。

陈铨的“悲剧观”可以说是“英雄人物的悲剧观”，他所指的“英雄人物”是要有“光明、诚实、勇敢的人格”，“他的生存，对于人类社会，是有意义的”[②]，是要能够“代表时代精神的”[③]。陈铨的这种“英雄人物的悲剧观”受到了19世纪德国戏剧家赫伯尔的影响。他在论文《赫伯尔玛利亚悲剧序诗解》中指出：“希腊悲剧的重心是‘神’，文艺复兴悲剧的重心是‘人’，至于赫伯尔悲剧的重心，又是什么呢？是‘时代’……赫伯尔以为一个时代，有一个时代的理想，一个时代，有一个时代的精神。但是一种理想，一种精神，一旦成了固定的形式，立刻就有一种相反的理想，相反的精神，来同他发生冲突。承认时代精神是悲剧发生的原因……悲剧的主人翁……必须要是时代精神的代表。悲剧家的工作，只是看怎么样可

---

① 陈铨：《青花（理想主义与浪漫精神）》，载于《国风》（半月刊）第12期，1943年4月16日。

② 陈铨：《戏剧与人生》，上海：大东书局，1947年版，第66页。

③ 陈铨：《戏剧与人生》，上海：大东书局，1947年版，第70页。

以使他悲剧的主人翁，成为时代精神的代表，使他悲剧的表现，成为宇宙人生真理的表现。”[①] 结合陈铨对自己所处时代的“时代精神”的理解，可以看出陈铨心目中的“悲剧英雄”就是为了“民族主义”而牺牲的时代精神的代表。陈铨之所以选择“悲剧”也是因为“赫伯尔认为艺术最重要的使命，就是要把人生宇宙的真理，表现出来，越是能够表现人生真理的艺术，当然越是艺术最高的形式。从这一点来说，艺术最高的形式是文学，文学最高的形式是戏剧，戏剧最高的形式是悲剧，因为悲剧最适宜于表现人生的真理”[②]。

与此同时，陈铨还受到希腊悲剧精神的影响，他认为：“悲剧的英雄，必须要有悲剧的精神。什么是悲剧精神呢？简单一句话，就是‘知其不可为而为之’。”[③] 英雄人物的悲剧精神必须是“前进肯定的”，据此他认为《红楼梦》具有消极遁世的人生观，所以“是悲剧，而没有悲剧的精神”。[④] 此外，陈铨的浪漫精神还有歌德《浮士德》的影子，他十分推崇歌德在《浮士德》中所表现的那种不断追求、不断进取、不断进步的浪漫主义精神。陈铨所创作的“浪漫悲剧”中的主角都有这样一种“寻求真理，不

---

① 陈铨：《赫伯尔玛利亚悲剧序诗解》，载于《清华学报》第 12 卷第 1 期，1937 年 1 月。

② 陈铨：《赫伯尔玛利亚悲剧序诗解》，载于《清华学报》第 12 卷第 1 期，1937 年 1 月。

③ 陈铨：《戏剧与人生》，上海：大东书局，1947 年版，第 72 页。

④ 陈铨：《戏剧与人生》，上海：大东书局，1947 年版，第 73～74 页。

愿苟且偷生”[①] 的积极进取、不断进步的悲剧精神。

陈铨就是在这种理念的指导下创作“浪漫悲剧”的。《野玫瑰》中的夏艳华，《蓝蝴蝶》中的钱孟群、秦有章、婉君，《金指环》中的尚玉琴，《断臂女郎》中的刘婉容，《无情女》中的樊秀云，《黄鹤楼》中的飞鹰队队员，他们无一不是意识到了“战国时代”来临之际“民族主义”已经成了时代的精神，他们愿意为追求这种时代精神而抛却儿女私情甚至牺牲生命。他们成了时代精神的代表，抱着“执干戈以卫社稷，吾侪之责任”的“天下兴亡，匹夫有责”的信念，为了国家民族“虽粉身碎骨，赴汤蹈火，亦不敢辞”。他们的英雄壮举谱写了浪漫主义的激情。我们看到《黄鹤楼》中的飞鹰队队员不顾生死，争先恐后到前方杀敌卫国。《金指环》中的尚玉琴冒着清白被玷污的危险出归德城会伪军军长刘志明的时候，我们感受到的是“风萧萧兮易水寒，壮士一去兮不复还”的悲壮；为了化解丈夫和情人之间的恩怨，让他们能够联手抗敌，尚玉琴服食了金指环中的毒药，她的死可以说是“重于泰山”。《野玫瑰》中的夏艳华面对挚爱的恋人只能挥手作别，因为她是那种“为了一个崇高理想，真善美的任何一方面，愿意牺牲一切，甚至于生命，亦所不惜”的具有顽强的意志的人物，可“野玫瑰”独自绽放、无人欣赏的寂寞，又让人感受到英雄内心的悲怆。

在这种“浪漫悲剧”的书写中，陈铨十分注重运用象

---

① 陈铨：《戏剧与人生》，上海：大东书局，1947 年版，第 73 页。

征的艺术手法。他认为："浪漫主义的精神，就是理想主义的精神。最好的代表著作，就是罗发利斯的小说《亨利阿胡廷恩》（*Heinrich Von Ofterdingen*）。在这一本小说中间，作者描写一个人看见一朵青花，若远若近，忽隐忽现，永远追求，永远不能到手。青花是理想主义的象征，也就是浪漫主义精神的象征。"[①] "青花"似的象征物常常出现在陈铨的戏剧中。

《金指环》这出三幕"浪漫悲剧"中的"金指环"是构成整个戏剧的一个关键物件，同时也是一种象征。《金指环》这出戏很有意思，序幕和尾声的时间假设在抗日战争胜利后三十年，马德章在接受一位美国记者的采访时讲述了关于金指环的故事。归德城守军旅长马德章的夫人尚玉琴手上戴的金指环里面藏有毒药，当她为了归德城五万军民的命运带上金指环毅然去会见伪军军长刘志明的时候，就准备好了如果受辱就服毒自杀。结果刘志明将尚玉琴送回，马德章却不相信玉琴的清白，要和刘志明决战。玉琴为了证明自己的清白，更为了使马刘二人能冰释前嫌携手抗日，服下了金指环里的毒药，她为了国家民族牺牲了自己的生命。玉琴在赴约之前，曾深情地对金指环说："金指环！金指环！现在民族的命运，个人的命运，都交给你了！"金指环也不负使命，使得这个充满了理想主义色彩的故事流传了三十年，激励着英雄的后代，让他们意

① 陈铨：《青花——理想主义与浪漫精神》，载于《国风》（半月刊）第12期，1943年4月16日。

识到“一个伟大的人物永远不会死，一个伟大的民族也永远不会死！”金指环的故事就是关于尚玉琴们为了“民族主义”而牺牲自我的浪漫悲剧。金指环既象征着玉琴对丈夫马德章的忠诚，也象征着玉琴对“民族主义”的坚贞。

《无情女》中的歌女樊秀云给昔日的恋人沙玉清讲了英国浪漫诗人济慈的一首诗《无情女》：“这一首诗，叙述一个神话的故事。在某一个地方，有一位极美丽的女仙。凡是过路的人看见她，就爱上她，等到别人爱上了她，她却不理别人。这一位爱人，着了迷，永远不愿意离开，徘徊渴望，憔悴到死……我现在就是这样一个无情女，凡是留恋我的男人，都没有好结果的。”[①] 陈铨在清华读书的时候曾在老师吴宓的指导下翻译过济慈的这首诗，并发表在《学衡》（第 54 期）上，陈铨在这里引用这首诗是为了象征。所以，秀云的“无情”是对敌人的无情和抛却了儿女私情，而正是她的“无情”凸显了她的“有情”——对国家民族的深情。陈铨笔下的“无情女”早已不是济慈诗歌中那个充满了神秘的宗教色彩的无情女子了，而是象征着抗战中国具有“民族意识”的英雄儿女。

《蓝蝴蝶》则化用了中国传统爱情故事中的“化蝶”。检察官钱孟群因为得不到妻子婉君的爱情显得非常感伤，他讲了一个关于“蓝蝴蝶”的故事——从前有一个男人，爱上了一个女子，但是这一个女子却不爱他。他死了，埋在坟墓里，每天仍然想念他的情人，他的魂魄变成一只蓝

① 陈铨：《无情女》，重庆：青年书店，1943 年版，第 95 页。

蝴蝶出来看望。他的情人一天不到，他就一天不停止飞。并且说："我相信，假如我死了埋在地下，我一定会变作一个蓝蝴蝶，在坟墓上飞来飞去。"中国传统爱情故事中的"化蝶"是两个有情人化蝶飞舞，而陈铨的"蓝蝴蝶"则是一种孤独等待爱情的象征。最终婉君因为无法忍受情人有章的惨死而自杀，孟群伤感地说："小小的蓝蝴蝶，你居然等着你的情人了！还有另外一只蓝蝴蝶呢？他只有独自地飞，到底要飞到什么时候才停止呢？""蓝蝴蝶"既象征了孟群对婉君的爱，也象征了有章对婉君的情。这使得《蓝蝴蝶》这出正剧在讴歌英雄形象的同时又有感慨儿女情长的悲戚，充满了浪漫悲剧的色彩。当时有位观众看了《蓝蝴蝶》后被深深感动，赋诗四首，发表于陈铨主编的《民族文学》上：

栩栩蓝蝴蝶，翩翩上剧场。
深情天赋与，更赋与凄凉。

春深着意飞，秋老不胜悲。
热血凝奸弹，芳心付作灰。

矢忠纾国难，无计补情天。
双翅几时敛？千千万万年！

座上客心酸。何妨带泪看。

人间无限恨。幕落夜满满！[①]

再如以《野玫瑰》命名的戏剧，其名本身就具有象征意义。夏艳华给刘云樵讲了一个关于“野玫瑰”的故事：唐朝有个小和尚喜欢上了丛林边一朵开得异常鲜艳的野玫瑰，被老和尚发现了，把他锁在后园苦关了三年，但小和尚依然思念着野玫瑰。当小和尚不顾一切翻墙去看野玫瑰的时候，野玫瑰身旁种了一株家玫瑰，“气味比野玫瑰香甜，颜色比野玫瑰美丽，小和尚心变了，他回转身不理野玫瑰，用全副的心力，全副的灵魂去欣赏家玫瑰”。玫瑰在西方文化中是爱情的象征，艳华的用意很显明，用野玫瑰自比，用家玫瑰比曼丽，用小和尚比云樵。她在隐喻现状：刘云樵不理会她这朵“野玫瑰”而去欣赏曼丽这朵“家玫瑰”了。当她忍痛帮助自己的情人和他的爱人逃走后，面对野玫瑰无比忧伤地独白：“寂寞的野玫瑰，欣赏你的人已经走了！这儿你又不要呆了。你再要漂泊到哪儿去呢?”英雄的内心也渴求常人的爱情——“也许真正需要的，不是四万万五千人，是一个人。”但是，陈铨还是让她负荷着内心巨大的痛苦和悲壮的情怀去完成民族英雄形象的塑造，有论者指出，“这个形象身上洋溢着作者对于民族性格重塑的理想主义的乌托邦色彩”[②]，或者说“野玫瑰”的形象就是“民族主义”的象征体。全剧就是

---

① 金慧：《咏蓝蝴蝶》，载于《民族文学》第1卷第1期，1943年7月7日。

② 万安伦：《陈铨〈野玫瑰〉浅议》，载于《现代文学研究丛刊》，1998年第4期。

在这样诗意葱茏、欲悲还怆、纡徐浪漫的氛围中落下帷幕，令人情不自禁，荡气回肠。“既有浪漫抒情的韵致，又有葱茏的诗情”[①]，可以说是一出浪漫诗剧。

其实，陈铨的这种美学风格亦表现在他的其他剧作中。这种“浪漫悲剧”的美学风貌“既不同于郁达夫式的颓废感伤浪漫，也不如于郭沫若的高蹈恣情浪漫，是一种带有某种悲怆壮美味道和理想色彩的悲剧浪漫”[②]。象征手法的运用使陈铨戏剧的“诗剧”味更浓，同时也深化了人物形象，揭示了戏剧的主题，增强了其戏剧的艺术内涵。

第四节　《野玫瑰》风波

陈铨在西南联大和重庆任教期间，文学活动主要集中在戏剧创作、排演和戏剧理论研究上。1938 年 11 月，西南联大的联大剧团成立，陈铨被聘请为名誉团长。这个时期陈铨创作了戏剧《黄鹤楼》《无情女》《蓝蝴蝶》《野玫瑰》《金指环》《衣橱》《自卫》等。人们在当时写了一副对联来概括陈铨的戏剧创作：“蓝蝴蝶插野玫瑰，无情女戴金指环”。

---

① 万安伦：《陈铨〈野玫瑰〉浅议》，载于《现代文学研究丛刊》，1998 年第 4 期。

② 万安伦：《陈铨〈野玫瑰〉浅议》，载于《现代文学研究丛刊》，1998 年第 4 期。

在陈铨的这些戏剧作品中，影响最大但备受争议的是《野玫瑰》，甚至演变成了一场“《野玫瑰》风波”。《野玫瑰》的故事构架源于陈铨的短篇小说《花瓶》，讲述的是伪北平市长家中的花瓶被安放了窃听器的间谍故事。后受到于伶《夜光杯》的启发，陈铨就将《花瓶》改写为以女间谍为中心的四幕话剧。话剧剧本于 1941 年 6 月至 8 月在《文史杂志》第 1 卷第 6、7、8 期连载。故事梗概如下：沦陷后的北平，伪政委会主席王立民这个即将迈入花甲之年的汉奸头目有一个 26 岁的年轻漂亮的妻子——夏艳华。夏艳华原是上海滩有名的舞女，两人在舞场邂逅，他们的结合有各自的利益需求。成为王家女主人后，夏艳华继续发挥着自己在社交场合游刃有余的特长，笼络了一批政界要员，支持着丈夫仕途的发展。北平市警察厅厅长是夏艳华众多仰慕者中的一个，他对夏艳华言听计从，成为她膝下忠实的一条“狗”，为了讨好主人，即使是关乎政界的机密大事，在夏艳华面前他也从不避讳，如实禀报。三年后的一天，王家来了一位叫刘云樵的客人，是王立民前妻的内侄，刚从英国留学回国。王立民之女曼丽非常关心这个表哥，闲谈间向刘云樵透露了一个重要的信息，昨天晚上无意中听到父亲与警察厅厅长的对话，他们准备逮捕隐藏在北京大学里教书的西山游击队队长薛汝康，而这位薛教授的女儿薛三小姐却是曼丽最好的朋友，所以曼丽对于是否要将此事告知薛三小姐很是犹豫。刘云樵一改前晚劝姑夫不要滥杀无辜的态度，坚持劝说曼丽应替父亲着想，保守秘密。曼丽天性纯良，易动感情，云樵对她的谦逊有礼和无微不至的照顾使其成为她生活的中心。刘云樵的出现不仅改变了曼丽的生活，而且也牵动着夏艳华的感情生活。原来夏艳华和刘云樵是曾经的恋人。俩人交谈间刘云樵不时流露出对夏艳华爱慕虚荣、贪图富贵、做出背叛国家民族的举动的鄙夷之情。夏艳华暗示自己已经注意到他来王家的不纯动机，并给刘云樵讲了一个故事，以故事中小和尚看到家养的玫瑰而嫌弃野玫瑰来试探刘云樵，但云樵不为所动，反而在艳华面前极力表现出对曼丽的殷勤。王立民因为追捕薛汝康的计划泄漏和自己在西河沿被人扔炸弹等事件，怀疑身边有严密的间谍组织。曼丽也从刘云樵的行踪中怀疑他可能是间谍，但爱情战胜了一切，她选择了隐瞒。后来王家的仆人王安突然出现警告云樵，他的间谍身份已经败露，现在王家门口已经布满了警察。王安和刘云樵一对暗号，原来王安也是远在重庆的国民政府安插在王家的间谍。夏艳华的出现打断了他们的对话，王安赶紧退了下去，刘云樵按照王安的嘱咐，试图利用夏艳华与自己的老情人关系说服夏艳华放他走，没想到让刘云樵吃惊的是，夏艳华在此时也亮明了自己的身份，她竟然是刘云樵在北平的间谍组织的领导，以前的种种误会至此烟消云散，刘云樵对夏艳华为了国家民族利益牺牲自我的精神肃然起敬。夏艳华施计完成了安全转移同志的任务，还借王立民之手击毙了警察厅厅长。正当王立民感慨自己成功的一生，从没遇到过对手的时候，夏艳华告诉了他整个事情的真相，并表示站在她身后的是千千万万具有民族意识和民族良心的中国人民，气急败坏的王立民在绝望中死去，夏艳华带领王安撤出王家，奔赴国家需要的下一个地方。

戏剧塑造了夏艳华这个为民族大义而自我牺牲的具有民族意识的“野玫瑰”形象。该剧采取的是间谍故事的基本架构，将战争、爱情、道德三者结合，以抗战为名，又极具浪漫色彩。陈铨自己曾说：“意大利诗人但丁，分析文学上最合宜的题材，永远能够引起人类兴趣的是：战争，爱情，道德。《野玫瑰》就是想把三种题材联合表现出来。”① 此剧虽然人物较少，场景单一，但故事环环相扣，情节曲折，颇具文采。1941 年起在国统区巡回演出，轰动一时。据亲历者描述：“这次演出，大致说起来，是极为成功的。因为演员阵容、剧本主题及故事路线，都已达到最高的水准，而富丽堂皇的布景，豪华优美的道具，在当时都是前所未见，属于第一流的。”② 这出剧受到了演剧界的重视，“在重庆戏剧界一些卓有演剧经验的演员和导演当中，就有人看出了这出戏具有西方结构剧的特点，剧情惊险，引人入胜，人物富有传奇色彩，且具有浪漫情调。四幕戏一个景，只用七个演员。大多数角色都有戏可演，这在当时都是颇为吸引人的演出条件”③。

1942 年 4 月，《野玫瑰》剧本由商务印书馆正式出

---

① 林少夫：《〈野玫瑰〉自辩》，见《中国新文学大系（1937—1949）——文艺理论卷二》，上海：上海文艺出版社，1990 年版，第 482 页。

② 翟国瑾：《忆一次多灾多难的话剧演出》，见《云南文史资料选辑》第 34 辑，昆明：云南人民出版社，1988 年版，第 491 页。

③ 石曼：《我所知道的〈野玫瑰〉》，见《雾都剧坛风云录》，重庆：重庆出版社，2001 年版，第 255 页。

版，同年10月再版；1942年12月《野玫瑰》发行了赣版；1943年4月商务印书馆出版了第三版，至1944年出版到第五版，并于同年出版重排第一版。《野玫瑰》剧本的多次再版，足以表明该剧的畅销及受观众、读者欢迎的程度。

除了剧本畅销、话剧卖座以外，《野玫瑰》还获得了官方的学术奖励。1942年4月18日的《新华日报》《大公报》等各大报刊报道了国民政府教育部学术审议委员会授予《野玫瑰》三等奖的消息；6月13日至15日，教育部连续三天在《中央日报》第一版发布通告："民国三十年度申请奖励之著作发明及美术品，前交由本部学术审议委员会审议，应予给奖之作品计二十九种，业经本部覆核，均照案分别给予奖励……"在所列名单中，陈铨的《野玫瑰》与曹禺的《北京人》获得了文学类三等奖，并得到了两千五百元奖金。这是国民政府教育部举办的第一届全国评审，而且文学类剧本的一、二等奖当年是空缺，也就是说《野玫瑰》获得了当年文学剧本的最高奖。国民政府给予的官方嘉奖也成了《野玫瑰》在各地巡演的最佳宣传手段。当时，《野玫瑰》开始在云南、贵州、四川等地巡演，所到之地几乎都掀起了观看的热潮，在桂林首演时能容纳七八百人的临时会场被围得水泄不通。[①] 贵阳在1942—1943年演出了两次，也是观者如潮，西安[②]、甘肃

① 陶白莉、陈健著，广东省政协文史资料研究委员会编：《陶金影剧生涯五十年》，广州：广东人民出版社，1990年版，第61页。

② 秦怡：《跑龙套》，上海：学林出版社，1997年版，第41页。

等地的许多业余剧团也演出了此剧。截至 1942 年 6 月在昆明演出之前，《野玫瑰》已经在各地演出了二十余场[①]，成为当时国统区最具票房号召力的话剧作品之一。

剧本的畅销为电影卖座打下了良好的基础。1946 年，《野玫瑰》被改编成电影《天字第一号》，由屠光启编导，庄国钧摄影，欧阳莎菲、贺宾主演，中央电影制片三厂出品，影片除了结尾和人物姓名有所改动外，基本按照《野玫瑰》的剧本拍摄完成。《天字第一号》在上海公映后，轰动了整个上海滩。影片从 1946 年 12 月 19 日起在上海的皇后、金都两大影院同时上映，连映 9 天后，皇后与制片厂签订了继续放映此片一个月的合同，一部影片能在一家院线连续放映近一个半月，这在当时是极为罕见的，由此可以想象此片所带来的可观的票房收入。《天字第一号》在皇后影院连映的日子里，上海掀起了观看此片的浪潮，皇后影院成为这一时期最为热门的电影院。各大报纸中每日刊登的广告词都力求变化，前期以新奇刺激的剧情概括吸引观众："白热化的！间谍战、忠与奸的！殊死斗！""看得你毛发直竖！看得你不寒而栗！"到后来皇后影院每日放映四场，几乎场场爆满，"内外行一致称赞好到极点""空前狂满红透红透""场场客满风头健透""卖座盛况空前罕见"等每天随处可见的广告词，让《天字第一号》笼罩在沪人宠爱的光环之下。此时精明的上海商人也看到了

① 陶白莉、陈健著，广东省政协文史资料研究委员会编：《陶金影剧生涯五十年》，广州：广东人民出版社，1990 年版，第 61 页。

《天字第一号》巨大号召力之下的商业利润，将其作为服装店的宣传招牌，成为一段时期内噱头十足的广告词。在影片上映期间还发生了一段小插曲。1946 年 12 月 23 日，上海《新闻报》第四版登载了一则标题为“《天字第一号》军人要求连看　观众只得退票”的新闻。国民党某部军人因为入场迟到，只看了电影的后半部，为了完整地看完电影，第二场开始后他们迟迟不肯离开，强行留在座位上补看前半部，导致第二场的进场观众无法入座而集体退票，这一事件也充分说明这部电影在普通观众中有着极强的号召力。

《野玫瑰》大获成功的同时，争议也随之而起，并且迅速蔓延，当《野玫瑰》获得国民政府教育部颁发的文艺奖后，这种争议达到了高潮。《野玫瑰》第一轮演出结束后的第三天，即 1942 年 3 月 23 日，《新华日报》文艺版主编刘念渠以“颜翰彤”的笔名发表了题为《读〈野玫瑰〉》的文章，抨击该剧将卖身投靠日本的汉奸美化成英雄豪杰，剧本隐藏着“战国策派”思想的流毒，开启了对《野玫瑰》的批判。左翼演员认清形势后开始罢演《野玫瑰》。

1942 年 4 月 30 日，重庆戏剧界组织召开“1941－1942 重庆演剧座谈会”，对《野玫瑰》的演出进行总结。刘念渠、孙厚白、郁民、苏绣文等先后发言，对《野玫瑰》剧本及其上演提出了严厉的批评，认为演艺界对剧本的选择不够慎重，忽略了当前的抗战情势，从而使“法西斯主义的应声虫——战国策派的英雄崇拜的思想伸进了我们剧坛的一个角落"[①]。5月，各大报刊在大量刊载批判《野玫瑰》重要文章的同时，不断刊发舆论界抗议《野玫瑰》得奖的消息，甚至建议国民政府教育部撤销对《野玫瑰》的奖励，认为"假使为了某种意义而奖励《野玫瑰》，那么在客观上便是解除民众憎恨汉奸的精神武器"[②]。强调政府当局为《野玫瑰》这种内容包含毒素、明显危害抗战建国的剧本颁奖，实际上是"贤明的教育当局"考虑不周，应该尽早撤销。随着抗议之声的扩大，重庆戏剧界、文化界200余人联名致函全国戏剧界抗敌协会，抗议《野玫瑰》得奖，并要求戏剧界抗敌协会转呈国民政府教育部请予撤销原案。这封抗议函由中央电影制片厂导演石凌鹤执笔，函称"查此剧在写作技巧方面，既未臻成熟之境，而在思想内容方面，尤多曲解人生哲理。有为汉奸叛逆制造理论根据之嫌，如此包含毒素之作品，则不仅对于当前学术思想无功勋，且与抗战建国宣传政策相违，危害非浅"[③]。

大规模的罢演与批判《野玫瑰》的运动并非偶然，抗战背景下共产党与国民党间愈演愈烈的矛盾是导致这场文化论争的根本原因。抗日战争全面爆发后，国共进行了第二次合作。在第二次合作的早期，国共两党为了抗战，在

① 《1941—1942雾季重庆演剧检讨（座谈会记录）》，载于《时事新报》，1942年5月20日。

② 方纪：《一点异议》，载于《时事新报》，1942年5月3日。

③ 《剧界人士认〈野玫瑰〉含有毒素，函请教部撤销嘉奖案》，载于《解放日报》（延安），1942年5月14日。

文化思想尤其是抗战宣传方面确实进行了卓有成效的合作，取得了辉煌的成就。然而即使是在国共合作的蜜月期，两党之间的冲突与斗争也在所难免，有时甚至非常尖锐、复杂。随着抗日战争的不断深入，国共之间的摩擦不断，两党之间的关系出现了明显的裂痕。1940 年秋，国民党当局规定中共成员甚多的军事委员会政治部第三厅工作人员必须加入国民党，郭沫若等人提出辞职。为了缓和矛盾，国民党决定新设文化工作委员会（简称“文委会”或者“文工会”），仍然隶属政治部，郭沫若奉命出任文工会主任，阳翰笙为副主任。文工会下设三个组，组长杜国庠、田汉和冯乃超都是中共党员。文工会通过讲演会、报告会、座谈会、组织各种文艺活动等多种形式向群众做工作，巩固了共产党在国统区的力量。为了统筹管理在国统区的力量，中共中央于 1939 年 1 月决定设立南方局，由周恩来全面负责，并由凯丰协助主管宣传，吴克坚负责《新华日报》《群众》周刊及其他进步报刊的协调与管理。在国统区合法出版的《新华日报》《群众》周刊虽然不时受到国民党方面的压制，但在周恩来的领导下，还是起到了非常重要的作用，尤其是在引导大后方文化界及舆论方面的功绩格外突出。皖南事变以后，中共南方局在国统区的活动受到了更大的限制，大批进步文化工作者撤出重庆，转移到桂林、香港等地，重庆进步文化界的活动一度陷入停滞。太平洋战争爆发后，重庆演艺界的话剧运动再次兴起，周恩来适时提出，话剧比较容易结合现实斗争，能直接和群众交流，而且观众又多是年轻人，影响比较大，要求文化界进步人士充分利用话剧等文艺形式，以之作为武器，最大限度地争取民众。正是在这种背景下，人们对戏剧演出倍加关注，报纸杂志上的戏剧评论频频出现。在 1942 年《野玫瑰》上演以前，国民党根本无法在剧界与共产党形成对抗之势，每年在重庆的雾季演出中，共产党领导下的进步作家都创作了大量的戏剧作品，国民党当局却拿不出几部像样的话剧，直到《野玫瑰》风靡一时，引起了国民党的注意，希望以对这个剧的嘉奖和促进其公演为契机，与共产党抗衡。

在国共政治抗衡的大背景下，《野玫瑰》风波一波未平一波又起，而导致一系列风波的直接原因就是国民党戏剧政策的变化。在 1942 年之前，国民党的戏剧政策还是相对宽松的，面对共产党在话剧界的宣传演出活动，国民党只是采取了常规的戏剧审查制度，这也是共产党在戏剧界能够站稳脚跟的重要原因。1939 年 2 月，国民政府在重庆设立了戏剧审查委员会，同年 10 月又成立了剧本审查委员会。国民党虽然一手操纵着各类剧本的生杀大权，但是剧本审查委员会的主要任务只是审查剧本，至于怎样演还是由剧团掌握。利用这个漏洞，共产党领导下的进步文化界成功地为自己争取了生存空间。然而到了 1942 年 2 月 26 日，国民党中常会第 195 次会议通过了《剧本出版及演出审查监督办法》，规定“未经依法向主管机关立案之剧团，一律不准公演，更不得假借任何机关名义演出”。这一政策的最大目的就是国民党要从共产党手中夺回戏剧界的主导权，即使无法在短期内达到目的，至少也要改变共产党一统剧界的格局。这也是国民党发出的一个讯号——向戏剧界反攻的号角。可以说《剧本出版及演出审查监督办法》的颁布是《野玫瑰》风波的导火线。《野玫瑰》上演之时距离国民党中常委第195次会议通过“办法”仅仅一周，国民党在如火如荼的演出市场中，看到了《野玫瑰》的光明前途，大力扶植其演出，《野玫瑰》最初掀起的抢票热潮也的确给了国民党一个夺回主动权的希望，然而，共产党在国统区剧艺界的地位早已形成多年，要想撼动谈何容易。《野玫瑰》热热闹闹的开场，却无奈在演员的罢演事件中戛然而止。

《野玫瑰》被迫退出重庆的戏剧舞台后，国民党并不甘心第一回合的失败，而是加速了新的戏剧审查制度的出台。1942年4月2日，《中央日报》的头版刊登了中央图书杂志审查委员会（以下简称中审会）接办演出剧本审查的通告，中审会由国民党中宣部、社会部、政府行政院、内政部、教育部及军委会政治部会同组织，主任委员是原宣传部副部长潘公展。中央图书杂志审查委员会接管了剧本审查的权力，改变了原来的多重机构兼管的局面，剧本从审核到演出都要经过层层审批，而且还增加了上演时的随场检查程序。不仅如此，为了继续给《野玫瑰》造势，国民政府不但鼓励《野玫瑰》在各地进行大规模的巡演，还颁给了陈铨当年文学界剧本创作的最高奖项，这势必会引起进步文化界的反感，引发更大规模的冲突。4月8日，方纪发表了批评文章《糖衣毒药——〈野玫瑰〉观后》，对陈铨处理艺术形象的手法与用意提出质疑，认为其美化汉奸，为汉奸辩解，企图改变观众的抗战意识，将《野玫瑰》演出的成功归结为不过是博得“许多观众天真的喝彩”而已，并提醒戏剧界“要提高警惕而洁身自好，不要让这污秽东西玷污了自己”。[①] 4月15日，《群众》第7卷第7期以铁华的木刻画《粉碎战国策派文艺》为封面，同时刊载了欧阳凡海的《什么是“战国策派”的文艺理论》，从《大公报·战国副刊》中，选取独及（林同济的笔名）的《寄语中国艺术人》和陈铨的《欧洲文学的几个阶段》《论英雄崇拜》《指环与正义》几篇文章，批评“战国策派”的文艺理论本质上是在宣扬法西斯主义，告诉读者“‘战国’派的陈铨是在怎样的努力于发挥荒谬的‘虔恪’学说，使之达于法西斯主义的极致”[②]。陈铨的“英雄”论是“尼采反对人类平等的贵族主义在中国的翻版”。这篇文章与1942年1月25日《群众》第7卷第1期上发表的章汉夫的《战国策派的法西斯主义实质》遥相呼应，主要是从理论上梳理《野玫瑰》错误的思想根源。1942年4月18日，《新华日报》、重庆《大公报》等报道了教育部学术审议委员会授予《野玫瑰》文学类三等奖的消息，引起了大规模的舆论反对。以重庆为中心，成都、昆明、贵阳等西南主要城市都掀起了反对《野玫瑰》得奖的宣传战，各地的一些重要进步刊物纷纷撰文批评《野玫

---

① 方纪：《糖衣毒药——〈野玫瑰〉观后》，载于《时事新报》，1942年4月8日。

② 欧阳凡海：《什么是“战国策派”的文艺理论》，载于《群众》，第7卷第7期，1942年4月15日。

瑰》是有毒的玫瑰，危害民众，不利于抗战。4月24日，《新中国日报》刊发了署名“孟山”的《野玫瑰观后感》一文，文章历数《野玫瑰》公演之后所造成的恶劣后果，批评陈铨塑造的汉奸形象自由而拥有权力，很容易使在大后方艰苦的环境中一些立场不坚定的人憧憬这样的生活，使得民众的抗战意识退化，可能会造成严重的后果。5月24日《华西日报》登载了洪钟的《评野玫瑰》，该文从艺术创作的角度分析了剧中的人物，重点分析了王立民这个汉奸形象，认为《野玫瑰》不仅没有将汉奸的丑恶表现出来，反倒高抬出“一个堂堂正正的正人君子”[①]。还有的批评文章结合陈铨“战国策派”的政治背景，在批判《野玫瑰》的同时，对“战国策派”理论进行了深入的批判。

在大张旗鼓批判《野玫瑰》的错误的同时，中共领导的进步文化界也没有放松对戏剧工作者的团结、教育工作。史东山根据领导人的指示，撰写了一篇总结现阶段戏剧运动的文章，纠正由于放松警惕在《野玫瑰》演出问题上犯下的错误，引导戏剧工作者走正确的道路。他在文中分析了《野玫瑰》乘虚而入的原因，认为大后方拮据的经济状况使文化界许多人因为受到生活的重大压迫，不知不觉地显出了些急于谋生的意味，所以就“饥不择食”，只求布景少，角色少，内容虽有所考虑，但没有经过“审慎周详地研究”，就急忙地演出了。史东山的说法为当时“蒙在鼓里”的《野玫瑰》的演出者所犯的错误提供了一

① 洪钟：《评野玫瑰》，载于《华西日报》，1942年5月24日。

个合理的解释。与戏剧界声势浩大抗议《野玫瑰》运动形成鲜明对比的是《屈原》成功演出后的爆炸性效应。从《野玫瑰》受剧界抵制停止演出到4月3日郭沫若的《屈原》在重庆公演，相隔不到十天，一个是国民党一手扶持的戏，一个是共产党精心策划的剧，两者无形中形成了竞争之势，在矛盾不可调和的情况下，上演了国共间以戏剧为平台的正面较量。《屈原》从创作到上演受到了周恩来等人的指导和支持，周恩来曾说，是否肯定这个戏不仅是艺术创作问题，更重要的是政治斗争。南方局与《新华日报》为《屈原》的演出召集座谈会，组织撰写评价文章，在《新华日报》上开辟专栏刊载，甚至在《中央日报》上连载《屈原》剧本，并刊登一些介绍《屈原》的文章。1942年4月2日，《新华日报》在头版刊登大幅广告，称："《屈原》明日在国泰公演，中华剧艺社空前贡献，沫若先生空前杰作，重庆话剧界空前演出，音乐与戏剧空前试验。"《屈原》的成功很大一部分要归功于强大的演出班底，陈鲤庭出任导演，著名演员金山饰演屈原，白杨饰演南后，张瑞芳饰演婵娟，还有许多当时的名角也在戏中充当了配角，众星云集成为《屈原》的一大卖点。上演后的轰动效应与《野玫瑰》相比毫不逊色，售票处的门口排起长队，为了观看演出，众人从各地专程赶到重庆。作为一个具有明确政治目的的历史剧，《屈原》的台词极具鼓动性，其中"雷电颂"中有一句"爆炸了吧！爆炸了吧！"点燃了民众一连串心灵的"爆炸"。演出的爆炸性效应在社会中掀起一阵《屈原》热，各类报刊上发表了不少剧评，此时周恩来和大家商量，认为必须进一步扩大宣传，把文章做足。4月12日，《新民报》在头版以《〈屈原〉弦外之音——黄炎培、郭沫若酬唱》为题，刊载了二人的唱和诗。第二天，《新华日报》便开辟专栏转载了这四首诗，同时还发表了董必武的和诗一首，栏目冠名为《〈屈原〉唱和》。从此，这类诗作不断见报，形成轰动一时的大联唱，持续了半年之久。应和者有文坛名人、社会贤达、机关干部、医生、教师和学生，如沈钧儒、柳亚子、陈禅心、张西曼、潘梓年等都有唱和。周恩来在《屈原》的庆功宴上曾说，在连续不断的反共高潮中，我们钻了国民党反动派一个空子，在戏剧舞台上打开了一个缺口，在这场斗争中，郭沫若立了大功。

对《野玫瑰》的抗议来势汹汹，《屈原》的爆炸性效应更是让国民党高层深感头痛。1942年5月16日，国民党中央文化运动委员会及中央图书杂志审查委员会在都邮街冠生园组织了一场招待戏剧界同仁的茶会，具有不同政治背景的文化界人士就《野玫瑰》及《屈原》的演出展开了一场针锋相对的斗争。会议一开始，演艺界的进步人士就再度提出严重抗议，要求当局撤销对《野玫瑰》的奖励，禁止《野玫瑰》在各地演出。对于演艺界进步人士的要求，会议主持者采取了“红脸”“白脸”齐上阵的战略。一开始，国民政府高层并未过多地表现出对《野玫瑰》的褒奖，教育部长陈立夫发言的口气十分婉转，称奖励《野玫瑰》是投票的结果。国民党中央文化运动委员会主任委员张道藩对该剧获奖也表示了模棱两可的态度。此后，以王泊生（原山东省立剧院院长，参与过当时的话剧演出，后来改唱京戏）为代表的几个具有官方背景的文人在会上大赞《野玫瑰》，对《屈原》的“破坏力”进行大肆批判，在座的戏剧界代表对他们的言论嗤之以鼻。而此时事态已经明显呈现出公式化，国共间的对峙等同于《野玫瑰》与《屈原》的对峙。最后一个发言，也是态度最明确的是中央图书杂志审查委员会主任委员潘公展，他声色俱厉地表示：“《野玫瑰》不惟不应禁演，反应提倡；倒是《屈原》剧本‘成问题’，这时候不应该‘鼓吹爆炸’。”① 潘公展简短的一席话代表了国民党对待此事的真实态度，也引起了与会剧界人士的高度反感。潘公展刚刚结束发言，郭沫若就率领演艺界进步人士昂首阔步地退出会场，以不屑于驳斥的态度表示了严正的抗议。国民党的这次茶话会非但没有封住进步文化界人士的口，反而因潘公展公开提倡续演《野玫瑰》、公开指责《屈原》的话成了进步文艺界继续战斗的另一个重要理由。一篇署名“江布”的批评文章称：“现在从潘公展的谈话中叫我们看到，正气所生的力量，已被指斥为‘爆炸’性了。的确，要是确有这样作用的话，我们正需要这种重气节的美德，来‘爆炸’旧社会的黑暗呢。”② 各地进步报刊也纷纷刊登为《屈原》叫屈的文章，并继续进行对《野玫瑰》的批判。6 月 22 日，《新华日报》的编辑田鲁在《中央日报》上发表文章，含

① 《〈野玫瑰〉一剧仍在后方上演》，载于《解放日报》，1942 年 6 月 28 日。

② 江布：《〈屈原〉和〈野玫瑰〉》，载于《解放日报》，1942 年 7 月 5 日。

蓄地表示《野玫瑰》在重庆拥有大量的观众，得到一般人的称赞，他对《野玫瑰》的成功提出质疑，以为票房“营业成功的戏，不一定是艺术成功的剧作”[①]。更多的批评者则认为，《野玫瑰》从内容到写作技巧都存在许多问题，这部作品不仅在意识上“散播汉奸理论”，而且在戏剧艺术方面“助长了颓废的、伤感的、浪漫蒂克的恶劣倾向”，是抗战爆发以来最坏、最有害的一部剧本。随着冲突的不断加深，对《野玫瑰》的批判渐渐转入对“战国策派”的批判，《新华日报》《群众》相继发表了多篇文章。6月30日，《新华日报》刊登了署名为“戈茅”的两篇文章——《什么是“民族文学运动”》与《再论“民族文学”》，前者认为陈铨对“民族文学”认识的根本出发点在于传播法西斯主义思想，后者认为陈铨提倡的“民族意识”不是广大人民的民族意识，而是少数“英雄们”的“民族意识”，“他们看不见群众的力量，而且也不承认群众有力量”[②]，结果将会使人民更加无知；作者揪住陈铨批判五四新文学运动的理论漏洞，反复质问陈铨：“倘说五四以来的中国新文艺作品，不是含有浓厚的民族意识的作品，请问陈铨教授它们是什么东西呢”，“你们之中有看过陈铨教授的《野玫瑰》的，请仔细检讨一下吧，它是否如陈铨教授所说的，算得是真正的‘民族文学’呢？”[③] 7月10日，《新华日报》第四版刊登的欧阳凡海的《文学上的理智主义与

① 田鲁：《重庆舞台与重庆观众》，载于《中央日报》，1942年6月22日。

② 戈茅：《再论“民族文学”》，载于《新华日报》，1942年6月30日。

③ 戈茅：《再论“民族文学”》，载于《新华日报》，1942年6月30日。

感情主义》再次批判了陈铨的“民族文学”论。同年7月，曹和仁在《文化杂志》第二卷第5期上发表了《权力意志的流毒》，逐个批驳了陈铨等“战国策派”所提倡的权力意志论，期待从根本上颠覆《野玫瑰》所表现的思想内涵。整个7月，对“战国策派”主将陈铨主张的批判，除了是对其5月间发表的《民族文学运动》《民族文学运动的意义》的回应，也有力地打击了《野玫瑰》，毕竟它是陈铨推行“民族文学运动”过程中最成功的作品。

在国统区的其他地方，《野玫瑰》的演出也遇到了前所未有的阻力。6月4日，联大青年剧社在昆明演出《野玫瑰》，昆明市剧人王旦东、田鲁、孟浪等五十余人联名发出响应重庆戏剧界的宣言，请求国民政府教育部收回奖项，并呼吁本市戏剧审查当局饬令缓演，等待教育部的结果，以利剧运前途。这份请求遭到了云南图书杂志审查处处长陈保泰的拒绝，陈参照教育部的已有意见，认为《野玫瑰》在思想上是正确的，应该准予公演。尽管有政府方面的主持，《野玫瑰》在昆明的演出仍然受到了多方面的压力，联大校内的进步青年组织“群社”对其发起了攻击，刘惠之领导的中共青年记者联谊会云南分会全力支持剧界在昆明各大报刊上发表批判文章。6月4日、5日，《朝报》连载了范启新的《〈野玫瑰〉的失败在那里?》一文，再次强调陈铨将汉奸美化成一个英雄所造成的恶劣影响，以为该剧只是“于敌有利的宣传品”。而署名“圆古”的批评文章认为《野玫瑰》的意识并无毒素，但那些不太称职的“演员们把几个重要角色的形象演颠倒了”。面对来势凶猛的攻击，《野玫瑰》的演职人员只是在联大剧团公演时的特刊上为自己进行了辩护，从其中一篇署名“雨田”的文章《我们选择了野玫瑰》中的观点来看，陈铨与当时《野玫瑰》的演职人员对这场即将到来的暴风雨还是估计不足。“又因在最近教育部的审查的获奖，我们更愿使之与爱好抗战戏剧的同胞们见一次面，当然我们不曾忽视了最近有一部分人所提出对这剧本的控告，但这只不过是少数人的意见，也是复杂的社会中常见的事情，不用太重视。”① 在昆明演出的第二日（6 月 5 日），《朝报》还刊登了《野玫瑰内容——再度检讨》为《野玫瑰》辩护，署名“宸”的作者针对当时反对《野玫瑰》的两大不同的理由——“技术未成熟之境；把汉奸写得太过厉害”逐一进行了批驳，并称《野玫瑰》是抗战以来最好的剧本。然而，他们这些微弱的辩护声最终还是淹没在内外抵制的一片讨伐声中，《野玫瑰》只演出了四场就不得不草草收工。

在第二场较量中，《野玫瑰》在重庆戏剧舞台落败，国民党也是无力回天，只能将责任全部推给共产党。虽然重庆、昆明等大后方主要城市的戏剧界与报刊媒体构筑起铜墙铁壁，导致《野玫瑰》在大城市的演出被迫中断，其却依然在中小城市维持演出，《解放日报》《新华日报》等都报道了“后方现在仍有很多地方在上演着”《野玫瑰》的消息。1943 年，《戏剧时代》创刊号刊登的《半年来贵阳剧运报告》也描述了《野玫瑰》在贵阳曾演出两次的经

① 林少夫：《〈野玫瑰〉自辩》，载于《新蜀报》，1942 年 7 月 2 日。

历。表面上看《野玫瑰》因受到进步文化界的批判而退出在大城市的演出，国民党一手扶植的戏再次败在共产党的手里，但对国民党来讲，其在 1942 年借《野玫瑰》打击共产党在戏剧界势力的目的已经达到：共产党赢得了《野玫瑰》一役的成功，却让自己付出了更为惨痛的代价，国民党从此严把戏剧审核关，将控制戏剧界的主动权收缴回来，共产党领导下的戏剧创作只能远离现实题材，借古喻今。1946 年《新华日报》刊载了《抗战八年来的戏剧创作》，总结了抗战时期大后方戏剧创作的各类题材的数目与所占比例，分析得出 1941 年春后，共计演出话剧 83 种，直接描写抗战的只有 3 种，占总比例的 3%，与 1941 年的各项数据相比得出一个结论："直接描写抗战的作品锐减，描写后方尤其是描写历史和抗战无关之作骤增!"根据作者的分析，其中最主要的原因就是国民政府戏剧审查制度的从严。

1942 年年底，对《野玫瑰》的批判告一段落，《野玫瑰》风波转入第三阶段，这时《野玫瑰》剧本已经不再是斗争的焦点。

在戏剧界的斗争中，由于国民党不断收紧戏剧审查制度，对戏剧界实施了严密的监控，甚至连话剧演出的排演细节都不放过。文化界进步人士的活动已是举步维艰，戏剧作品产量大幅度削减，于是他们不得不采取迂回措施，回避与国民党的正面冲突。到 1943 年秋，演艺界进步人士在重庆的戏剧演出受到前所未有的打击，剧艺界为数众多的工作者离开了重庆，共产党直接领导下的中华剧艺社面临经济、政治的双重压力，也被迫转战四川成都。当时重庆的话剧界演出团体大多面临生存困境。而这种情况也同样存在于国民政府的官办剧团，为了能够创收，重演当年低成本、高票房的戏是最好的选择。《野玫瑰》无论是主题还是演出成本都是合乎时宜的，所以又一次被搬上了重庆的舞台。1943 年 11 月 11 日，国民党军事委员会政治部中国电影制片厂所属的中国万岁剧团以“募本厂区党部中山室文化教育基金”的名义在重庆抗建堂再次公演了《野玫瑰》，这一次排演此剧的导演是吴树勋，编剧为陈铨，秦怡再次饰演女主角夏艳华，陈天国代替陶金饰演刘云樵，王立民一角也由施超换成了宗由，其他演员还有钱千里、张辉凤、刘琦和王斑。当时重庆的《时事新报》《大公报》等主要报纸都刊登了演出广告。根据秦怡的回忆录，《野玫瑰》的演职人员是在荷枪实弹的士兵的押送下，在礼堂内进行排演的，演出大概只持续了三天。但是经过考证，1943 年重庆的《大公报》直到 11 月 16 日还在登载演出广告，只是在 14 号即演出的第四天，将地点由“抗建堂”移到了“纯阳洞”，而且当日由于客满又正值周日，演出方就决定在晚场的基础上加演一场下午场。① 这次《野玫瑰》的演出没有在舆论界掀起大规模的批判，只是在报上零星可见间接批评的文章，《野玫瑰》终于安安稳稳地渡过了演出期，但是由于话剧市场萧条、经济拮据等客观因素，演出情况并不火爆，当年万人空巷

① 《大公报》(重庆)，1943 年 11 月 16 日。

争看《野玫瑰》的情景难以再现，也许市民的观看热情早已经在周而复始的《野玫瑰》风波中消磨殆尽。《野玫瑰》风波至此告一段落，这次演出以后，《野玫瑰》辗转于大后方的城镇，虽然在当地的演出受到了普遍好评，但是始终有一个声音在提醒民众：《野玫瑰》是含有法西斯毒素的糖衣毒药。

1949 年以后，《野玫瑰》与《天字第一号》再没有演出或者放映过，陈铨的“战国策派”理论也只能作为反面教材在个别书籍中出现。这一时期，无论是各类文学史、思想史专著，还是各类教材、学术期刊、文学辞典都延续了 20 世纪 40 年代对《野玫瑰》的批判，不同的是，所有的批判的着眼点都由《野玫瑰》暗含法西斯主义毒素转向美化国民党特务，所以《野玫瑰》又多了一条为国民党反动派张目的罪责。此后，在一系列“左”的运动中，《野玫瑰》销声匿迹，尤其到了“文化大革命”时期，连中文系的大学生想找来看看都很困难。当年参与演出的演员、导演等戏剧工作者也因为这段经历，作检讨、受批评，甚至载入历史档案，成为人生抹不去的污点。“文化大革命”结束后，改革开放的春风依然难以使沉积几十年的旧观点改头换面。一些重要的书籍对这部颇有争议的作品或者只字不提，避而不谈，或者蜻蜓点水，一笔带过。1984 年 3 月山东文艺出版社出版的《中国抗战文艺史》是中华人民共和国成立后第一部较为系统的抗战文艺史，此书继续了对陈铨与《野玫瑰》的否定态度，强调“陈铨的《野玫瑰》极力宣扬‘权力意志’”，把“文学的意义与价值”

“取决于对‘权力意志’的表现与歌颂”，用以迎合“当时国民党掀起的‘三民主义文学’逆流需要”。大量的文学、戏剧辞典里的词条对陈铨及《野玫瑰》的评价也多是贬大于褒，认为《野玫瑰》在内容和思想上存在一定的问题。进入 90 年代，部分学者开始注意到《野玫瑰》的优点，对陈铨与《野玫瑰》剧本也有了相对客观的评价。1990 年 12 月上海文艺出版社出版的《中国新文学大系（1937—1949）戏剧卷》收录了《野玫瑰》，这是自 1979 年以来，《野玫瑰》首次以完整的剧本形式公开出现在大型文艺丛书中，成为《野玫瑰》一剧的历史地位得以转变的开始。陈白尘虽然在序言中坚持“战国策派”文艺属于“当时两种不利于现实主义戏剧健康发展倾向”之一的立场，但也指出对《野玫瑰》一剧的大规模的政治批判有不客观的一面，“今天看来，这一批判，政治声讨重于艺术论争，对‘战国’派剧本的批评没有与实事求是的艺术分析结合起来”①。

在 21 世纪的今天，陈铨与他的《野玫瑰》终于不再成为学术界批判的众矢之的，越来越多的人看到了陈铨在文学、思想领域的成就，历史终将会公正地对待陈铨和他的创作。

综上所述，陈铨的戏剧创作始终围绕战争、爱情和道德这三大永恒的文学母题，他不仅把文学作品当作宣传民

---

① 《中国新文学大系 1937—1949——戏剧卷》，上海：上海文艺出版社，1990 年版，陈白尘序。

族主义、鼓舞抗战救国的工具，而且把民族精神、个人情感与人生感悟融合在一起，使其作品在整体上呈现出一种复杂的艺术风貌，“民族主义”的呐喊、“民族意识”的提倡使他的创作有别于同时代的作家。陈铨认为20世纪是一个民族主义的时代、浪漫主义的时代，他笔下的人物都富有理想主义的激情，在爱情与责任之间、情感与理性之间的矛盾冲突中，这些人物毅然做出以国家民族利益为重的现实选择。陈铨用文艺的形式表明，在民族危亡的关头，个人主义的时代已经过去，个人应当无条件地服从国家、民族的需要。

陈铨的民族文学创作确实存在着不少缺陷，如观念的预设使得他的创作模式化痕迹较重，作品中的人物缺乏形象化的演绎，往往沦为观念的传声筒等。这就使他的民族文学创作不能像他所崇拜的席勒的作品那样具有永恒的艺术魅力和价值。

第六章　陈铨的新诗创作

陈铨的文学创作除了小说、戏剧、文学理论以外，还涉及诗歌，虽然数量不多，但仍具有一定的文学价值。

陈铨从小接受私塾教育，有“神童”之誉，在私塾教育中学会了写古诗，无论是在清华学校时期，还是后来在美国读书，陈铨都创作了一些旧体诗词，这些旧体诗词以抒发个人感情为主，几乎都没有发表。陈铨早期创作的一个短篇小说叫《漱成》，他借里面的主人公漱成之手“发表”了几篇旧体诗。

一首是时年十二岁的漱成为了让父亲高兴，就把自己作的《挽烈女陈贞固》背给父亲听：

嶙峋傲骨最堪怜。
极目江心意惨然！
天地为愁千古恨，
伊人秋水恨绵绵！
最伤心处是韶年，
闺阁英雄铁石坚，
愧煞衣冠人几辈，

芳名留化一江烟。[①]

这首七律气势很好，押韵也妥帖，在起承转合之间既抒发了对烈女陈贞固的“嶙峋傲骨”的激赞，也表达了对其“芳名留化一江烟”的怅惋。

小说以清新婉致的笔调讲述了漱成和凤麟的爱情悲剧。漱成异地求学多年，凤麟在故乡因病而亡，两人最终阴阳相隔，漱成得知这个消息后备感悔恨和凄凉，“挑灯起坐，成七律三首”：

燕台日下玉钩斜，
噩耗传来怅落花，
悲到深时伤短命，
忍于静处数归鸦，
异乡有梦空缭绕，
来日方难肯怨嗟！
此后家心真个淡，
一船书卷任天涯。

时宵风雨苦摧残，
荷叶飘零不忍看！
尚想家贫怜母逝，
谁知天竟忍孤寒！
芳魂久恋关山远，

① 陈铨：《漱成》，载于《清华文艺》第2卷第3期，1926年6月4日，署名涛每。

心事频留晓月阑。
明岁果然还故里，
痴情只剩旧阑干。

欲把私衷诉上苍，
负心人说我凄惶。
功名我亦怜身世，
家国君应惧乱亡。
早有痴心图拯溺，
愧无密语教端详。
从今十载休提起，
凄切情怀不忍忘！[①]

漱成的故事不无陈铨生活的影子。陈铨由于勤奋学习，忙于读书，不愿意过早结婚，当时家里给他定了一门亲事，未婚妻名叫萧颜舜。1924 年，在清华学校读书的陈铨写了一封信给未婚妻，告诉她自己要以读书为重，“预计非十余年后不能亲迎成家”。不知是因为这封信的缘故，还是其他原因，萧颜舜第二年就病故了。这部短篇小说中七律的最后一首，大概也是陈铨发誓专心求学、十年不论婚嫁的誓言吧。

1928 年的一个春风沉醉的晚上，陈铨漫步在清华月色下，不禁心生愁绪，写下了一阕《西江月》：

---

① 陈铨：《漱成》，载于《清华文艺》第 2 卷第 3 期，1926 年 6 月 4 日，署名涛每。

月色溶溶荡漾，园林处处清华。蹉跎树影乱啼鸦，愁绪满腔无那。昨夜春风又起，今朝红杏又芽。心情无奈总如麻，欲放如何放下！

犹记去年今日，阶前绿草如茵，轻颦浅笑总宜人，别有一番风韵。往事而今已矣，东风回首酸辛。桃花零落可怜春，一抹斜阳梦冷。[①]

在陈铨的创作中，这是难得一见的展现其心灵和情感世界的作品。词作以校园春景起头，勾连出对去年同游春景的人的怀念，而如今已物是人非。词作充满了一缕惆怅，展现出青年时期的陈铨少有的多愁善感的一面。

在清华学校时期，因为上吴宓的翻译课，陈铨翻译了一些西方诗歌，如雪莱、济慈、歌德、彭斯的诗，这些译作大都发表在《弘毅》《学衡》《清华文艺》等杂志上。这些译诗遵循吴宓“以新材料入旧格律”[②]的诗歌理论，以整饬的五言或七言律诗的格式翻译，为西方诗歌赋予了浓郁的中国古典诗歌的意味，这种译诗从某种程度上来讲是一种再创作。我们来看陈铨翻译的华兹华斯的 *Her eyes are wild* 的第一节，陈铨把诗歌的题目翻译成《母亲》：

（一）

头颅全赤露，眼目何凶横，

---

① 转引自季进、曾一果：《陈铨：异邦的借镜》，北京：文津出版社，2005年版，第23页。

② 刘淑玲：《大公报与现代文学》，石家庄：河北教育出版社，2004年版，第25页。

烈日炙黑发，铁锈染眉心。

伊来自远方，经过大海洋，
若非怀中子，孤影怅迷茫，

草堆有林石，堆下尚微温，
谈歌震空林，所操是英音。①

原诗如下：

Her eyes are wild，her head is bare，
The sun has burnt her coal-black hair；
Her eyebrows have a rusty stain，
And she came far from over the main.
She has a baby on her arm，
Or else she were alone：
And underneath the hay-stack warm，
And on the greenwood stone，
She talked and sung the woods among，
And it was in the English tongue.

不难看出，陈铨是以五言古诗的格律来翻译这首诗的，形式整饬，在保持了英诗押韵的基础上，采用了诸如“林石”“谈歌”“空林”等古典诗歌的常用意象，为西方诗歌的意境染上了浓郁的中国古典诗歌色彩。这种创造性

① 陈铨：《母亲》（译诗），载于《清华文艺》第1卷第1期，署名涛每。

的译诗，我们也可视其为一种文学创作。

正是在创作旧体诗词和创造性翻译西方诗歌的基础上，陈铨开启了新诗创作之路。其新诗创作可以分为前后两期：前期为20世纪20年代在清华学校求学时期，主要是表达青年时代私人的感情和思考；后期为40年代倡导民族文学运动时期，主要寄托了他的社会理想。

陈铨早期的新诗创作受中国传统诗学影响较深，他推崇古代诗歌的意境、格调、韵律，而对五四以来的白话新诗直白粗糙的文字、不加节制的情感、乏味空洞的内容等颇有微词。这一时期，陈铨在《清华文艺》上发表的两篇诗评文章值得关注，一篇是《评〈女神〉》，一篇是《接吻诗人》，它们代表了陈铨对新诗的看法，也可以看作陈铨新诗的创作观。在《评〈女神〉》中，陈铨首先肯定了郭沫若“能够以真正中国文学的诗，写出外国抒情诗的意境”，但也批评了郭诗艺术上的缺陷：“粗野，全无诗意的狂叫”“西文与中文字夹用”。[①] 这种评价显然是中肯的。《接吻诗人》是对湖畔诗人汪静之诗集《蕙的风》提出的批评，陈铨指出《蕙的风》“共诗一百首，而其谈接吻者，至二十四次之多，差不多平均四首诗就要接吻一次”[②]，所以送给汪静之“接吻诗人”的称号。基于此，陈铨提出了自己对新诗的主张：“熔化中国旧诗词的音韵、节奏、

① 记者（即陈铨）：《评〈女神〉》，载于《清华文艺》第1卷第1期，1925年9月。

② 记者（即陈铨）：《接吻诗人》，载于《清华文艺》第1卷第4期，1925年12月。

词藻，借镜西洋诗词的意境。”[①] 也就是中西融合的诗学观：既吸收西方诗歌的意境营造特点，又继承中国旧诗词在文字、音韵、节奏等方面的审美因素，达到中西合璧。

陈铨早期的新诗创作就是按照他自己的中西融合的诗学观来进行的。目前可以见到的陈铨公开刊载的新诗共十首，《清华文艺》刊载了九首，分别为《第一次的祈祷》《你曾再三告诉我》《失眠之夜》《中夜蟾蜍》《月夜机杼声》《祖国》《恨不得》《秋声》《月静》；《新月》刊载了一首《我不愿》。这些诗有的婉约细致，表现了失恋心情的愁肠百结，如《第一次的祈祷》《你曾再三告诉我》《失眠之夜》；有的细腻动人，描绘了游子对家乡和母亲的思念，如《中夜蟾蜍》和《月夜机杼声》；有的豪情万丈，抒发了自己的理想和抱负，如《祖国》《恨不得》和《秋声》；有的真实坦白，再现了个人独处时的微妙心态与感受，如《月静》；还有的讲述了留美途中的心理体验，如《我不愿》。[②]

陈铨的新诗内容上表现现代人的思想、情感，用词却带有传统诗词的审美意味，讲究形式的均齐、结构的严整、节奏和韵律的和谐，与此同时又具有西方诗歌的意境。

《秋声》一诗是陈铨为祝贺《清华文艺》创刊而作，全诗如下：

---

① 记者（即陈铨）：《评〈女神〉》，载于《清华文艺》第1卷第1期，1925年9月。

② 李扬：《陈铨新诗简论》，载于《抗战文化研究》（第四辑），2010年。

听萧萧的杨树，
一声声诉出了园林的寂寥。
人们的心形已经枯槁
如何却没有热火燃烧？

秋色迷离了空林，
寒月照出憔悴人影。
为问沙漠中的行人，
已到文艺宫廷，为何徘徊不进？

一任他风声雨声，朋友们！
从今后且赞美这如花的生命。
听听这秋高的蝉鸣，
愿生命终能永永。①

《清华文艺》创刊时正是秋高蝉鸣之际，陈铨饱含着激情呼吁徘徊在文艺宫廷外的那些形容枯槁的人们赶快进入，去赞美如花的生命。诗歌意境显然是积极的，属于西方式的人生观，但像“萧萧的杨树”“寂寥的园林”“空林”“寒月”这些意象，又具有典型的中国意味。诗歌不再是中国古典诗词的格律形式，具有了和五四新诗相似的结构形式，但语言明白晓畅，少了某些五四新诗的晦涩。诗歌的格调也积极高昂，表现了诗人呼吁人们用文艺的方

① 陈铨：《秋声》，载于《清华文艺》第1卷第1期，1925年9月，署名涛每。

式歌唱生命的激情。

再来看《第一次的祈祷》这首诗：

我虔求仁慈的上帝，
使我不再回忆这些。
这些，这些，
这些都是不堪的回忆！

算来我只有一颗心，
算来我只送人一次。
然而，然而，
然而这颗心已击成粉碎！

如今我心魂已没有归依，
在茫茫宇宙中，我将从何处得归依？
归依，归依，
残月临轻柳，新荷湿绿衣，
我百无聊赖的心呵！
如何使我这般憔悴？

诚知爱途充满荆棘，
人生离不了孤栖。
但是心心相印的情人，
谁还觉得宇宙间的变易？
变易，变易，
你是人们的恶魔，

你是爱神的仇敌。

在凄清的寒夜，
我偷偷的走到荒地，
我手执明晃晃的钢刀，
想把一缕缕的情丝割断了。
但是，但是，
但是在失意的人们呵！
钢刀无力举起！

湖山到还依旧，
梦幻已经成过去了！
板起水凝面孔的荷池，
怎能，怎能，
怎能不令人了心饮泣？

白云不再卷巫峰，
春风吹不皱池水。
如今我和她中间一切都定了。
我是已经死了的人还有
什么，什么，
什么能使我心魂安慰？

愿把我的心化作灰飞，
飞，飞，飞，

飞到杳无无际，
不知道什么是悲哀，
也不想从前的甜蜜。
不料，不料，
不料深深的创痕
他不让我扬长而去。
天呵！
是意绪的牵缠，
还是命运来捣鬼？

我只有虔求仁慈的上帝，
使我不要回忆这些，
这些，这些，
这些都是不堪的回忆！[①]

这首诗写一位青年男子失恋后悲哀、痛苦的心情。他虔诚地祈求上帝让他忘掉回忆，可又没有勇气彻底斩断情丝。不堪的回忆折磨着男子，让他痛苦万分。陈铨把这种现代的感情表达得细腻婉转。诗歌通过回环往复的诉说，让人感受到主人公愁肠百结、剪不断理还乱的情思。在痛苦中，诗人也悟出了一些人生的哲理——“爱途充满荆棘，人生离不了孤栖”，人们诚然明白这个道理，但倾心相爱时不会想到爱的“变易”，失恋之后才深感“变易”是“人们的恶魔”“爱神的仇敌”。深痛的爱的领悟，传递

① 陈铨：《第一次的祈祷》，载于《清华文艺》第1卷第1期，1925年9月。

出现代青年的爱情哲思。“心魂”“归依”“宇宙”“变易”，这些词都体现了一种崭新的世界观和人生观，一种迥异于中国传统文化的现代气息。然而诗中又有如“残月临轻柳，新荷湿绿衣”般带着唐人绝句味道的书写。白话与绝句的搭配，现代与古典的融合，给人以新奇的审美感受。每节诗行大致整齐，采用回环往复的方式，起到了一唱三叹的吟咏效果，颇有“新月派”诗歌的审美意味。

除了表达这种婉致的私人情感外，陈铨早期创作中也有表现青年的理想抱负、对国家民族的热烈感情的诗歌，但这类诗歌的艺术表达相对简单，如《祖国》：

我为我的祖国，
辛苦的寻遍天涯，
秋风是这般的萧瑟，
那里有自由之花？

我为我的祖国，
高声的呼转灵魂，
杜鹃已声声啼血，
人们却长眠不醒！

虎狼已逼近腹心，
杀声若千山摇震，
山河破碎不堪论，

数千年神明的子孙呵！前进！[①]

陈铨早期的新诗创作明显受到中国古典诗词的影响，注重结构的整齐和韵律的和谐流畅，语言上是白话与古雅的辞藻的结合，显示出他深厚的古诗词修养；诗歌的精神内涵则体现了现代人的思想、情感和思维方式，注重学习西方诗歌意境的烘托渲染。陈铨敏感热情、真诚坦白的个性气质赋予他的诗一种细腻悠长的韵味，他对中西方文学和诗歌的研究与借鉴，也使他的诗既富有艺术内涵，又擅于挖掘个人内心隐秘情感的变化。但是陈铨的新诗内容相对单薄，有时过分浅显直白，诗味不浓，表达亦不够含蓄。这似乎也是 20 世纪 20 年代中国白话新诗发展初期的共同缺陷。当然，陈铨从未以诗人自居，他思考和创作的重心也不在诗歌上，创作新诗最多是一种私人情感的表达。20 世纪 40 年代开始，陈铨才有意识地以诗歌为载体寄托他的社会理想。

1940 年至 1944 年这五年，是陈铨文学创作的又一个高产期。进入壮年的陈铨当时既是西南联大的教授，又兼任中央政治学校和重庆歌剧学校的教授，还担任重庆正中书局总编辑、青年书店总编辑、重庆中国电影制片厂编导委员等多个职务。这一时期陈铨的文学活动主要是倡导“民族文学运动”，文学创作包括戏剧、诗歌、小说、杂论等。其新诗创作在美学风格上保持了前期创作的中西融合的色彩，但在思想意识上却明显地呈现出“文学狂飙”的

① 陈铨：《祖国》，载于《清华文艺》第 1 卷第 4 期，1925 年 12 月。

意味，具有鲜明的民族意识。

1943—1944 年，陈铨在《民族文学》第 1 卷第 3 期和第 5 期上发表了题为《哀梦影》的两组诗，共 48 首。1944 年同名诗集作为“在创文艺小丛书”系列由在创出版社出版，这是陈铨唯一的一本白话新诗集。诗集还收录了陈铨早期创作的发表在《清华文艺》上的四首诗《恨不得》《第一次的祈祷》《中夜蟾蜍》《失眠之夜》。

在题记中，陈铨交代了组诗的由来：他的好友刘梦影是“天才卓越，意气不凡”[①] 的青年，大学毕业后到重庆任职，不久爱上了一个不爱他的女人，“中间经过无数痛苦波折，最后才幡然悔悟，立志从军，转战连年，颇著战绩”[②]。然而鄂西大捷之后，却传来了梦影阵亡的噩耗，他为纪念亡友，以梦影寄给他的详细的通信内容为依托，模仿梦影的口吻和思想作成抒情诗，以表现梦影高洁的品格和精神，为新中国的新青年立下一个诚恳、热情、有远见的模范，同时也以此表达他内心对这位挚友无尽的哀思。

在题记中，陈铨还表达了他对中国新诗发展的看法，亦可视为他后期诗歌创作的美学观。他认为中国白话新诗运动经过了三个阶段：第一阶段是自由解放，第二阶段是谨严，第三阶段是彷徨歧途。陈铨指出，目前中国新诗没有读者市场，跟诗歌创作自身存在的诸多缺陷如粗俗不

---

① 陈铨：《哀梦影》，重庆：在创出版社，1944 年版，第 1 页。

② 陈铨：《哀梦影》，重庆：在创出版社，1944 年版，第 1 页。

堪、读者不懂、不讲究韵律等有关。新诗创作亟待解决的问题是："怎么样保持本国语言的自然，加以适当音节的成分，使读者一见就明，一听就懂，然后创造新的意境，新的感情，使白话诗普遍能得接受。"[①] 基于此，陈铨才重新开始诗歌创作，希望能促进新诗的发展。

与前期诗歌相比，陈铨后期创作的诗歌风格更加成熟。内容上摆脱了早期诗歌对个人哀婉情思的单纯的书写，而是把爱情的诉说与战争的描写结合起来，使诗歌的表现内容得以拓展。《哀梦影》的内容由爱情和战争两部分构成，以组诗的方式，按照时间顺序书写了梦影从开始恋爱到经过思念的煎熬再到失恋的经历，最后以梦影参加战争结束。

爱情的书写占到了陈铨诗集一半的内容，这里既有初见时爱的甜蜜（《初见》），也有对爱的深刻反思和对幸福的思考（《感情颂》）。这类诗歌仍然承续了陈铨早期诗歌创作的婉致风格，但语言更加流畅自然。如《初见》：

我好像曾经见过你，
在那儿不能仔细回忆。
你说话清晰的声音，
飘荡我整个心灵，
你行路轻快的脚步，
不容我徘徊踯躅。

---

① 陈铨：《哀梦影》，重庆：在创出版社，1944 年版，第 1 页。

仿佛浓郁的花香，
又重新侵袭身边，
仿佛迷离的竹影，
微风出摇曳不定，

我好像曾经会见过你，
在那儿不能仔细回忆。
不要嘲笑我过去怎样，
从今后你永远在我心上。①

陈铨在《感情颂》一诗中延续了早期小说创作中触及的“理智与情感”的冲突问题，并认为感情和真理是并驾齐驱的：

感情就是一切，
真理不容障扼。
感情一日不停，
真理一日不减。

花枝点缀庄严庙宇，
太阳斜照肃杀秋林。
感情描出悲壮历史，
历史产生孽子孤臣。
…………

① 陈铨：《哀梦影》，重庆：在创出版社，1944 年版，第 3 页。

不管人生为的真理，
不管真理为的人生。
假如真理没有感情，
一切都是虚幻无凭。

感情就是一切，
真理不容障扼。
感情一日不停，
真理一日不灭。①

陈铨创作的很大一部分新诗都有新月派风格，这两首诗在外在形式、节奏韵律、诗歌的画面与意境上都契合了新月派的三美理论。

《解脱》一诗则延续了陈铨早期新诗创作的婉约细腻，颇具中国古典诗歌的韵味：

正是一池春水，
漂浮片片桃花。
池畔绿杨影里，
夕阳返照酒家。

飞泉绝壑高挂，
满山遍野红霞。
农夫荷锄归去，

① 陈铨：《哀梦影》，重庆：在创出版社，1944 年版，第 37 页。

家人笑语桑麻。[①]

这首诗通过“春水”“桃花”“池畔柳”“夕阳”“酒家”“农夫荷锄”“桑麻”等古典诗歌常用的意象，描绘出一幅恬淡清新的春日乡景，写景抒情简约含蓄，颇有田园诗的宁静幽致、平淡自然之美。但诗歌的题目却是《解脱》，从组诗的逻辑顺序来看，是诗人为了摆脱失恋的痛苦，试图用美丽祥和的乡村之景来冲淡内心的悲伤，以乐景写哀情，伤心之词未着一字，但诗歌营造的鲜明的画面感却让读者感受到一个备受爱情折磨的青年在面对美好生活时内心强烈的失落感。

爱情的旋律最终让位于战争的凯歌，诗人在经历了爱情的痛苦波折后，立志从军，民族主义战胜了个人主义，这样的转变恰好跟陈铨提倡的民族主义精神是一致的。这些描写战争的诗歌中既有鼓舞士气的《战歌》（“饥餐倭奴肉，渴饮倭奴血。念及国家仇，心头如火热”，将士们满怀豪情、高唱战歌、冲向战场、奋勇杀敌的豪情壮志表现得淋漓尽致），也有表现个人主义和民族主义冲突的篇什，如《自励》：

远处的山峰若隐若现，
云里的月光忽明忽暗，
满城但见破瓦颓垣，
北风吹来骨透心寒。

① 陈铨：《哀梦影》，重庆：在创出版社，1944年版，第64页。

我持枪独立城边，
城墙外衰草连天。
腿上的创伤隐隐作痛，
心上的相思微微欲动。

是这般没有骨头，
说甚么气冲斗牛！
对虚空吹一口气，
看明朝英勇杀敌。[①]

这三节诗歌既有对战争残酷场面的描绘，又有对相思之情的表达，但最终战士英勇杀敌的豪情壮志战胜了个人主义的渺小，伤痛、思念、战争的残酷都敌不过为国杀敌的民族主义的激昂，诗歌在起承转合中完成了对民族主义战胜个人主义的礼赞。

《哀梦影》组诗还正面描写了战争的残酷。《同伴》一诗讲述了“我”有一个很好的并肩作战的同伴，他天生铁骨铜筋，有颗金子般的心。在一次战役中，“我二人紧守机枪，瞑朦中弹影红光”[②]，“无情的炮弹降落身旁，战壕的泥土激烈飞扬”[③]，“我”的同伴被炸得血肉模糊。诗歌描写了战争的惨烈、战士的英勇，诗人在平静的叙述中隐含着对战争的思考。

---

① 陈铨：《哀梦影》，重庆：在创出版社，1944 年版，第 78 页。
② 陈铨：《哀梦影》，重庆：在创出版社，1944 年版，第 76 页。
③ 陈铨：《哀梦影》，重庆：在创出版社，1944 年版，第 77 页。

《哀梦影》组诗在爱与战交织的主题下呈现了两个鲜明的特点：一是书写爱情的部分承续了陈铨早期诗歌创作中婉约细腻的古典韵味，如前所述的《解脱》一诗，以及《花溪》《春雨》《爱的力量》《我愿》等；二是这个时期的诗歌注重哲理性的表达，如他对宇宙、人生、爱情、战争等问题的思考。如：

不要信那些学究先生们，
他们说青年人要压制感情。
不要听那些胡言乱语，
恋爱和救国势不两立。

人生活像一堵篱墙，
感情加上玫瑰芬芳。
阵云里冷气森森，
真正的勇士才是真正的爱人。①

诗歌以一种叛逆的姿态赞颂了爱情，用青年一代崭新的人生观和爱情观否定了老学究们迂腐陈旧的观点，既不放弃自己的责任，又要尽情享受人生的爱情和幸福。对于战争，陈铨也有自己冷静的思考，如《战的哲学》：

和平是人类本性，
战争是天地不仁。
虎豹不与绵羊嬉戏，

① 陈铨：《哀梦影》，重庆：在创出版社，1944年版，第17页。

蚊虫专靠鲜血生存。

农夫尽日芟除野草，
猎户通宵守候山林。
弋人弯弓仰望青天
渔夫举网潜行水滨。

历史用血泪写成，
世界从冲突产生。
和平是人类本性，
战争是天地不仁。[①]

《战的哲学》用诗歌阐释了陈铨所理解的尼采哲学中关于战争的观念。在这个充满冲突的世界上，战争是不可避免的。陈铨虽然从理智上为战争的正当性进行了辩护，但在感情上也承认“和平是人类本性，战争是天地不仁”，理智与情感的斗争在战争面前显得格外激烈。

《哀梦影》中有近二分之一的篇章描写了爱情，陈铨虽然崇尚感情，但他对爱情的思考却带着理性的成分。如《真话和假话》既把处于恋爱中的人忐忑不安的情态刻画得惟妙惟肖，同时又不乏理智与趣味。陈铨非常善于把握这种微妙的感情，大胆地表现恋人的内心活动，生动细腻：

① 陈铨：《哀梦影》，重庆：在创出版社，1944 年版，第 67 页。

你说你昨夜梦见我，
希望这是一句真话。
真话才见真心，
真心令我欢欣。

你说你昨夜梦见我，
希望这是一句假话。
假话更见真心，
真心要我欢欣。①

陈铨在《哀梦影》组诗中，用一位有知识、有抱负的青年的生命和思想历程印证了民族主义思想的正当和伟大，这部诗集虽然在艺术上略显简单和粗糙，但这种表达方式却具有它的独特性。

① 陈铨：《哀梦影》，重庆：在创出版社，1944 年版，第 15 页。

结　语

20 世纪上半叶是中国文学思潮与外国文学思潮激烈碰撞与充分交流的时代，各种文艺思潮在中国纷纷传播：西方浪漫主义、批判现实主义、自然主义、象征主义……中国现代知识分子在中西文化的碰撞中找寻着民族文化发展的路标和走向。

20 世纪 40 年代出现的“战国策派”就是这样一群为中国文化寻路的知识分子，他们大多具有留学背景（陈铨、贺麟留学美国和德国，林同济、雷海宗、何永信留学美国），作为西学东渐的重要媒介，留学生们都有着用外来思想资源解决中国现实问题的明确指向和可贵尝试。“战国策派”学人意识到在抗日战争进入艰苦的相持阶段后出现在大后方的对抗战胜利缺乏信心的颓废情绪是全民族抗战的最大敌人，而这种情绪在历史上民族发生危机之时也往往会出现并成为一种顽固的劣根性，因此从文化上找出国民性的不足并对之进行改造，是十分必要且关乎中国文化的发展。他们认为，近代资本主义国家在本质上是民族国家，民族意识是它们文化扩张的精神基础。因此，处在“战国时代”的中国培植融合西方文化精神的民族意识必不可少，中国人民应当高扬“国家至上、民族至上”的民族意识，奋力抗击日寇的侵略，重建战时文化。这种高扬的民族主义还进入了文学领域，林同济根据叔本华和尼采的哲学，提出了文艺的“三道母题”：“恐怖、狂欢、虔恪”，认为有了这“三道母题”，中国文艺就可以拥有新的灵魂，可以“开辟一个‘特强度’的崭新局面”[1]，同样也可以为提升民众的民族意识做出贡献。陈铨则直接借鉴德意志民族的精神，汲取德国文学资源，以尼采的权力意志和超人哲学为理论武器，吸收德国浪漫主义精神，以德国狂飙突进运动为蓝本，提出民族文学观，力争在中国也掀起一场民族文学运动，来达到激发国人的民族意识、重塑国民性的目的。

“战国策派”学人以其鲜明的“民族主义”色彩在中国现代文化史上留下了印记，但我们发现，这个流派的思想影响缺乏深度和广度，仅限于在自己的阵地（《战国策》《大公报·战国副刊》《民族文学》等报纸杂志）上作学理的探讨，并未在广大的知识分子群体和群众中激起共鸣。陈铨所极力倡导的“民族文学运动”也只有他一个人在那里用文学创作的方式摇旗呐喊，且创作成就并不高，无法与德国的狂飙突进运动相比，也没有如五四时期的文学研究会、创造社等社团流派那样具有一定的创作实绩和社会影响。“战国策派”掀起的文艺思潮整体上处于一种孤掌

① 林同济：《寄语中国艺术人——恐怖·狂欢·虔恪》，载于《大公报·战国副刊》（重庆），1942年1月21日。

难鸣的局面，很快就被历史淹没。陈铨的民族文学观和他的民族文学创作也如昙花一现，在中国现代文学史上多是作为一种文学现象而存在，缺乏永恒的艺术审美价值，究其原因，从陈铨与德国资源的关系来看，有以下两点值得思考：

第一，如何化用外来资源？在中西文化的交汇与冲突中，中国知识分子一直处于中国传统文化和西方文化的“体用之争”的纠结中，无论是“中学为体，西学为用”的洋务派，还是“全盘西化”的五四运动，都存在如何对待和化用外来资源的问题。在现代中国的语境下，绝大多数知识分子借用外来资源的目的在于“为我所用”，但如何化用的问题却不是每个人都能够完美解决的。陈铨及其“战国策派”同仁对尼采权力意志和超人哲学的化用，本为解决中国人性格中缺乏刚性质素的问题，抱着文化建国的目的，但陈铨在对尼采学说进行诠释的时候过多地带上了“我”的色彩，虽然他在解释和化用尼采学说的时候本是就学术而学术的一种探讨，但在当时反法西斯战争的背景下对德国法西斯推崇的尼采思想大肆宣扬，且显示出与当时的主流政治宣传相契合的一面，必然遭到诟病。

另外，陈铨对德国文化的过度推崇导致其在学理层面上也失之偏颇。陈铨在推介民族文学运动时，将德国的狂飙突进运动的作用抬到了非常高的位置，认为它不仅是一场文学运动，更是一场社会革命：“实际上对于政治、社会、法律、经济、宗教，无处不发生革命的影响”，“在当时德国，不但在文学思想方面，充满了改善的热诚，在政治社会方面，也浸透了革命的情绪”。[①] 其实，狂飙突进运动在德国历史上的作用是有限的，虽然出现了歌德和席勒这样的文学巨匠，在文学上取得了较大的成功，是德国文艺形式从古典主义向浪漫主义过渡的阶段，但狂飙突进运动的参加者没有明确的政治纲领，他们的反抗往往流于无政府的暴乱情绪。由于当时德国资产阶级的软弱性和妥协性，这个运动并没能发展成为政治革命。他们提出的一些改革社会的要求未能改变当时的客观现实，而只限于反抗封建意识的范畴。因此这场运动来势凶猛却不深入持久，并未像陈铨所说的那样具有深远的政治功效。作为德国文学研究者的陈铨过度夸大了狂飙突进运动的政治作用，虽然是为其“民族文学运动”造势，但在学理层面上却失之偏颇。

第二，如何以文化资源介入现实政治，在政治与文化之间保持适当的张力？陈铨所推崇的是“经世致用”的知识分子入世哲学，早在清华学校求学时他就积极关注现实问题，思考民族文化的走向。留学德国后，他看到德意志民族因民族意识的勃发而崛起，狂飙突进运动作为一场文化运动，为德国社会带来了政治、经济、文化、宗教各个方面的改变，陈铨也开始思考通过文化资源介入现实政治的方式来寻求中华民族的自强发展之路。他在民族文学运动的创作实践期将尼采所宣扬的超人学说、英雄崇拜等思

---

① 陈铨：《狂飙时代的德国文学》，载于《战国策》第13期，1940年10月1日。

想与国民政府宣扬的思想多有重合，在政治与文化之间的适当的张力问题上显然有所失衡，让人将其误读为“国民党的御用文人”。知识分子在用文化资源介入现实政治的时候，如何保持自身语言的独立性和对现实政治的理性思考和判断，也是值得深入思考的问题。

当然，作为“战国策派”代表人物的陈铨对尼采的选择，更多的是基于战时文化反思和文化重建的目的。权力意志和超人学说是尼采哲学的核心，陈铨在中华民族危亡之际反思传统文化，将之作为民族生存竞争、重塑国民性的有力武器。从这个角度讲，陈铨的思考延续了以鲁迅为代表的五四知识分子对中国国民性的思考和出路的找寻。他致力于通过文学理论的建构和文学作品的创作来重建战时文化，充满着现实主义的价值关怀和理想主义的执着追求。虽然结果并不尽如人意，但这种为中华民族的复兴而奋斗的拳拳赤子心和文化寻路的努力尝试在中国现代文化史上彰显了重要的意义，值得后来者借鉴和发扬。

在中西文化的交流与融合问题上，陈铨所提出的“异邦的借镜”是一个值得借鉴的思路。在多元文化并存发展的今天，如何避免文化冲突，使民族文化焕发生机和活力，实现与外来文化的整合，是一个亟待解决的问题。

参考资料

一、陈铨作品集

陈铨．哀梦影［M］．重庆：在创出版社，1944．

陈铨．冲突［M］．上海：厉志书局，1929．

陈铨．从叔本华到尼采［M］．重庆：在创出版社，1944．

陈铨．革命的前一幕［M］．上海：良友图书出版公司，1934．

陈铨．归鸿［M］．上海：大东书局，1946．

陈铨．黄鹤楼［M］．长沙：商务印书馆，1940．

陈铨．婚后［M］．重庆：商务印书馆，1945．

陈铨．金指环［M］．重庆：天地出版社，1943．

陈铨．狂飙［M］．重庆：正中书局，1942．

陈铨．蓝蛱蝶［M］．上海：商务印书馆，1940．

陈铨．蓝蝴蝶［M］．重庆：青年书店，1943．

陈铨．彷徨中的冷静［M］．上海：商务印书馆，1935．

陈铨．叔本华生平及其学说［M］．重庆：独立出版社，1942.

陈铨. 死灰［M］. 天津：天津大公报出版部，1935.

陈铨. 天问［M］. 南京：江苏文艺出版社，1985.

陈铨. 天问［M］. 上海：新月出版社，1928.

陈铨. 文学批评新动向［M］. 重庆：正中书局，1943.

陈铨. 无名英雄［M］. 重庆：商务印书馆，1945.

陈铨. 无情女［M］. 重庆：青年书店，1943.

陈铨. 戏剧与人生［M］. 重庆：在创出版社，1944.

陈铨. 野玫瑰［M］. 重庆：商务印书馆，1942.

陈铨. 再见，冷荇［M］. 上海：大东书局，1946.

陈铨. 中德文学研究［M］. 上海：商务印书馆，1936.

二、民国时期的报纸杂志

智慧，1946—1948年，第2—61期。

河南，1908年2月、3月、8月、12月，第2期、3期、7期、8期。

学衡，1925年3月—1926年9月，第39—57期。

弘毅，1926年5月—1927年6月，第1卷、2卷。

清华文艺，1925年9月—1927年12月，第1卷、2卷、3卷。

清华周刊，1922年3月—1929年11月，第241—472期。

大公报·文学副刊，1931年9月21日、11月23日、

12月14日，1932年8月22日，第193期、201期、205期、242期。

珞珈月刊，1934年2月，第1卷第5期。

武汉大学文哲季刊，1934年2月、3月，1935年1月、3月，第3卷第2号、3号，第4卷第1号、3号。

外交月报，1935年4月15日—9月1日，第6卷第4期—第7卷第3期。

大公报（天津版），1935年4月16日—6月12日。

国闻周报，1928年3月25日—5月27日，1936年1月1日，第5卷第11—20期，第13卷第1期。

独立评论，1935年9月22日，1936年9月20日，第169期、219期。

文艺（武昌），1937年3月15日，第4卷第3期。

清华学报，1934年10月—1937年4月，第9卷第4期—第12卷第2期。

中山文化教育馆季刊，1937年10月1日，第4卷第3期。

东方杂志，1936年1月1日、11月16日，1941年1月16日，第33卷第1号、22号，第38卷第1号。

战国策，1940年4月1日—1941年7月20日，第1—17期。

大公报（重庆版），1941年12月—1942年7月。

国风，1942年11月1日，1943年2月1日，4月16日，创刊号，第7期、12期。

文艺先锋，1943年3月20日，第2卷第3期。

当代评论，1941 年 7 月，1943 年 4 月 18 日，第 1 卷第 3 期，第 3 卷第 18 期。

军事与政治，1941 年 11 月—1943 年 8 月，第 2 卷第 2 期—第 5 卷第 1 期、2 期合刊。

新少年，1943 年 8 月、11 月，创刊号，第 3 期。

学生杂志，1945 年 2 月 15 日—5 月 15 日，第 22 卷第 3—6 期。

京沪周刊，1947 年 2—7 月，第 1 卷第 7 期、16 期、18 期、22 期、24 期、26 期。

论语，1936 年 7 月—1947 年 8 月，第 91—134 期。

文潮，1948 年 8 月 1 日，第 5 卷第 4 期。

文史杂志，1941—1942 年，第 1—2 卷。

文化先锋，1942—1943 年，第 1—2 卷。

民族文学，1943 年 7 月—1944 年 1 月，第 1 卷第 1—5 期。

今日评论，1940 年 7—9 月，第 4 卷第 1—12 期。

三、学术著作

常风. 弃余集 [M]. 北京：新民印书馆，1944.

陈白尘，董健. 中国现代戏剧史稿 [M]. 北京：中国戏剧出版社，1989.

陈思广. 中国现代长篇小说编年（1922.2—1949.9）[M]. 成都：四川大学出版社，2008.

厄内斯特·盖尔纳. 民族与民族主义 [M]. 韩红，译. 北京：中央编译出版社，2002.

郜元宝. 尼采在中国［M］. 上海：上海三联书店，2001.

歌德. 浮士德［M］. 绿原，译. 北京：人民文学出版社，2015.

歌德. 歌德自传：诗与真［M］. 刘思慕，译. 北京：人民文学出版社，1983.

黄延复. 二三十年代清华校园文化［M］. 桂林：广西师范大学出版社，2000.

季进，曾一果. 陈铨：异邦的借镜［M］. 北京：文津出版社，2005.

江沛. 战国策派思潮研究［M］. 天津：天津人民出版社，2001.

杰罗姆 B. 格里德尔. 知识分子与现代中国［M］. 单正平，译. 天津：南开大学出版社，2002.

卡莱尔. 英雄与英雄崇拜［M］. 何欣，译. 沈阳：辽宁教育出版社，1998.

孔范今. 二十世纪中国文学史［M］. 济南：山东文艺出版社，1997.

李怡. 现代四川文学的巴蜀文化阐释［M］. 长沙：湖南教育出版社，1997.

刘淑玲.《大公报》与中国现代文学［M］. 石家庄：河北教育出版社，2004.

吕启祥，林东海. 红楼梦研究稀见资料汇编［G］. 北京：人民文学出版社，2001.

尼采. 悲剧的诞生：尼采美学文选［M］. 周国平，

译. 北京：生活·读书·新知三联书店，1986.

倪伟. “民族想象”与国家统治：1928—1949年南京政府的文艺政策及文学运动［M］. 上海：上海教育出版社，2003.

邵伯周. 中国现代文学思潮研究［M］. 上海：学林出版社，1993.

沈卫威. “学衡派”谱系：历史与叙事［M］. 南昌：江西教育出版社，2007.

司马长风. 中国新文学史［M］. 香港：昭明出版社，1976.

万明坤，汤卫城. 旅德追忆：二十世纪几代中国留德学者回忆录［M］. 北京：商务印书馆，2000.

王德威. 现代中国小说十讲［M］. 上海：复旦大学出版社，2003.

王泉根. 多维视野中的吴宓［M］. 重庆：重庆出版社，2001.

温儒敏，丁晓萍. 时代之波——战国策派文化论著辑要［C］. 北京：中国广播电视出版社，1995.

吴宓. 文学与人生［M］. 北京：清华大学出版社，1993.

吴宓. 吴宓日记（全十册）［M］. 北京：生活·读书·新知三联书店，1998.

席勒. 阴谋与爱情［M］. 杨武能，译. 上海：译文出版社，2016.

夏志清. 中国现代小说史［M］. 上海：复旦大学出

版社，2005.

夏中义．世纪初的苦魂［M］．上海：上海文艺出版社，1995.

谢泳．西南联大与中国现代知识分子［M］．长沙：湖南文艺出版社，1998.

姚淦铭，王燕．王国维文集［M］．北京：中国文史出版社，1997.

叶隽．另一种西学——中国现代留德学人及其对德国文化的接受［M］．北京：北京大学出版社，2005.

殷克琪．尼采与中国现代文学［M］．洪天富，译．南京：南京大学出版社，2000.

余匡复．德国文学史［M］．上海：上海外语教育出版社，1991.

张辉．审美现代性批判［M］．北京：北京大学出版社，1999.

重庆师范学院中文系．国统区文艺资料丛编·战国派（1）（2）［M］．重庆：重庆师范大学中文系，1979.

四、学术论文

白杰．文学话语的增殖与误读：对“民族文学运动”的再思考［J］．学术探索，2007（5）.

鲍劲翔．试论战国策派的文化救亡［J］．安徽大学学报（哲学社会科学版），1996（2）.

陈廷湘．论抗战时期的民族主义思想［J］．抗日战争研究，1996（3）.

戴少瑶. 评“战国派”的文艺观［J］. 重庆师范学院学报（哲学社会科学版），1981（2）.

丁晓萍. 陈铨的“民族文学”理论与创作［J］. 上海交通大学学报（社会科学版），2002（3）.

付金艳. 拨雾见日观“玫瑰”——再看《野玫瑰》与《屈原》的论争［J］. 当代文坛，2007（4）.

高玉. 重审中国现代文学史上的“民族主义文学运动”［J］. 人文杂志，2005（6）.

耿传明. 二十世纪上半期文学史上民族主义理论的语境还原和语义分析［J］. 华东师范大学学报（哲学社会科学版），1997（4）.

宫富. 追求与失落的永恒矛盾——《米》与《天问》的叙事结构比较［J］. 同济大学学报（社会科学版），2004（3）.

何蜀.《野玫瑰》与大批判［J］. 黄河，1999（3）.

贺仲明. 20世纪40年代战争规范与制约下的文学论争［J］. 南京师大学报（社会科学版），2002（1）.

贺仲明. 论抗战时期文学中的道德精神变异［J］. 学术研究，2005（9）.

黄波. 作为“战国策派”文人的陈铨［J］. 书屋，2006（12）.

黄怀军. 尼采解读在中国的演变［J］. 湖南师范大学社会科学学报，1999（3）.

黄岭峻. 试论抗战时期两种非理性的民族主义思潮——保守主义与“战国策派”［J］. 抗日战争研究，

1995（2）.

季进. 论陈铨对“民族精神”与“民族文学”的建构［J］. 江苏大学学报（社会科学版），2007（2）.

孔刘辉. 烽火岁月　家国忧思——陈铨抗战家书（1938—1939）［J］. 新文学史料，2017（8）.

孔刘辉. 抗战时期陈铨“英雄崇拜”说的来龙去脉［J］. 海南师范大学学报（社会科学版），2017（4）.

乐黛云. 尼采与中国现代文学［J］. 北京大学学报（哲学社会科学版），1980（3）.

李光荣. 陈铨在西南联大的剧作及《野玫瑰》的演出与论争［J］. 海南师范大学学报（社会科学版），2017（4）.

李国涛. 徐州演过《野玫瑰》［J］. 黄河，1999（4）.

李红. 试论陈铨、林同济文化观的异同［J］. 山东大学学报（哲学社会科学版），2004（2）.

李金凤. “大政治”与“大文学”——陈铨主编的《民族文学》［J］. 新文学史料，2017（3）.

李岚.《野玫瑰》论争试探［J］. 中山大学学报论丛（社会科学版），2000（3）.

李欧梵. 评《陈铨：异邦的借镜》［J］. 当代作家评论，2006（1）.

李扬，靳松. 重看抗战语境下的《野玫瑰》风波［J］. 大舞台，2015（4）.

李毅. 民族精神开掘的探索——“战国策派”文化观的一个侧面［J］. 道德与文明，2005（4）.

李云. 陈铨创作中的巴蜀文化因素［J］. 贺州学院学

报，2017（1）.

廖超慧. 对“战国策”派的反思［J］. 华中科技大学学报（社会科学版），1997（4）.

刘安章. 评陈铨剧作的“浪漫精神”［J］. 重庆师范学院学报，1981（3）.

刘海声. 生前身后事——话说陈铨［N］. 四川政协报，1995－03－21.

刘美. 陈铨抗战小说的民族主义建构［J］. 中华文化论坛，2015（1）.

刘忠. 二十世纪中国文学中的权威主义［J］. 江西社会科学，2005（7）.

倪伟. “抗建文艺”与国民党的民族主义［J］. 社会科学，2005（8）.

潘显一. 陈铨及其创作［J］. 四川大学学报（哲学社会科学版），1993（2）.

秦川. 评《重评陈铨抗战时期的文学创作》——兼论《野玫瑰》是宣扬法西斯主义美化汉奸的特务文学［J］. 中国现代文学研究丛刊，1988（2）.

沈卫威. 寻找陈铨——从《学衡》走出的新文学家［J］. 徐州师范大学学报，2005（4）.

石砣. 重评陈铨及其话剧《野玫瑰》——与文天行《重评陈铨抗战时期的文学创作》商榷［J］. 戏剧报，1987（11）.

苏春生. “战国策派”文学思想发生论［J］. 山西大学学报（哲学社会科学版），2006（3）.

苏春生．陈铨的东学西渐观［J］．文学评论，2006（3）．

苏春生．简论“战国策派”文化主义的文学批评理论［J］．文学评论，2002（1）．

田亮．“战国策派”再认识［J］．同济大学学报（社会科学版），2003（1）．

万安伦．陈铨《野玫瑰》浅议［J］．中国现代文学研究丛刊，1998（4）．

王本朝．从“民族主义文艺运动”到“战国策派”［J］．河北学刊，2004（2）．

王本朝．论中国现代尚力文艺思想［J］．中州学刊，1995（4）．

王向远．“战国策派”和“日本浪漫派”［J］．中国现代文学研究丛刊，1997（2）．

王学振．陈铨的“民族文学运动”［J］．重庆社会科学，2005（7）．

王学振．陈铨抗战时期的文学批评［J］．重庆师范大学学报（哲学社会科学版），2006（5）．

王学振．抗战文学语境中的战国策派文论［J］．重庆社会科学，2005（10）．

王学振．战国策派思想述评［J］．重庆师范大学学报（哲学社会科学版），2005（1）．

王元明．20世纪尼采哲学在中国的盛衰［J］．南开学报（哲学社会科学版），1999（1）．

卫茂平．一部“年逾古稀”的中国比较文学名著——陈铨《中德文学研究》述评［J］．中国比较文学，2006（3）．

文天行．重评陈铨抗战时期的文学创作［J］．抗战文艺研究，1987（4）．

吴中杰．战国策派与文学上的唯意志论［J］．上海大学学报，1995（2）．

肖宁遥．抗战文化氛围中的《野玫瑰》［J］．西南民族大学学报（人文社科版），2005（9）．

徐志福．陈铨和他的抗战戏剧［J］．文史杂志，2015（4）．

叶隽．陈铨对德国汉学界的“指点江山”［N］．中华读书报，2016－12－21．

叶隽．救亡与沉潜：西南联大时代冯至、陈铨对歌德的诠释［J］．外国文学评论，2004（4）．

叶向东．论陈铨的民族主义文学思想［J］．云南师范大学学报（哲学社会科学版），2002（5）．

张帆．从档案看陈铨留德生涯［J］．新文学史料，2017（3）．

张辉．二十世纪上半叶中德审美思想的现代性关联［J］．北京大学学报（哲学社会科学版），1998（5）．

张辉．浮士德精神的中国化审美诠释［J］．中国现代文学研究丛刊，1998（1）．

张辉．后台休息与粉墨登场［J］．读书，1998（11）．

张玲霞．论清华大学早期的文艺社团及其刊物［J］．清华大学学报（哲学社会科学版），2000（5）．

附　录　陈铨创作年表

1922 年　20 岁

3 月 24 日，《清华学生与机器》发表于《清华周刊》第 241 期。

《清华生活（二）》发表于《清华周刊》1922 年“纪念号”。

1923 年　21 岁

4 月 27 日，《一星期的灰尘生活》发表于《清华周刊》第 279 期。

9 月 28 日，《清华德育之回顾与今后之标准和实施》发表于《清华周刊》第 287 期。

10 月 5 日，《南游漫录（暑期生活）》发表于《清华周刊》第 288 期。

1924 年　21 岁

3 月 1 日，《新闻政策与清华》发表于《清华周刊》第 303 期。

3 月 1 日，《关于清华的批评摘要：Harold Scott Quigley 教授之〈政治与教育〉》发表于《清华周刊》十周年纪念增刊。

3月，《导言》发表于《清华周刊》书报介绍副刊第9期。

3月，《清代第一词家纳兰性德之略传及其著作》发表于《清华周刊》书报介绍副刊第9期。

4月11日，《世界上最重要的十本书》发表于《清华周刊》书报介绍副刊第10期。

4月25日，《清华童子军赴万国童子军观摩会记》发表于《清华周刊》第311期。

5月，《〈饮水词〉与〈红楼梦〉之关系及其文艺》发表于《清华周刊》书报介绍副刊第11期。

6月6日，《半年来之书报介绍副刊》发表于《清华周刊》书报介绍副刊第12期。

6月6日，《元曲中三个代表作者》发表于《清华周刊》书报介绍副刊第12期。

9月19日，《波光鸿影》发表于《清华周刊》第319期。

1925**年　22岁**

3月，译诗——安诺德《罗壁礼拜堂诗》(与张荫麟、顾谦吉、李惟果共同翻译)、威至威斯《佳人处僻地诗》(与贺麟、张荫麟、顾谦吉、杨葆昌、杨昌龄等共同翻译)发表于《学衡》第39期。

4月17日，《清华德育问题歧路中的两条大路》发表于《清华周刊》第343期。

5月29日，《阅〈愿全国教育家反省〉以后》发表于《清华周刊》第349期。

6月11日，《认清题目》发表于《京报副刊》第176号。

6月16日，《游行之后》发表于《京报副刊》第181号。

6月18日，《送别之言（三）》发表于《清华周刊》第十一次增刊。

6月18日，《我的清华生活最快乐的一幕：六》发表于《清华周刊》第十一次增刊。

6月19日，《从沪案运动里表现出来的中国国民性及今后应取之态度》发表于《京报副刊》第184号。

6月24日，《谈作战的步骤》发表于《京报副刊》第189号。

9月11日，《欢迎新教职员同学》发表于《清华周刊》第24卷第1期（即第350期）。

9月18日，《清华与教会学校》发表于《清华周刊》第24卷第2期（即351期）。

9月，诗作《秋声》《第一次的祈祷》《中夜蟾蜍》署名“涛每”发表于《清华文艺》第1卷第1期。

9月，《导言》以记者之名发表于《清华文艺》第1卷第1期。

9月，《评女神》以记者之名发表于《清华文艺》第1卷第1期。

9月，译诗——华兹华斯《母亲》《寄（二首）》署名“涛每”发表于《清华文艺》第1卷第1期。

9月，《涛每丛谭》《编辑之后》发表于《清华文艺》

第 1 卷第 1 期。

10 月 2 日，《评学衡记者谈婚礼》发表于《清华周刊》第 24 卷 4 号（即第 353 期）。

10 月，《编辑者言》以记者之名发表于《清华文艺》第 1 卷第 2 期。

10 月，诗作《恨不得》《月夜机杼声》《失眠之夜》署名“涛每”发表于《清华文艺》第 1 卷第 2 期。

10 月，《读王国维先生〈红楼梦评论〉之后》署名“涛每”发表于《清华文艺》第 1 卷第 2 期。

10 月，《萦扰》署名“大铨”发表于《清华文艺》第 1 卷第 2 期。

10 月，《涛每丛谭》《编辑之后》发表于《清华文艺》第 1 卷第 2 期。

11 月，短评《中国之“君子人”》《孤桐君的误解》以“记者”之名发表于《清华文艺》第 1 卷第 3 期。

11 月，译诗《歌童》《逃婚》署名“涛每”发表于《清华文艺》第 1 卷第 3 期。

11 月，论文《诗人雪莱的心理》署名“涛每”发表于《清华文艺》第 1 卷第 3 期。

11 月，《编辑之后》以“记者”之名发表于《清华文艺》第 1 卷第 3 期。

11 月，译诗《为哀爱耳兰独立失败而作》署名“涛每”发表于《清华文艺》第 1 卷第 3 期。

12 月，诗作《祖国》《你曾再三告诉我》署名“涛每”发表于《清华文艺》第 1 卷第 4 期。

12月，批评《接吻诗人》以“记者”之名发表于《清华文艺》第1卷第4期。

12月，译诗《故琴》《月静》署名“涛每”发表于《清华文艺》第1卷第4期。

12月，《编辑罪言》《编辑之后》以“记者”之名发表于《清华文艺》第1卷第4期。

12月，译诗——薛雷（一译雪莱）《云吟》发表于《学衡》第48期。

1926年 23岁

1月，译诗——罗色蒂女士《愿君常忆我》（和吴宓、张荫麟、贺麟、杨昌龄共同翻译）发表于《学衡》第49期。

3月26日，论文《真正的革命者》发表于《清华周刊》第25卷5号（即第372期）。

4月23日，论文《天方夜谭与中国政局》署名“涛每”发表于《清华周刊》第25卷9号（即第376期）。

5月，《弘毅学会成立会记事》发表于《弘毅》第1卷第1期。

5月，译诗——济慈《无情女》署名“涛每”发表于《弘毅》第1卷第1期。

5月21日，论文《清华改革之根本问题》发表于《清华周刊》第25卷30号（即第380期）。

6月，论文《清代第一词家纳兰性德评传》发表于《弘毅》第1卷第2期。

6月，译诗——戴登《亚力山大之筵席》署名“涛每”发表于《弘毅》第1卷第2期。

6月4日，短篇小说《漱成》署名“涛每”发表于《清华文艺》第2卷第3期。

6月，译诗——济慈《无情女》发表于《学衡》第54期。

6月11日，《“不忘”——送别研究院及大一诸同学》发表于《清华周刊》第25卷第16期（即第383期）。

9月，译诗——彭士《我爱似蔷薇》；葛德诗两篇《突勒国王（金杯）》《鬼王》发表于《学衡》第57期。

10月，论文《在亚洲的经济侵略》发表于《弘毅》第1卷第3期。

10月，译诗——麦锐底斯《像片》署名“涛每”发表于《弘毅》第1卷第3期。

11月，译诗——哥德《鬼王》署名“涛每”发表于《弘毅》第1卷第4期。

1927**年** 24**岁**

1月，论文《在非洲的经济侵略》发表于《弘毅》第2卷第1期、2期合刊。

1月，译诗——哥德《金杯》署名“涛每”发表于《弘毅》第2卷第1期、2期合刊。

3月，论文《谁是中国的朋友》发表于《弘毅》第2卷第3期。

3月，译诗《卡勒萨丽在我们小巷》署名“涛每”发表于《弘毅》第2卷第3期。

9月23日，《前望》以“记者”之名发表于《清华文艺》第3卷第1期。

12月23日，译诗《黑眼苏三》署名“涛每”发表于《清华文艺》第3卷第5期。

12月23日，文章《可可糖弁言》署名“涛每”发表于《清华文艺》第3卷第5期。

12月23日，《回顾》以“记者”之名发表于《清华文艺》第3卷第5期。

是年，完成第一部长篇小说《革命的前一幕》。

1928 **年** 25 **岁**

3月4日，译作，苏联作家塔尔索夫·罗季昂诺夫的《可可糖》连载于《国闻周报》第5卷第8—20期（1928年3月4日—5月27日），署名“涛每”。

7月1日，长篇小说《天问》完成于清华留美预备学校。

7月底，启程赴美，进入美国阿柏林大学留学。

7月30日、9月10日、11月5日、11月12日，《评吴芳吉诗集》连载于《大公报·文学副刊》（天津）第30期、36期、44期、45期。

9月，长篇小说《天问》由新月书店出版。

11月10日，诗歌《我不愿》发表于《新月》（上海）第1卷第9号。

1929 **年** 26 **岁**

2月24日，短篇小说《来信》发表于《国闻周报》第6卷第7期。

4月6日，在美国阿柏林大学完成长篇小说《冲突》。

11月30日，短篇小说《重题》发表于《清华周刊》第32卷第7期（即第472期）。

12月，长篇小说《冲突》由上海厉志书局出版。

是年，《鹧鸪吟》署名“涛每”发表于《清华周刊》十五周年纪念增刊。

1930年　27岁

7月，获美国阿柏林大学硕士学位。

8月，赴德国，在德国克尔大学哲学院德文系攻读博士学位，师从著名的黑格尔研究专家克罗纳尔。

1931年　28岁

9月21日，译作《老子道德经译成西籍考》发表于《大公报·文学副刊》（第193期）。

11月23日，译作《黑格尔哲学对于现代的意义》发表于《大公报·文学副刊》（第201期）。

12月14日，译作《葛德抒情诗选译》发表于《大公报·文学副刊》（第205期）。

12月14日，《国际赫格尔联合会第二届大会》发表于《国闻周报》第8卷第49期。

1932年　29岁

8月22日，《歌德与中国小说》发表于《大公报·文学副刊》第242期。

9月15日，长篇小说《彷徨中的冷静》完成于德国海岱山。

1933年　30岁

7月，获得德国克尔大学哲学院德文系文学博士学位，博士学位论文为《德国文学中的中国纯文学》，后出版中文版，书名为《中德文学研究》。

8 月，在德国海岱山大学研究德国文学及哲学。

1934 **年**　31 **岁**

2 月，《赫伯尔之悲剧观念》发表在《珞珈月刊》第 1 卷第 5 期。

2 月，《中国纯文学对德国文学的影响》在《武汉大学文哲季刊》第 3 卷第 2 号，第 3 卷第 3 号（3 月）、第 4 卷第 1 号（1935 年 1 月）和第 4 卷第 3 号（1935 年 3 月）连载。

5 月 17 日，《德国浪漫诗人罗发利斯及其〈青花〉》发表于《中央日报》（南京）《文学周刊》第 2 期。

6 月 7 日，《死之想望》（译诗）发表于《中央日报》（南京）《文学周刊》第 5 期。

6 月 14 日，《乘舟》（译诗）发表于《中央日报》（南京）《文学周刊》第 6 期。

7 月 5 日，《俘虏》（译诗）发表于《中央日报》（南京）《文学周刊》第 9 期。

8 月，《父亲的誓言》（翻译剧本，赫伯尔著），发表于《学文》（月刊）第 1 卷第 4 期。

9 月 20 日，《萨亚屠师贾的序言》（尼采著，陈铨译）发表于《政治评论》（南京）第 120 号。

9 月 20 日、11 月 22 日、12 月 4 日、12 月 21 日，《牧人日记》（［英］斯宾塞著，陈铨译）发表于《北平晨报》（北平）。

9月，转赴清华大学外国语文系担任德语讲师。1936年即升任教授。除教授德文课外，还开设了“文学批评之标准问题”“海贝尔”等课程。

10月，《十九世纪德国文学批评家对于哈孟雷特之解释》发表在《清华学报》第9卷4期。

10月，长篇小说《革命的前一幕》由良友图书公司出版。

是年，长篇小说《恋爱之冲突》由良友图书公司出版。

1935年　32岁

1月，书评 *Jacob und Jensen*，*Das Chinesische Schttentheater*（亚可布：《中国灯影戏》）发表于《清华学报》第10卷第1期。

1月，长篇小说《彷徨中的冷静》由商务印书馆出版。

2月，与初级师范学校毕业的邓昭常（1910—1993）结婚。

4月，论文《迦因奥士丁作品中的笑剧元素》发表于《清华学报》第10卷第2期。

4月15日，《德国关系中国外交文件汇译——中国革命与列强干涉问题 列强承认中华民国》发表于《外交月报》第6卷第4期。

4月16日，长篇小说《死灰》开始在天津《大公报》“小公园”栏目连载，共分57次，于6月12日连载完。

6月1日，译作《德国关系中国外交文件汇译》（续上）发表于《外交月报》第6卷第6期。

7月1日，译作《德国关系中国外交文件汇译》（续上）发表于《外交月报》第7卷第1期。

8月1日，译作《德国关系中国外交文件汇译——驻北京公使哈格豪生致国务总理何尔威公文》发表于《外交月报》第7卷第2期。

9月1日，译作《德国关系中国外交文件汇译——外交总长亚果致驻伦敦大使侯爵利希洛斯基公文》发表于《外交月报》第7卷第3期。

9月22日，评论《进步的四川》发表在《独立评论》（北京）第169期。

10月，长篇小说《死灰》由天津大公报出版社出版。

12月15日，《哲学与人生》（[德] 克罗纳尔著，陈铨译）发表于《文哲月刊》（北平）第1卷第3期。

1936 **年** 33 **岁**

1月1日，短篇小说《巴尔先生》发表于《国闻周报》第13卷1期，后收入小说集《蓝蛱蝶》（上海，商务印书馆，1940年）。

1月1日，短篇小说《欢迎》发表于《东方杂志》第33卷1号。

1月，书评 *Feng Die Analogie Von Natur und Giest als Stilprinzip in Novalis' Dichtung*（冯至：《罗发利斯作品中以自然和精神的类似来作风格的原则》）发表于《清华学报》第11卷第1期。

4月，论文《从叔本华到尼采》发表于《清华学报》

第11卷第2期。

4月，《中德文学研究》由商务印书馆出版。

4月26日，《我的生活和研究》发表于《清华副刊》（北平）第4卷第3期。

7月，书评 *Glockner*，*Hegel-Lexikon*（格罗克勒：《黑格尔辞典》）发表于《清华学报》第11卷第3期。

7月1日，短篇小说《德国老教授谈鬼》发表于《论语》第91期（鬼故事专号上册）。

9月20日，文学批评《经验与小说》发表于《独立评论》（北京）第219号。

10月16日，评论《哈孟雷特与房租问题》发表于《论语》第98期。

10月，《歌德浮士德上部的表演问题》发表于《清华学报》第11卷第4期。

11月10日，《精神世界》（[德] 克罗纳尔著，陈铨译）发表于《人生评论》（北平）第2期。

11月16日，短篇小说《梦兰的家》发表于《论语》第100期，后收入短篇小说集《蓝蛱蝶》。

11月16日，独幕剧《欺骗》发表于《东方杂志》第33卷22号。

1937**年**　34**岁**

1月1日，短篇小说《安慰》发表于《论语》第103期，后收入短篇小说集《蓝蛱蝶》。

1月，《赫伯尔玛利亚悲剧序诗解》发表于《清华学报》第12卷第1期。

1 月，书评 *Stenzel, Dilthey und die Deutsche Philosophie der Gegenwart* 发表于《清华学报》第 12 卷第 1 期。

1 月 16 日，短篇小说《王二娘的政治运动》发表于《论语》第 104 期，后收入短篇小说集《蓝蛱蝶》。

2 月 1 日，散文《回忆》发表于《论语》第 105 期。

2 月，《一九三六年的世界经济》发表于《四川经济月刊》（成都）第 7 卷第 1 期、2 期合刊。

3 月 15 日，独幕剧《扰乱》发表于《文艺》（武汉文艺出版社）第 4 卷第 3 期。

4 月，《席勒麦森纳歌舞队与欧洲戏剧》发表于《清华学报》第 12 卷第 2 期。

6 月 1 日，短篇小说《电话》发表于《论语》第 113 期，后收入短篇小说集《蓝蛱蝶》。

7 月，《免职》（短篇小说）发表于《中外月刊》（南京）第 2 卷第 7 期。

10 月 1 日，《尼采与近代历史教育》发表于《中山文化教育馆季刊》第 4 卷第 3 期。

1938 **年　35 岁**

4 月 24 日，《蓝蝴蝶》（短篇小说）发表于《云南日报》。

6 月，《王铁生》（独幕剧，即《自卫》）发表于《新动向》（昆明）创刊号。

7 月 15 日，《长姊》（改编，独幕剧）发表于《新动向》第 1 卷第 3 期。

8月28日，《中国文坛的新气象》发表于《云南日报》(昆明)。

1939 **年** 36 **岁**

2月18日，《联大剧团等演〈祖国〉的经过》发表于《益世报》(昆明)。

8月26日，《宣传剧的最低条件》发表于《中央日报》(重庆)。

1940 **年** 37 **岁**

3月23日、24日，《花瓶》(短篇小说)发表于《中央日报》(昆明版)。

4月，与林同济、雷海宗等人在昆明创办《战国策》半月刊。“抱定非红非白，非左非右，民族至上，国家至上之主旨”，集中了一批自由主义知识分子的特约撰稿人，如冯友兰、朱光潜、沈从文、郭岱西、陶云逵等。共出版17期。

4月1日，《浮士德的精神》发表于《战国策》第1期，后收入《文学批评的新动向》。

5月1日，《叔本华的贡献》发表于《战国策》第3期。收入《文学批评的新动向》(重庆，正中书局，1943年)时题目改为《叔本华的哲学》。

5月15日，《论英雄崇拜》发表于《战国策》第4期，后收入《时代之波》(林同济编，重庆，在创出版社，1944年)。

5月15日，《寂寞的易卜生》发表于《战国策》第4期，署名“唐密”，后收入《文学批评新动向》。

6月，《西洋独幕笑剧改编》由长沙印务出版。

6月25日，《德国民族的性格和思想》发表于《战国策》第6期。

6月，短篇小说集《蓝蛱蝶》由商务印书馆出版。

6月，五幕剧《黄鹤楼》由商务印书馆出版。

7月10日，《尼采的思想》发表于《战国策》第7期。收入《文学批评的新动向》时题目改为《尼采思想的演变》，又收入《从叔本华到尼采》（重庆，在创出版社，1944年）。

7月，《叔本华与红楼梦》发表于《今日评论》第4卷第2期，后收入《文学批评的新动向》。

7月25日，《尼采心目中的女性》发表于《战国策》第8期，后收入《从叔本华到尼采》。

8月5日，《尼采的政治思想》发表于《战国策》第9期，后收入《从叔本华到尼采》。

9月15日，《尼采的道德观念》发表于《战国策》第12期，后收入《从叔本华到尼采》。

9月22日，《论新文学》发表于《今日评论》第4卷第12期。

10月1日，《狂飙时代的德国文学》发表于《战国策》第13期。

12月1日，《狂飙时代的席勒》发表于《战国策》第14期，后收入《文学批评的新动向》。

1941**年**　38**岁**

1月，《战国策》上海版开始发行。

1月1日，《尼采的无神论》发表于《战国策》第15期、16期合刊，后收入《从叔本华到尼采》。

1月16日，《政治问题的基本条件》发表于《东方杂志》第38卷1号。

3月13日，长篇小说《狂飙》完成于昆明。

6月16日，四幕剧《野玫瑰》连载于《文史杂志》第1卷第6期、7期、8期（1941年6月16日、7月1日、7月16日）。

7月7日，单幕剧《衣橱》发表于《军事与政治》第1卷4期（抗战四周年纪念号）。

7月20日，《文学批评的新动向》发表于《战国策》第17期，后收入《文学批评的新动向》和《时代之波》。

7月，《盛世文学与末世文学》发表于《当代评论》第1卷第3期，后收入《文学批评新动向》。

8月，四幕剧《野玫瑰》在昆明云南大戏院连续演出，获得了极大的成功。

12月15日，《文学运动与民族文学》发表于《军事与政治》第2卷第2期。收入《文学批评的新动向》时题目改为《民族运动与文学运动》。

12月，与林同济、雷海宗等在重庆《大公报》上开辟《战国》副刊，每周一期，到次年7月停刊，共出版31期。

12月17日，《指环与正义》发表于重庆《大公报·战国副刊》第3期。

是年，理论著作《叔本华生平及其学说》由独立出版社出版。

1942 年 39 岁

1 月 7 日，《欧洲文学的四个阶段》发表于重庆《大公报・战国副刊》第 6 期。收入《文学批评的新动向》时题目改为《文学与时代》。

1 月 28 日，《政治理想与理想政治》发表于重庆《大公报・战国副刊》第 9 期。

3 月，《野玫瑰》开始在重庆观音岩的抗建堂连续演出，反响强烈。

3 月，三幕剧《金指环》完成于昆明。

4 月 1 日，《人类的骄傲》发表于《中国青年》（重庆），第 6 卷第 3 期、4 期合刊。

4 月，《野玫瑰》由商务印书馆出版，并获得国民政府教育部颁发的年度学术奖三等奖。

4 月 21 日，《再论英雄崇拜》发表于重庆《大公报・战国副刊》第 21 期，后收入《时代之波》。

4 月 30 日，三幕剧《金指环》在重庆《军事与政治》第 2 卷第 5 号、第 2 卷第 6 号（1942 年 5 月）、第 3 卷第 1 号（1942 年 6 月）上连载。

5 月 13 日，《民族文学运动》发表于重庆《大公报・战国副刊》第 24 期。

5 月 20 日，《民族文学运动的意义》发表于重庆《大公报・战国副刊》第 25 期。此文与《民族文学运动》合并为《民族文学运动》，收入《时代之波》。

5 月 27 日，《法与力》署名“唐密”发表于重庆《大公报·战国副刊》第 26 期。

7 月 1 日，《狂飙时代的歌德》发表于重庆《大公报·战国副刊》第 31 期。

8 月，任重庆中央政治学校教授（至 1946 年 7 月）。

8 月，任重庆中国电影制片厂编导委员，审查电影剧本及编导话剧（至 1945 年 2 月）。

9 月 23 日，在重庆文化会堂发表《民族文学运动试论》的演讲。

10 月 27 日，《民族文学运动试论》发表于《文化先锋》第 1 卷第 9 期。

10 月 25 日，《悲剧英雄与悲剧精神》发表于重庆《大公报》。

10 月，长篇小说《狂飙》由重庆正中书局作为建国文艺丛书第一集出版。

11 月 1 日，《文学的时代性》发表于《国风》半月刊创刊号。

11 月 19 日，《戏剧家的修养》发表于《中央周刊》（重庆）第 5 卷第 15 期。

11 月 30 日，《戏剧的深浅问题》发表于《军事与政治》第 3 卷第 5 号。收入《戏剧与人生》（上海，大东书局，1947）时题目改为《识深浅》。

12 月 1 日，《婚后》（独幕剧）发表于《中国青年》（重庆）第 7 卷第 6 期。

12 月 10 日，《戏剧的语言》发表于《中央周刊》（重庆）第 5 卷第 18 期。

12月15日，《戏剧的结构》发表于《文化先锋》第1卷16期。收入《戏剧与人生》时题目改为《明结构》。

12月20日，《戏剧批评与戏剧创作》发表于《军事与政治》第3卷第6期。收入《戏剧与人生》时题目改为《重批评》。

1943年　40岁

1月，在重庆歌剧学校任教授（至1943年7月），讲授编剧和导演课程。

1月，三幕剧《金指环》由重庆天地出版社出版。

1月20日，论文《柏拉图的文艺政策》发表于《文化先锋》第1卷第20期。

1月20日，短篇小说《闹钟》发表于《军事与政治》第4卷第1期。

2月1日，论文《生活问题》发表于《国风》半月刊第7期。

2月25日，《论喜剧的氛围》发表于《中央周刊》第5卷第28期。

2月26日，四幕剧《蓝蝴蝶》发表于《军事与政治》第4卷第2期，连载于第4卷第3期（1943年3月26日）。

3月20日，论文《席勒对德国民族文学的贡献》发表于《文艺先锋》第2卷第3期。

4月，四幕剧《蓝蝴蝶》由青年书店出版。

4月16日，《青花（理想主义与浪漫精神）》发表于《国风》半月刊第12期。

4月18日，论文《狂飙运动与五四运动》发表于《当代评论》第3卷第18期。

4月22日，《〈蓝蝴蝶〉的思想背景》发表于《中央日报·平明》副刊（重庆）。

4月，《无情女》（三幕剧）在《中央日报·平明》副刊（重庆）分31节连载（1943年4月1—5日、6—7日、13—30日，5月2—3日、5—11日）。

5月，理论著作《文学批评的新动向》由正中书局出版。

5月，担任青年书店总编辑（至1944年12月）。

6月，三幕剧《无情女》由青年书店出版。

7月，在重庆创办《民族文学》杂志，出版5期后宣告停刊。

7月7日，论文《民族文学运动》以“编者”之名发表在《民族文学》第1卷第1期（抗战六周年纪念创刊）。

7月7日，《中国文学的世界性》署名“唐密”发表于《民族文学》第1卷第1期。收入《文学批评的新动向》时题目改为《过去的评价——中国文学对于世界的贡献》。

7月7日，小说《花瓶》发表于《民族文学》第1卷第1期。

7月7日，词作《饮歌》发表于《民族文学》第1卷第1期。

7月21日，论文《东方文化对于西方文化的影响》发表于《文化先锋》第2卷第13期。

8月7日，独幕剧《自卫》发表于《民族文学》第1卷第2期。

8月19日，《哀梦影》（包括《期待》《那一天》《无情世界》等8首）发表于《中央日报·平明》副刊。

8月26日，论文《文学创造与庸夫愚妇》发表于《军事与政治》第5卷1期、2期合刊。

8月，《告新少年》发表于《新少年》创刊号。

9月7日，《五四运动与狂飙运动》以“编者”之名发表于《民族文学》第1卷第3期。

9月7日，诗集《哀梦影》发表于《民族文学》第1卷第3期，连载于第1卷第5期（1944年1月）。

10月，《戏剧深刻化》发表于《民族文学》第1卷第4期。

10月，《第三阶段的易卜生》署名“唐密”发表于《民族文学》第1卷第4期。

11月，《华盛顿寄侄儿的一封信》发表于《新少年》第3期。

12月15日，《谈读书方法》发表于《出版界》（重庆）。

12月25日，《宪政实施中的选举问题》发表于《中央日报》第6卷第32期、33期合刊。

1944 **年** 41 **岁**

1月，《哈孟雷特的解释》署名“唐密”发表于《民族文学》第1卷第5期。

5月，理论著作《从叔本华到尼采》由在创出版社出版。

6月，林同济编著的《时代之波》由在创出版社出版。收录了陈铨的六篇文章《浮士德精神》《论英雄崇拜》《再论英雄崇拜》《文学批评的新动向》《狂飙文学》《民族文学运动》。

是年，理论著作《戏剧与人生》由在创出版社出版。

《政治学术化学术政治化》发表于《升学与就业》（重庆），1944年第2期。

1945年　42岁

1月26日，《美国人的性格》发表于《中央周刊》第7卷第3期。

2月15日，小说《冲突》发表于《学生杂志》第22卷3期，连载于第22卷4期（3月15日）、第22卷5期（4月15日）、第22卷6期（5月15日）。

9月，独幕剧集《婚后》由商务印书馆在重庆出版，收录了剧作《婚后》《衣橱》《自卫》。

11月，剧作《野玫瑰》由商务印书馆在上海出版。

11月，《无名英雄》由商务印书馆在重庆出版。

是年，诗集《哀梦影》由在创出版社出版。

1946年　43岁

7月1日，《人类的距离》发表于《智慧》第2期。

8月，担任上海新闻报资料室主任（至1948年4月）。

9月，到上海同济大学任外文系主任。

9月1日，《第三次停战令》《治乱世必须用重典》发表于《智慧》第 6 期。

9 月 16 日，《外交会议的难关》《美国的金元外交》发表于《智慧》第 7 期。

10 月 1 日，《革命的行动》《苏联不友善的态度》发表于《智慧》第 8 期。

10 月 16 日，《两个侮辱》《为民生公司呼吁》发表于《智慧》第 9 期。

11 月 1 日，《英国商人的外交》《闻一多的惨死》发表于《智慧》第 10 期。

11 月 16 日，《巴黎和会的难题》《市容》《新堂吉诃德》发表于《智慧》第 11 期。

11 月，长篇小说《再见，冷荇》由大东书局出版（此书即为 1935 年 10 月天津大公报出版社出版的《死灰》）。

11 月，理论著作《从叔本华到尼采》由大东书局再版。

11 月，林同济编著的《时代之波》由大东书局再版。

11 月 30 日，论文《东方文化对西方文化的影响》发表于《文化先锋》第 6 卷第 9 期、10 期合刊。

12 月 1 日，《评〈忠义之家〉》《玛丽与露茜》（短篇小说）、《五强会商否决权问题》《国民大会》（署名唐密）、《拿良心出来》（署名唐密）发表于《智慧》第 12 期。

12 月 16 日，《旅伴》（短篇小说）、《孟姜女》《生育限制》发表于《智慧》第 13 期。

12 月，短篇小说集《归鸿》由大东书局出版。

1947年　44岁

1月1日，《民族至上与警魂歌》《一个怪现象》（署名唐密）、《联合国大会的成功》《象牙与猎者》《不冻死的权利》（署名唐密）发表于《智慧》第14期。

1月16日，《一句话》（短篇小说）、《莺飞人间》《善意的临别赠言》（署名唐密）发表于《智慧》第15期。

2月16日，《中心向左》《解不破的连环》（署名唐密）、《是觉悟的时候了》（署名唐密）、《不顾事实》（署名唐密）发表于《智慧》第16—17期。

2月16日，《腊梅》发表于《京沪周刊》（上海），第1卷第6期。

2月，理论著作《戏剧与人生》由大东书局再版。

2月，《一周国外大事述评》发表于《京沪周刊》第1卷第7期、16期、18期、22期、24期、26期（2—7月）。

3月1日，《惊人的声明》、《治标与治本》（署名唐密）发表于《智慧》第18期。

3月16日，《松树与紫藤》（署名唐密）、《山穷水尽》发表于《智慧》第19期。

4月1日，《玉苹》（短篇小说）、《商人的头脑》、《金石盟》、《救救教授》（署名唐密）、《两个世界》（署名唐密）发表于《智慧》第20期。

4月16日，《越剧的衰落》、《偏见与批评》、《狮子与狗熊》（署名唐密）、《野兽，野兽，野兽!》（署名唐密）发表于《智慧》第21期。

4 月 20 日，《戏剧的证明》、《〈好逑传〉流行欧洲考》（署名唐密）、《叔本华轶事》（署名吴瑞麟）发表于《新闻周报》（上海）第 2 期。

4 月 27 日，《梅特林“静的戏剧”》（署名唐密）、《中国的浪漫小说：〈风萧萧〉与〈北极风情画〉》（署名吴瑞麟）、《丽姝》（短篇小说）发表于《新闻周报》第 3 期。

5 月 1 日，《不痛不痒的改组》、《一切都为民主》、《以战止战》（署名唐密）发表于《智慧》第 22 期。

5 月 4 日，《谈〈春常在〉》（署名唐密）发表于《新闻周报》第 4 期。

5 月 16 日，《法共党推出内阁》、《空言》（署名唐密）发表于《智慧》第 23 期。

6 月 1 日，《电话》（短篇小说）发表于《论语》（复刊，上海）第 113 期。

6 月 1 日，《要生活也要自由》、《大连与澳门》（署名唐密）、《风流种子》（署名唐密）发表于《智慧》第 24 期。

6 月 16 日，《暴力与侵略》（署名唐密）、《发行新币》发表于《智慧》第 25 期。

7 月 1 日，《唯实政治》、《民族主义的呼声》（署名唐密）、《我的生平和我的爱》、《争取中华民族的独立——论新疆及东北事件》发表于《智慧》第 26 期。

7 月 16 日，《美苏对症的良药》、《大刀阔斧的改革》、《中国电影的末路》（署名唐密）发表于《智慧》第 27 期。

7 月，长篇小说《狂飙》由正中书局在沪出版第四版。

8月1日，短篇小说《婚变》发表于《论语》第134期。

8月1日，《魏德迈与中国经济》、《民族意识的低落》（署名唐密）、《假凤虚凰》（署名唐密）发表于《智慧》第28期。

8月16日，《告魏德迈将军》发表于《智慧》第29期。

9月16日，《否决权应否取消》、《诚恳的忠告》、《一个问题》（署名唐密）发表于《智慧》第31期。

10月1日，《联合国的生死关头》、《节约不是制造饥饿》、《胡适之的谈话》（署名唐密）发表于《智慧》第32期。

10月16日，《改善公教人员的待遇》发表于《智慧》第33期。

11月1日，《走极端》、《壮士断腕》、《大选的预备》（署名唐密）、《准备被捕》（署名唐密）发表于《智慧》第34期。

11月16日，《无聊已极》、《历史的重演》（署名唐密）发表于《智慧》第35期。

12月1日，《残酷的真理》发表于《智慧》第36期。

12月16日，《苏联何时妥协》发表于《智慧》第37期。

1948 **年**　45 **岁**

1月1日，《系统和计划》《新年的希望》发表于《智慧》第38期。

1月16日，《需要决心》《远东的专横势力》发表于《智慧》第39期。

2月1日，《英国开始反苏》《立委竞选的怪现象》发表于《智慧》第40期。

2月16日，《甘地之死》《中央政府总预算》发表于《智慧》第41期。

3月1日，《违反人性的暴力》《不要扰民》发表于《智慧》第42期。

3月16日，《质与量》《张伯伦前车之鉴》发表于《智慧》第43期。

4月1日，《慢，慢，慢!》发表于《智慧》第44期。

4月，剧作《野玫瑰》由商务印书馆第四次出版。

4月10日，《第三次世界大战的可能性》发表于《中流》（上海）第1卷第1期。

4月16日，《希望是愚蠢》《苏联不甘示弱》发表于《智慧》第45期。

4月，《人类的嫉妒》发表于《中流》（上海）第1卷第2期。

5月，在后勤部上海特勤学校兼任教授，演讲戏剧概论及戏剧演出法。

5月1日，《和平与均势》《所望于新政府者》发表于《智慧》第46期。

5月16日，《国民大会成绩的检讨》发表于《智慧》第47期。

5月29日，《美国和平的试探》发表于《申论》（上海）第1卷第5期。

6月1日，《检讨全国运动会》发表于《智慧》第48期。

6月16日，《反美运动与反美对日政策》发表于《智慧》第49期。

6月19日，《美国外交的矛盾和统一》发表于《申论》（上海）第1卷第8期。

7月1日，《不聪明的试探》发表于《智慧》第50期。

7月16日，《南斯拉夫叛变的意义：一叶落而知秋》发表于《智慧》第51期。

7月10日，《大学英文入学考试问题》发表于《申论》（上海）第1卷第11期。

7月17日，《抢救青年》发表于《申论》（上海）第1卷第12期。

8月，《世界政治上一位奇怪的巨人》发表于《青年杂志》（上海）第1卷第1期。

9月，《莎士比亚的贡献》发表于《青年杂志》第1卷第2期。

8月1日，小说《风波》发表于《文潮（纯文艺月刊）》第5卷第4期。

8月7日，《戏剧与观众》发表于《申论》（上海）第2卷第3期。

8月14日，《论希腊悲剧》发表于《申论》（上海）

第2卷第4期。

8月16日，《世界政治的悲剧》发表于《智慧》第53期。

8月21日，《戏剧导演的初步——研究剧本与选角色》发表于《申论》（上海）第2卷第5期。

9月1日，《论世界政治路线：从高夫人对新闻记者谈话》发表于《智慧》第54期。

9月4日，《戏剧导演的第二步——设计舞台与指导动作》发表于《申论》（上海）第2卷第7期。

9月16日，《错误政策的明证》《本与末》发表于《智慧》第55期。

9月18日，《戏剧导演的第三步——利用道具与刻画人物》发表于《申论》（上海）第2卷第9期。

9月25日，《戏剧导演的最后工作——检讨快慢与配合效果》发表于《申论》（上海）第2卷第10期。

9月30日，《建设戏剧批评》发表于《中流》（上海）第1卷第3期、4期合刊。

10月1日，《一个正式提议》《增加生产减少发行》发表于《智慧》第56期。

10月16日，《苏联何以不接受原子能管制》发表于《智慧》第57期。

11月1日，《勿以道德谈经济》发表于《智慧》第58期。

11月16日，《杜鲁门何以胜利》发表于《智慧》第59期。

12 月 16 日，《革命内阁与内阁革命》发表于《智慧》第 61 期。

是年，《戏剧概要》、《戏剧演出法》（电影戏剧系讲义之一、二）由上海特勤学校编印。

1949 **年**　46 **岁**

1 月，在上海江苏省立师范学院兼任教授，教授英文及英国文学（至 1949 年 5 月）。

8 月，在复旦大学德语组兼任教授，教授德文及德国文学（至 1952 年 8 月）。

8 月，在东吴大学法学院兼任教授，教授德文（至 1950 年 7 月）。

1950 **年**　47 **岁**

8 月，在震旦大学兼任教授，教授德文（至 1952 年 7 月）。

1952 **年**　49 **岁**

9 月，全国高校院系调整，从上海的同济大学调到南京大学外文系。

1954 **年**　51 **岁**

10 月，完成《舞台与戏剧的问题》，未刊。

大约在此前后，完成由戏剧改编的手稿《科利奥兰纳斯的改编问题——从普鲁塔克、莎士比亚到布莱希特》，未刊。

1955 **年**　52 **岁**

翻译了德国作家柏伦涅克的长篇小说《学校广播站》，由少儿出版社出版。

翻译了德国作家弗里德利希·沃尔夫的长篇小说《两个人在边境》，由自由出版社出版。

大约在此前后，翻译了苏联文学史家普里舍夫的《德国文学概论》，现存300多页手稿，未刊。

1956 **年** 53 **岁**

5月，翻译了德国作家佩特·魏森波尔恩的长篇小说《西班牙婚礼》，由新文艺出版社出版，署名“陈正心”。

6月，翻译了德国作家沃尔夫的长篇小说《儿子们归来》，由新文艺出版社出版，署名“陈正心”。

12月，翻译了波兰作家莫文森尼克的长篇小说《约翰纳煤井》，由新文艺出版社出版，署名“陈正心”。

1957 **年** 54 **岁**

6月14日，被定为“右派”分子，离开教学岗位，到资料室和图书馆工作。

1961 **年** 58 **岁**

年底，被《新华日报》公布为最早脱去“右派”帽子的人员之一。

1965 **年** 62 **岁**

9月，翻译完成瑞士沃尔夫冈·凯塞尔的名著《语言的艺术作品——文艺学引论》。

1969 **年** 66 **岁**

1月31日，病逝于南京，葬于苏州太湖边，终年66岁。

1971 **年**

10月，著作《中国纯文学对德国文学的影响》由台湾学生书局出版。

1979年

1月，南京大学为陈铨召开追悼会，对陈铨的错划“右派”予以改正，恢复其教授职称及政治名誉。

1984年

7月，翻译的瑞士作家沃尔夫冈·凯塞尔的《语言的艺术作品——文艺学引论》由上海译文出版社出版。

1985年

12月，长篇小说《天问》由江苏文艺出版社再版。

1989年

12月，四幕剧《野玫瑰》剧本由上海文艺出版社出版。

1997年

3月，《中德文学研究》由辽宁教育出版社作为“新世纪万有文库”丛书之一种重印出版。